大雅

为一种品格注脚

大雅

为一种品格注脚

沃尔科特系列

黄昏的诉说

[圣卢西亚] 德里克·沃尔科特　著

刘志刚　马绍博　译

广西人民出版社

谨此纪念约瑟夫·布罗茨基

目 录

辑一

辑二

辑三

辑一

黄昏的诉说[①]

一

但我看出来了，你们不是这地方的人，不知道我们的黄昏能做什么。要我告诉你们吗？

——萨缪尔·贝克特《等待戈多》

黄昏像舞台的聚光灯，照在那些摇摇晃晃的广告牌上，朽木与锈铁的构造，包围着我们的城市。此时，一点戏剧的悲凉随之升起。耀眼的夕阳，如同老式铜灯的光晕，在召唤孩子们回家。我们城市里的光，还保持着田园生活的节奏，那最后归巢的车流像是在无声的雨中，冲破从城郊沼泽或树林袭来的黑暗。而在真实的城市里，另一种生活却正在萌动：霓虹灯在歇斯底里的呐喊中忽明忽灭，酒吧、饭馆、电影院在炫耀它们的骗术，贪欲接管了电话总机，操纵着整个城

---

① 本文是《猴山梦：沃尔科特剧作选》（1970）的序言，原题为《黄昏的诉说：序曲》。另，除特别注明，本书脚注均为译注。

市。然而，这灯光却让我们最坚固的建筑摇晃，它照出了锈迹，照出了更多的尘污而非空气。在那颤颤巍巍的一刻钟里，所有彩排仍未开场，便已临近结局。当漫步于这纸醉金迷的贫瘠，你会因被细节感染而消沉、堕落，仿佛一站到橘色的后院里，站到积满灰尘的树下，或者爬到棚屋顶上，穷人便都成了自然景观的设计师，而贫穷也不再是某种现实，而是变为了一门艺术。贫穷被抒情化了，黄昏借助于炼金术的耐性，几乎将绝望转化成了美德。在热带地区，什么都比不上贫民窟的可爱，什么戏都不如这里生动、热闹、廉价。

多年以前，你注视着他们，心里苦楚，并用陌生的语言默默为他们祈福。可后来，你的苦楚像你的语言一样，开始自诩高贵，格格不入。黄昏是一场喧闹的乱局，充斥着谩骂、流言与嬉笑。一切都在公开表演，但内心的声音却深沉而有节制，它凌驾于物象之上，犹如那不落的太阳，直到暮光显现的一刻，变成帝国衰微的隐喻，兆示着疑虑的开始。

殖民地的人们啊，一切都肇始于这疟疾似的无力感：在这些朽烂的窝棚、萧条的后院、破败的木屋里，什么也搭建不起来；身为穷人，生活便是我们的剧场。于是，我们便主动扮演起烈士的角色，深信自己就是那传告千禧佳音的信使，深信激昂的内心正在贯彻我们的意志。在那单纯却纠结的童年，你可以过两种生活：充满诗意的内心，行动与方言的外在。不过，我这一代的作家天生都很擅长从外界吸收养料。借由阅读经典，我们熟悉了古今帝国的文学，希腊、罗马和英伦；只是，市井的土语、课堂的文言遮蔽了发现的欣喜。假如你一无所有，那就尽情创造吧。起初，我们正是怀着这样的雄心壮志。

每天黄昏，即使面对同样凄凉的围篱，同样庸碌的贫民，内心也要点亮一座灯火璀璨的城市。这是我们的愿景。假如二十年后这愿景仍未实现，剧场仍是空中楼阁，你我仍然一无所有，黑暗还是会保留对自我设定的那份敬畏：大家聚在一起，举行自我消灭、自我发现的仪式。在那原始的黑暗中，最初的天理仍然是神圣的，身体的法则和律动，被驯化的声音在尖叫声中惊醒。几个世纪的枷锁必须卸除；可是，我们没有历史，我们只有情绪的记录。年少的无知被曝露在日光下，一个羞涩的少女，急于展现她的魅力，而有人却受着野蛮本能的驱使，想要玷污那份天真，想要贬损她的人格，想要剥夺她从电影、书本里学来的那套价值观。因为她也活在自己的幻想里，一颗璀璨孤星的绮梦里；与之相对的，一名男演员正在坐看她的表演。可是，男演员的邻座也是他的幻想，一个从其环境与种族里释放的幽灵，面目和他一模一样。他们在朴素中寄寓了高远的志向。他们的眼神里充满了奋飞的冀望。而最高贵的人却困守在这里，面对着黄昏。

我之所以将这些人目为英雄，是因为他们忠诚于所有演员的神圣使命：记录一个民族的苦难。要完成这项使命，他们就必须原路返回，穿越黑暗，直至抵达失忆的终点。面前是可怕的黑暗，张着吃人的大嘴。这是从人类退回猿猴的逆行。为了追溯本原，每个演员都该走完这段行程。可是，对这些被称为模仿者而非人类的人来说，黑暗必须非常彻底，洞穴里绝不能有一件人造的器物，以免唤醒他们的记忆。所有声音都必须是天籁，狂风、暴雨、怒海、烈火都是。第一声就该是绝响，像奋力的呐喊。声音必须匍匐着找寻自己，直到手势与发音合而为一，肉体迸发的火焰震慑住它们。奴隶的子孙必须用火炬在记忆里留下烙印。演员必须俯身以沉思滋养它，就如同祖先一边说着故事，一边在火上添加树枝。

地下剧场里对裸体的崇拜，对部落灵石、对贫穷、对仪式的崇拜，不仅是为了缅怀逝去的纯真，也是为了忏悔过去灭绝文明的暴行，在仪礼中找寻悲喜的源泉，坦承对土著犯下的罪行，因为他们的战争、他们的集中营以及数百万无家可归的游魂，曾经践踏、蹂躏过身体，用它来供养机器。这些自辱、赎罪的崇拜，这些荒诞剧场、残酷剧场、贫穷剧场、神圣剧场，这些原始戏剧的伪野蛮的复兴，对文明并不构成威胁；相反，它们是乞求赦罪的行为，是对纯粹悲剧的求索，是在原始黑暗中进行的洗礼。他们嚎哭、自笞，为了唤回失落的上帝，他们已经宣布死亡的上帝，因为赐予奴隶的上帝必须在死后接受供奉，要不然，他可能会另外换一批选民。

殖民地的人一开始就知道这些，但他们却用二十年才终于接受。二十年前，他们自信是在创作戏剧，而不仅仅是一台戏，在营造戏剧的环境，而不仅仅是戏剧。那时的黄昏最像黎明，而且，一切是何等质朴！我们像新生的亚当，无知地四处漫步，为花草人物命名，天真地以为世界才刚呱呱坠地。我们只有孩子的需求，或许始终都只是孩子，因为时至今日，零星的应许仍叫我们惊喜。那时候，即便是陈规都让人激动不已！摹仿是纯正的信仰。我们，演员和诗人，像新亚当那样，赤身裸体在舞台上指手画脚，没有或者也无需任何布景、服装和照明，这些舞台上的“奇技淫巧”。贫瘠仿佛变成了想象的馈赠，匮乏被标举为真正的美德。所以我们在露天、在自然光里表演，我们的主题是要表现空乏、“一无所有的人”。今天，当我们写下这些文字，满怀的更多是疲惫而非豪情，因为那份纯真已被玷污，社会又走回了老路。在这些新兴国家中，艺术是一种奢侈，剧场是最浮华的设施。

每个国家都希望在这些形式中塑造自我的形象，希望它们像体育运动那样风靡大众。然而，这些形象往往显得幼稚，经不起时间的考验。而烙印在这形象上的，仍是旧时殖民地黑人脸上的苦笑、吹拉弹唱的乐手、狂欢节的假面人、跳卡吕普索①和林波②的舞者。国家对民

---

① 卡吕普索（Calypso），一种流行于加勒比地区的音乐与舞蹈风格，融合了非洲与法国元素。

② 林波（Limbo），起源于特立尼达和多巴哥的一种杂技类传统舞蹈。

族艺术的理解束缚了这些流行艺人。他们身上残留着殖民地文化的气息，构不成任何威胁。民族艺术已经变成某种逍遥、自在的文化象征，变成旅游业的帮手，因为国家急着把一切都拿来换钱。

这不是二十年前那代人憧憬的未来。想当初，一群天真的梦想家曾预言文艺的繁荣，因为当时我们一无所有。到处是我们的剧场，街头巷尾，门前灯下，然而，终究没能打造出有分量的文化精品。我们坦承无知是一种缺陷，而非时下革命派所认为的特质。语言是要学习的，这既不是自卑，也与复仇无关。因此，在青年诗人和演员那里，求知便成了唯一的动机。他们认识到自身的贫乏，所以没有骗子来为它辩护。假如旧时的神明已在老人的口中死去，那他们也是死得心甘情愿。今天，人类学家的录音机让他们起死回生，保存在文化部门的民间档案里。

想要树立对民间艺术的信心，国家就必须将其神话神圣化；不仅如此，还要对逝去的神明重新建立信仰，不是奉为皈依的神，而是当作创造的神。可是，新大陆的人都以为上帝已死，他们无法相信神还活着，而且数量如此之多。这些神明必定是个人意志所幻化的。我们的诗人和演员必须描述神灵附身的状态，而且要将它表演出来，否则，这便是渎神而非艺术；而无所畏惧的渎神只能是一种矫饰。所以，现在我们进入了所谓的"非洲时期"，开始炮制低劣的非洲风格的雕刻、诗歌与服饰。我们的艺术品不是圣坛上的祭器，而是摆在货架上的旅游商品。也因此，他们赞颂的浪漫的黑暗便成为另一种背叛——知识分子的背叛。结果，我们只是收获了一堆伪造物，又上演了一场白人反串黑人的闹剧。当我们捧出索因卡[①]的杰作《路》的时

① 沃莱·索因卡（Wole Soyinka，1934—），尼日利亚剧作家、诗人，1986年诺贝文学奖得主，代表作《森林之舞》《强种》《孔其的收获》。

候，真相如妈咪卡车①的前灯般刺穿了我们。我们的精神错乱有了新的名字；但讽刺的是，正是这命名削弱了我们想要成为非洲人的努力。用教授②的话说，我们试图“俘虏神明”；但对我们非裔基督徒而言，这命名反而疏远了人与神的关系。在我们眼里，奥贡③是舶来品，而非力量的源泉。我们尽可假装汲取了他的能量，但却不可能被他附身，因为我们虽然念念有词，可那并不是祈祷，那只是伎俩与花招。演员表演时充满了理性，精神丝毫不紧张；那更像是讲解与诠释，而非感知与领受。然而，奥贡也只是复仇之神，他从不反躬自省，却叫人绝对服从。和教授一样，甚至更糟的是，我们痛失了两尊神明，手里只剩下渎神与不敬。

因为艺术超越了自身的力量，所以我们能表演成功的只有怀疑之舞。非洲风的复兴是向另一种尊贵的逃避，但那些简单化的做法确有其魅力。听吧，有一类作家（多为通俗作家）说，“我要用人民的语言进行创作，不管它多么粗俗难懂”；还有一类作家说，“既然没人能听懂，那我还是写英语吧”；第三类作家有志于净化部落的语言，却因此遭到上述两派的围攻，被斥为装腔作势、冒充白人。没错，这类人是风格上的黑白混血儿，是叛徒，提倡吸收异质文化。然而，谁也没有问一问缪斯女神：“您赐予我的是什么样的语言？”正如解放者不曾叩问历史：“我该拯救什么样的人？”大家都只顾着继承祖先的遗业，两方面祖先的遗业。倘若语言是可鄙的，那人民想必也是吧。一旦过了充满偏见的青春期，就再没有什么要辩护的。曾几何时，新大陆的黑人极力想证明自己和主人一样好，但其实，他要证明的不该是平

---

① 妈咪卡车（mammy-wagon），西非特有的一种无护栏的小型巴士或轻型卡车。

② 此处“教授”指索因卡，时任尼日利亚伊巴丹大学英文系教师。

③ 奥贡（Ogun），西非约鲁巴神话中的战神、钢铁神，索因卡作品中的主题人物。

等，而应该是差异。因为只有差异才能引起关注，且不必乞求别人的尊重。我这一代人审视生活，用的是黑皮肤、蓝眼睛。然而，唯有痛苦而努力的审视，唯有学会审视，我们才能在周遭生活中发现意义；唯有努力倾听，唯有学会倾听，我们才能理解自己的声音。无需比较，无需煞有介事的“自尊”。可是，我们的文学多半徘徊在社会学的悲怅中，顾影自怜，沾沾自喜。我们的作家在黄昏的喧哗中奋力疾呼：“看看这个民族！他们或许卑微，但却和你一样善良。看看你是如何对待他们的。”他们的诗永远只有哀愁，他们的小说永远只有说教，仿佛替过去说一声抱歉，便足以取代想象，便无需创造优秀的艺术。鼓吹非洲复兴的田园诗人们，你们该知道，我们无需给旧事物赋予新的名字，无需沿用旧事物的旧名字；我们需要的是自信，让旧名字焕发新意的自信。如此一来，即便是我这样的混血儿，在看到“阿散蒂”[①]时，心里也会隐隐作痛，就像我看到“沃里克郡”[②]那样。因为它们同样暗示着我两位祖父的血统，同样让我这不卑不亢的杂种、混血儿、加勒比人受到了洗礼。露水的力量仍然能摆脱我们的方言，而这也正是塞泽尔[③]所讴歌的：

> 风暴，我要说。河流，我要掌握。龙卷风，我要说。我要说“叶子”。树。我要淋湿在所有的雨中，浸润在所有的露水中。

① 沃尔科特的母系为非洲裔，来自加纳南部的阿散蒂（Ashanti）地区。

② 沃尔科特的父系为英国裔，来自英格兰中部的沃里克郡（Warwickshire）。

③ 艾梅·塞泽尔（Aimé Césaire，1913—2008），加勒比海马提尼克岛的著名法语诗人、政治活动家，代表作《回乡札记》《殖民论》。

二

哦，诗人啊，是时候放弃你的名字，你的出生，和你的族裔了……

——圣-琼·佩斯[①]《流亡》

说得没错。然而，在这里我们都是异乡人。我们现在自称非洲人，但这并非我们继承的财产，而更像一份遗赠，像其他族裔一样，证明我们来的时候是奴隶。我们自己的祖先是同谋，但现在已经找不到人复仇。这便是我们耻辱的伤口。同样，我们虽然耕种过这片土地，但土地并不会就此归于我们。和亚洲来的契约工一样，我们并未获得土地的所有权，尽管我们自称如此。所有的族裔都一样，因为我们对脚下的土地是如此陌生，比我们的奴役者更陌生。他们知道这些树林叫什么，他们了解海洋的变化，他们的命名今天仍在沿用。我们再度出发，满怀强烈的好奇心，于是，旧名字获得了新生，旧语言因深重的苦难而让人生出敬意。在我这一代作家的眼里，文字，铅印文字的仪式，包含了这份敬意，但复仇的怒火却难以平息。

十九岁，我是昂扬澎湃的诗人，深深迷恋着英语。然而，在土语喧哗的黄昏，水桶和鱼贩的黄昏，目睹遍地的赤贫，我开始畏惧黑暗，那吞噬了所有父辈的黑暗。年少轻狂的我，像玩火的孩子一样，迷恋海地历史上的摩尼教之乱。曾几何时，这座岛上也发生过同样的事情，只是并未涌现任何英雄：一座法属的黑人岛屿，在天主教和巫

① 圣-琼·佩斯（Saint-John Perse），亚历克西·莱热（Alexis Léger，1887—1975）的笔名，法国诗人兼外交官，1960年获得诺贝尔文学奖，代表作《远征》《流亡》《航标》。

术中昏昏欲睡，盲目的信仰与更为盲目的过度繁殖，社会像中世纪一样分为三个阶层——地主、农奴和教士，还有个毫无生气、深褐色皮肤的中产阶级。那火光投下的黑影放大成神话，便是海地的雅各宾派。

但同时，在他们身上又颇见詹姆士一世时代的精神。由于长期浸淫在伊丽莎白时代的文学里，他们像韦伯斯特①笔下的弗拉米尼奥②那样，在黑暗里熠熠生辉，在残缺和异端的世界里发光发亮。他们受了巫术缪斯的感化，将自厌的情绪传染给我们，那种黑皮肤和白灵魂之间的激烈交战，仿佛肉体就是黑炭，而灵魂则像那受压迫的浓烟，挣扎着想要逃离。孩提时代，这套逻辑曾让我十分困惑，而今天，我依然能感受到这形而上的愤怒。我无需理解，便能重新感受这早已背叛的激情。然而，在孩子看来，那些奴隶的领袖，德萨林③与克里斯托夫④，都是自作自受。他们悲壮的身躯庞大如黄昏的城堡。他们是我们唯一高尚的废墟。年幼时，他相信悲剧的寓意全在基督教里，相信奴隶领袖的下场是为傲慢而偿的债，相信这是白人上帝施予的惩罚，就像主子惩罚放肆的奴仆那样。他将历史看作一种等级制，在他眼里，这些英雄虽然煊赫一时，却终将在黑暗中遭受天谴，因为他们挑战了一个井然有序的宇宙。他敬畏他们敢于冒犯上帝的勇气，并以忏悔成就他们完美的人生。他像个怀着怨恨的学徒，忠心耿耿追随着

---

① 约翰·韦伯斯特（John Webster，1580—1634），英国剧作家，代表作有《玛尔菲公爵夫人》《白魔》。

② 弗拉米尼奥（Flamineo），《白魔》（*The White Devil*）中的人物。

③ 让-雅克·德萨林（Jean-Jacques Dessalines，1758—1806），海地革命领袖，海地独立后称帝。

④ 亨利·克里斯托夫（Henri Christophe，1767—1820），海地革命将领，德萨林被刺后在海地北部另立政权。沃尔科特曾以其生平为题材创作了他的首部戏剧《亨利·克里斯托夫》（1950）。

心目中的英雄。与此同时，年轻的弗朗兹·范恩[①]、已然成熟而苦闷的塞泽尔，则在克里奥尔人[②]聚居的法属马提尼克岛上，开始用散文诗和战斗檄文炮制一枚又一枚炸弹。他们的肤色更黑。他们更贫穷。他们的痛苦是惨烈的，而我也开始感觉被剥夺了黑人的身份与贫穷。我也感受到分裂的痛苦，但直到后来，当他们的预言变为现实政治时，我才真正遭遇选择的难题。我的怨恨与他们别无二致，但却掩藏了嫉妒；我的悲悯不落人后，但却充满了自卑与渴望。那些海地革命的先驱，在我看来，他们的悲剧正是因为他们的黑皮肤。然而，他们却满怀着更大的热情，既向往变革又渴望和解。别再说世道并非如此，别再说侍从总要摆脱奴役。你尽可以把这些英雄视为卑劣的法西斯，囚禁了自己的人民，但他们毕竟是伟大的异教徒，有气魄，够狂躁，热情似火。

二十年后，你尽可嘲笑这样的抱负，尽可指责它的“浮夸”，但詹姆士一世时代的作风，它清高、孤傲的贵族气，却自然地融入了这第一出戏——从奴隶堕落为暴君。若以君权神授而论，这些奴隶本来是绝不会为君王的，因为一旦称王便等于废除了神的律法。尽管我自己也是黑人，但却不相信神会拣选这种人做他的工具。然而，这悲剧里最激烈的交战，却隐含了一种自畏的盛怒：

大主教　这是全民的诅咒，
　　　　胃一犯病，就吞食自己的胃，
　　　　你的血腥味会触怒上帝的鼻孔。

---

① 弗朗兹·范恩（Frantz Fanon，1925—1961），马提尼克精神病学家、革命家、作家，其著作对后殖民主义、马克思主义研究影响至深。

② 克里奥尔人（Creole），通常指生活在（前）殖民地的欧洲白人殖民者的后代。

克里斯托夫　或许我腋下的汗臭味
也会触怒上帝，冒犯他弯曲的白鼻孔；
那好，你死后告诉他，这和他身上
被破译的那七个血字一样诚实，告诉他
连国王身上都带有的黑人气息
乃是生命中的面包与美酒。
告诉他，我很自豪，我已努力
将这个国家建设成今天的规模。[①]

还是同样的主题：一个种族与另一个种族的上帝的争吵。

环顾整个群岛，只有一处高贵的废墟：克里斯托夫在拉费里耶尔建造的大城堡[②]。这是一座自大狂的纪念碑，而不仅仅是战略的堡垒。这是想要和上帝平起平坐的努力，是奴隶挣脱束缚后到达的巅峰。即便这是从一种黑暗堕入另一种黑暗，但那毕竟是奴隶的意志，那毕竟是一座丰碑，证明没有什么是不可企及的。说白了，这是我们可以仰望的东西。这是我们拥有的一切。

① 原文引自沃尔科特的剧本《猴山梦》（*The Monkey Mountian*）。
② 此处“大城堡”指拉费里耶尔城堡（Citadelle Laferrière），位于海地北部山顶，1820年由亨利·克里斯托夫下令建造，现已成为海地的重要地标之一。

三

我想起一个孩子空许的愿望，

永远不离开那山谷，祖先的家乡。

——叶芝

出生在一座小岛，边远的殖民地，意味着你很早就得认命。在唯一一座城市里，粗制滥造的建筑，玩偶般大小的回廊，固定百叶窗和带花边的屋檐，齐刷刷地贯穿了整个都市，就如同穷人家平滑桌面上的衬垫。它们看上去是如此脆弱，仿佛唯一可信的生命只剩下自然。没有人类的自然犹如茫茫大海，一叶孤帆的出现反倒显得突兀。千疮百孔的自然：灰暗、腐烂的棚屋，像农妇衣着的颜色，蜷缩在村外的山岗上。然而，也正是经由自然，人类才会逐渐爱上哲学的缺席，或许，还会无可救药地爱上堕落的美。

在那纯真的流浪岁月里，你找寻穷苦人，把它当作冒险，当作启示，可到头来，却发现青绿瓷釉的圣母像根植在土里，像岩石发布凌厉的宣言，身体由壁龛向外前倾，面朝青绿色的大西洋，犹如贩奴船船头剥落的艏饰像（在各种神龛里，她的年纪出入很大，有些是端庄的夫人，有些则是热切的新手）。回到渔村那晒白、褪色的小街上，每个人都好像散发着绝望的气息，生命，剧场，约减至最基本的元素。贫穷的气味刺鼻而沉闷，和性爱一样，低垂的圣母灯下、椰棕床上的亲昵，在暗夜里发生，充满了活力。然后有一天，仿佛守住这份天主教的清贫，便是得了神的恩惠。这在我，一个黑白混血儿，一名卫理公会的信徒，是绝对无法企及的。这种生活恪守仪规，像商店的面包一样仔细称量，它以五点钟的弥撒、诵经、肩衣、彩画、长明灯、晚祷、斋戒、筵席，还有村外河边用贝壳围成的墓地，来博取“岩间圣母”慈祥的微笑。和共济会一样，这个种族被禁锢在拯救的信念里。对于它，人们抱着更多的嫉妒而非恨意。爱倔强地涌现，像废弃的教堂里野草穿透倾圮的过道。人们孜孜矻矻，渴求那份爱；他们不爱神父和塑像，不爱因顺服而起的傲慢。人们努力想“感受”这座岛，船头、船舷、船艄，像渔夫熟知他的渔船；尽管它并不辽阔，人们也想自由自在，像汪洋里的一叶小舟。

做学徒是毫无意义的，除非生活真实到发出恶臭，迫近到能分辨“三姐妹峰”上晨昏光线的变化，淡褐色的岩石在海水的浸泡中溃烂，迫近到能看见芭蕉叶在阳光下闪亮，能闻到熔化的柏油、永远刺鼻的海水、独木舟的臭味，鲜艳却难闻的褴褛。然而，这是上帝盛怒之下赐予你的，散发着树脂的清香，全浸渍在书本上，杂货铺里聚集了各种气味，刺鼻的气味，来自粉嫩的鳕鱼、干瘪的洋葱、猪肉桶、货架上褪色的布料，堆叠在臭烘烘的店主四周，一个戴着茶色眼镜、严厉、神奇而可怕的女人，如历史一般从黑暗中现身。

物质生活便由此开始。这些都是被赐予的。

而渔夫，那些最先被耶稣笼络到网里的人，他们对神最为不敬，怨恨也最深。

他们过着赤裸、悲观的生活，像海滩上漂浮着肮脏的泡沫。这帮人发展出自己的一套符号，不允许外人介入。城镇与乡村的分离，乡村与海洋的分离，挑战着你的安全，人只求现世安稳，而不想真实地生活。这生活气味太浓烈、太真实。但真相又是什么呢?

在“新爱琴海”，这个种族已经锻炼出致命的适应力，而渔夫正是其中的斯多葛人。如同黑色只吸收、不反射，他们沉着地往下扎根，一样贪婪而不知反省。按理说，把这片海域视为另一块迦南宝地，他们应该会觉得格格不入，但请别忘了，这意象本就是职业浪漫派（作家与政客）的幻想。实际上，新大陆的黑人平庸得让人失望。他要人鼓动才能生起怨恨，或许还会有所动作，也就是说，他和奴役他的那些人一样贪婪、一样平庸。要想摆脱奴役、获得拯救，就必须铸造一种超越摹仿的语言，一种具有启示力量的方言，让它为万物命名，选定自己的语调模式，开始创造一种涵盖吟咏、笑话、民歌和寓言的口语文化。这不仅是偿还历史的积债，同时也是立足新大陆的正途。对他而言，隐喻不是象征，而是交谈，因为每个诗人都是从无知开始，都要经历为每个名词重新命名的痛苦，因为新的语调意味着新的模式，除此以外，再也没有更好的起点。只要对准了语调，不管这语言如何华丽、如何夸张，不管它述说的是海地国王抑或小岛渔民的兴衰，这些都无关紧要。要想再造这种语言，就只能彼此分担言说的痛苦。这不是要舍弃“文化”，而是想通过作家对自身精神分裂的妙用，从而实现新与旧的激烈融合。

于是，人们像演员一样，等待着新的语言。各种风格与面具摆在他们面前，可是，因为不守承诺又羞于开口，所以他们只能被悲喜剧和闹剧打动。而悲喜剧不过是另一种形式的自贬。他们认为悲剧和英语一样，也是遥不可及的特性。

四

如云的豪杰，老少都已为我献身。

——让·热内[①]《黑鬼》中的女王

西印度群岛的强盛，其希望在于艺术。所有革命兴起时都很幼稚，武器不是用土法锻造，便是偷窃所得，而西印度群岛的艺术家并不清楚该用何种武器，但却深知反抗的必要。在最具争议的加勒比小说中，总是蕴含着一种温柔的自怜自哀的悲情。同样，在西印度群岛的演员身上，在他壮志难酬的苦闷当中，也潜藏着一种忧虑。他为缺少合适的武器而忧愁，他担心自己的嗓音、肤色与身体不符合先进的戏剧观。这是极为普遍的流弊，是职业仇恨与种族自嘲都无法消解的。在与俗艳历史的遭遇中，他会被这种判词所震撼：

我们有过传奇，但那是海盗与贼寇的传奇。这种情况下，生命的自然之美根本无法显现。在西印度群岛，拉斯卡萨斯[②]之后再没出过圣人，再没出过英雄，除非热爱黑人的热情能再造一个杜桑[③]。这里没有所谓真正的人，有个性、有追求的人。

---

① 让·热内（Jean Genet，1910—1986），法国文学家，代表作《鲜花圣母》《小偷日记》。

② 巴托洛梅·德·拉斯卡萨斯（Bartolomé de las Casas，1484—1566），西班牙历史学家、多明我会修士、首任“印第安人保民官”。其作品多揭露殖民者的暴行，对殖民地人民深表同情。

③ 杜桑·卢维杜尔（Toussaint Louverture，1743—1803），海地独立运动领袖、革命家、军事家。

他们对下层人就是用的这种口气，然而，揭竿而起的也正是那些下层人。

殖民地的人为母国文化感到骄傲，其程度超过了他的亲生子女，因为他害怕失去母亲。帝国主义最顽固的堡垒，是人心因过度崇敬而生的铜锈：是她的那些法官，讽刺的是，还有她的艺术家。我这一代人，从殖民时期的童年开始，除了敬畏，从没感到过真正的自豪。我们还没树立起新的英雄；当老英雄沉寂或被揭露之后，我们只好躲进山洞，嘲笑那些在酷暑里挣扎的人们。变化潜伏在地下，我们发现不了。我们急不可耐的本性盼着骤然的巨变，罗马人慢条斯理的司法改革完全不合我们的脾胃。我们为劳工和农夫平庸的要求感到愤怒。我们将穷人浪漫化。然而，穷人最不需要的正是对贫穷的理想化。饥饿与失业伴随着重复、乏味的慢步调，完全跟不上戏剧的节奏。饥饿使意志变得薄弱，让人只顾着谋生。虽然加勒比人很少沦落至此，但在饥饿的帝国里，所有工作的确都只是为了生存。当剧作家知道这可能就是他的观众，他势必会以贫困为创作的主题。也因此，荒凉的加勒比剧坛至今仍以表现孱弱及其产物为主：流氓、酒鬼、狂徒、游民，并且将它与农夫的牧歌对立起来。他们的喜剧都有个前提，即假定所有人都是饥饿、贫苦的，或者正在抵御继续穷困的威胁。饥饿使人谵妄；对英雄榜样的狂热，会让人美化复仇行为。

但复仇是一种愿景。西印度群岛的思想在历史的宿醉中已经筋疲力尽，它更爱在怀旧里复仇，更爱沉醉于放逐前的伊甸园幻梦中。它如此专注，是为了吮吸母亲胸口的乳汁。而且，这还不止是一代又一代奴隶的孩子，那些因贫穷或生存——毋宁说因饥馁而来到这里的人们也一样。然而，社群间却维持着一种同父异母的关系，彼此充满猜忌和妒意。人类学里的传奇比普通生活中更多；我们关于血统的争吵，关于“高尚野蛮人”[1]的幻想剧，一直都是狭隘的心灵辩护，是努力创建身份的尝试。然而，除了约翰·赫恩[2]所谓“泛滥的乡愁”，我们的欲望里再没有一丝返祖的痕迹。我们一旦失去成为白人的希望，便开始渴望成为黑人。这两者或许有所不同，但都是谋生之道。“土著身份是殖民者征得同意后，对殖民地人民灌输并不断巩固的一种神经状态”，萨特在介绍范恩时这么说，而“新黑人”正是继承了这一传统。他的罪恶是家传的、法律性质的，他的仇恨是向内的。关于过去，他只记得法律。奴隶，奴隶的孩子，殖民地人民，当时仍很卑微、落伍的民族主义者，我们有什么值得庆贺？首先，我们尚未完全沉浸在周遭的风景中，而我们在葬礼上总是慨叹，自己的身体只能在大地上留下轻微而短暂的踪迹。这片土地没接受过文化的长久滋养，没经历过部落制、封建制、君主制到民主制、工业化的变迁。死亡把我们拴在土地上，始终或如牧歌一般或是残忍的，因为没有一具尸体能建立起层次分明的历史观。一切都那么功利；也正因为功利，所以才会出现过度繁殖、非婚生育、不断的迁徙。秧苗随意地插入土壤，其扎根的深度与种族绝望的程度成反比。迁徙的加勒比人在自己的土地上感受流浪漂泊，对着自己的海滩怨叹气恼。

---

① 高尚野蛮人（the noble savage），17—18世纪欧洲文学中未被文明“染污”的理想化土著形象，象征了人性本善。

② 约翰·赫恩（John Hearne，1926—1994），出生于加拿大的牙买加作家，代表作《风暴眼》《门口的陌生人》。

五

只要愿意，只要愿意……

听慈爱的天父

在呼唤浪子回家

只要愿意，谁都可以来……

——救世军圣歌

煤气灯惊动了人行道。它像抓取火红的煤块一样，照到了穿着白军装的行人身上，照到了他们黝黑的脸庞。大低音鼓那棕灰色的羊皮在膨胀，不知疲倦的强光射向了街对面我们的阳台，将玛丽·安街和肖塞街的路口幻化为光影斑驳的舞台。招募救世军的巡逻队里全是新教徒，那铿锵的鼓点震动了天上的星星。他们想用欢快的表演，吸引大批天主教徒加入救世军，想要吸引每个驻足的行人，想让孩子们拥簇着灯笼，招徕不只是好奇的看客：一支无声的军队在歌唱，在铺满卵石的后院里，在楼上装着百叶窗的卧室里——月光下的被褥只能等待。假如哪个银发的英国副官吹起黄铜短号，当然这很罕见，嘹亮的号声在铁皮屋顶上擦出火花，那说明他们就要开始行军了，虽然脚踩着土著的节奏。正如喝彩声中曳长的号声，远处的楼上也传来阵阵欢呼。两个肤色白皙的孩子正在窗口凝视，巴不得也混到那褴褛、跣足的人群里。然而，那只是奢望，因为他们不是黑人，也不贫穷。其中一个孩子望着欢呼、扭动的人群，直到那差异变成忧伤，忧伤又变成愤懑，分享生活的心愿变成空想与奢望。两个人谁也没有发生转变。在他的戏里，这些就是最初的投影，正如圣诞的街头，“魔鬼”穿着红内衣，留着大胡子，手执干草叉，裤裆里鼓鼓囊囊，在街角举行繁复的黑弥撒招魂仪式，而妖精们则像是嘴上抹了蜜，在他背后齐声赞颂。他和他的孪生兄弟已经在建立自己的小剧场①，用树枝做成“小人”，演绎狩猎和躲避的闹剧。只不过，剧中人都是牛仔和匪徒，而非工头或黑奴。他在阳台上，背对着街道，开始吟诵古希腊英雄的长诗，哼唱琴曲和英雄悲剧。但是，这些韵律，模仿救世军的曲子，“魔鬼”的圣诞歌，乃至街道本身的节奏，也都进入了他的脉搏。

不记得他们有没有用粗陋的傀儡扮过野蛮人。贫穷的题材肯定没演过，但后来，这一切肯定让他们感到很内疚；是嫉妒，也是内疚。你会嫉妒穷人，嫉妒他们无限可能的剧目，他们的性爱、猥亵、放浪和自由，不仅是赤脚闲逛的自由，还有不必汲汲于营生的自由，砍伐树林、凿木成舟、抓蛇、捕鱼的自由，身体粗壮、挥汗如雨的自由。此外，还有别的剧目。有堕落的剧目正在上演。不是如云的豪杰，而是黑压压的苍蝇。模仿英雄悲剧的游民，即兴表演独角戏的疯子，渎神、淫秽的独白，冷嘲热讽的怪人，瘸子，酒鬼，一个异装癖者，一个被判缓刑的杀人犯，几个驼背、絮叨的老太，其中有一个竟站在路中央，指着双脚咒骂太阳。还有幻想家，一个戴着黑礼帽和手套，穿着长礼服，握着手杖，鞋罩上沾了泥渍，另一个断了一条腿，像水手似的横冲直撞。再就是一个口干舌燥的落魄诗人，退役的运动员，钢琴狂魔。这些人充斥了所有的城镇，演绎着各自决绝而自戕的孤寂。尊尼获加②，百事可乐，狂野比尔③，杀猫怪，偷鸡贼，死鬼巴兹，裸体蜡人，公牛嗓戴顿，水上售货员“潜水艇”，无法翻译的 N'Homme

① 1959 年，沃尔科特与其孪生兄弟在特立尼达和多巴哥首都西班牙港创建特立尼达戏剧工作坊，并担任舞台监督（1959—1976）。创建初期，工作坊曾搬演多部名剧，如让·热内的《黑奴》、索因卡的《路》。

② 尊尼获加（Johnnie Walker），一种苏格兰生产的威士忌酒。

③ 狂野比尔（Wild Bill），即詹姆斯·巴特勒·希科克（James Butler Hickok，1837—1876），美国西部民间传说中的传奇人物。

Mama Migrains（虱子妈妈的男人），黄脸偻背、貌似福尔摩斯的雷斯垂德探长[①]，埃斯特芬·曼格·法里纳，深不可测的格林，巴普，茹马尔和福恩。

这里有吸血鬼、女巫、管理员、按摩师（通常黝黑、肥胖，散发着异国的气息），更别提那乡村的夜晚，保留了一整套隐没了星光的神话，燃炽、蜕化的皮肤。最妙的是，夜幕降临的时候，在路灯照亮的门口，老西多吟诵的那些故事，用嘶哑的怪嗓门哼唱的基督教和非洲人的歌。这些歌多半唱的是失踪的孩子，曲调哀怨而惨淡。孩子在丛林中迷失；听到魔鬼的窸窣声，树叶竖起了耳朵。对每个传说中最初的兄弟俩，你不知是否应该哀泣：他们一个强壮，另一个愚笨。这一切像污渍般渗透进来，并教会我们对称的艺术。真正的民间故事隐藏了一副像骨架那样完整的结构，从安纳西[②]到李尔王，首尾俱足。它保留了同样的数字节奏，三个乐章，三幕戏，三条道德启示，无论说的是三个儿子还是三只熊，无论结局是喜是悲。它源自家里的火炉边，源自灯下的屋门口，源自这样一个时代：门外的夜代表着一种力量，邪恶的力量，有恶魔与丧失理性的恶人出没其间。那是灵魂旅行的乡野，听到诵经的孩子，一旦学会讲述自己的故事，都想把它再说一遍，而且对其形式仍将保有同样的敬意。加勒比虚构文学表面的保守性，无论在小说还是戏剧上，都不是对固有模式的模仿性尊重，而是对那种形式的一种记忆。

多年以后，在另一座岛上，你结交了一帮朋友，彼此亲密无间，

---

① 福尔摩斯探案故事中的人物，是伦敦警察厅（即“苏格兰场”）的高级侦探。

② 安纳西（Anancy），西非与美洲神话中的蜘蛛精，常以人形现身，通晓历史掌故。

他们已经变成你感性的肢体与延伸。在排演《黑奴》[①]期间，你开始发现他们在荒诞的挑战面前感到困惑，不论各自接受过何种教育。他们抗拒临渊起舞的那种欢快。它的绝望是另一种模仿。他们身上有着初学者的活力与迷惘，像所有初学者一样，他们也信奉人文主义。把热内的黑白默剧给他们看，前一半是底片，后一半是正片，演员们几乎认不出自己的形象来。

这或许和地下蕴藏的电荷有关。那些电荷在他们面前爆炸，因为剧中贯穿着炫目的闪光，让人哭笑不得。他们从侧面瞥见镜中别人的脸，瞥见他们惧怕的影像，还有自己的怪模样。但他们的天才并不狂放，而是喜剧性的。他们的戏不太像讽刺，而更像狂欢。欢乐是其根源。他们感受不到超现实主义的癫狂。这缺失非关文化，而是由于他们的思想拒绝被扭曲。演员通过神经而非大脑感知剧情，他的本能是感受身体的律动，在姿态中、在与同伴纷杂的交流中感受轻微的刺痛。他们不是不理解荒诞，而是无法享受造作的变童式的死亡之舞。然而，因为他们的社会回避真相，正如他们的狂欢是畏惧一切的噪音，所以太多演员都会逃避自我创造的剧痛。于是，我们便在绝望中合上了加勒比的剧本。合上，然后又打开，只希望那浸润了暮光的最后叹息是错误的，希望晨曦会带来更强烈、更欢欣的绝望；不是属于别人的绝望，而是一种真正悲壮的欢乐。我们不仅为书籍、女人、剧场这些文明的施设而叹息，还在为它的哲学而叹息，这才是我们遭受的天谴。当复仇变成主流，黑色的焦虑变成时髦，或者当贫乏变成艺术家仪式性的负罪时，我们会怒不可遏。原来，我们模仿的是自己的形象。

---

① 《黑奴》(1959) 是让·热内的剧作，探讨了种族偏见与黑人身份等问题，全剧演员均为黑人。

演员拿到剧本，一看到不如方言亲切的台词，舌头就会打结，人就会瘫倒，或者装出为难的表情，很窘迫。当身体一旦遭遇某些“刻板的”经典姿势，他势必会遭遇得体的说话方式。他犹豫不决，又想娱乐大众，又想启迪人民。

要让想象和身体跟随原始的本能舞动，我们就必须从树丛里再出发。归途必然会充满各种再发现的恐惧，那表明你已消除了已知的一切。我们有些诗人假装步上归途，可却事先规划了路线，设定了休息的站点。在这样的旅途上，你只能发现你想发现的东西。这些作家像翻找废墟的难民一样，到处寻觅传家的宝物，目的只是要粉饰古老的贫瘠。但即便是这样的贫瘠，只要谨慎地召唤，也会现出牧歌的光彩。可是，倘若身体能再次被归为学识，归为记忆之手的探索与演绎，那么，我们或许能缔造新的戏剧，并在全面确定其目标的过程中获得愉悦。只要有耐心，就会看到新的回响从中产生。然而，如血的残阳在预演前就已耗尽了意志力，它说：“中产阶级的你，在朦胧牧歌式的企望中恬适安然。你假装重新进入树丛，假装模仿获得祖产后的狂喜。你的灵魂潮湿、腐臭，在左右两个太阳穴之间游走，通往树林的小路两边都围着篱笆。”你鄙视未来那平庸的活力：民间艺术、语言、音乐，像经济一样，会主动迎合外来政权的中心；为了清楚好懂，人们会主动简化自己的表达。遒劲的民间舞蹈养肥后被塞进夜总会、宾馆餐厅，和所有其他艺术一起，为了旅游文化出卖自己：在你眼前，有一百个哈瓦那和小迈阿密。然而，又有谁敢正告他们的“旅游局”“文化发展委员会”：当年的黑奴至少懂得反抗，保有个人的尊严，知道自己遭人践踏，而他们的后代却为何如此软弱，追求炫丽的色彩，用虚假的愤怒、商业的成功掩盖他们的遭遇？就连我们当中还能唱老歌的那些人，也都佯装继承了非洲的正统，但一经柯达胶卷的曝光，发现原来不过是装神弄鬼的萨满、卑鄙下流的祭司。政治上向权力中心效忠，同样，语言也在向都会靠拢。但殊不知，模仿都会的权力、风尚、艺术、观念，盲目接受它对我们的认知，这是有危险的，这会使都会的问题更加复杂难辨，甚至自己也会沾染上它的弊病。这一冲突的核心在于：是否只有真正的城市，即都会的权力，才能培育一座剧场，又或者，我们的城市一旦失去所有权力，还能否被称为城市。讽刺的是，一方面，都会中心的剧场正试图将权力约减，将它变为赎罪、欢庆等简单的部落仪式；另一方面，我们的政治，连同我们的艺术，却在努力学习如何诡辩，甚至到了模仿颓废的地步。在我们受挫的先锋派、激进派看来，现在还不具备足够的能量，或者颓废尚未达到极致，所以任何实验都还缺乏正当的理由；结果，他们因此错失了属于我们的萨德[1]、格罗托夫斯基[2]，还有阿尔托[3]的狂热。而其他人，身穿花套衫的反动派，则举起喇叭，奋力鼓吹田园的梦想，鼓吹重返自然。和归来的自己相遇，这一直是西印度群岛的命运。只有在别人把它尊为风尚之后，他才会发现简朴的力量，发现开放社会的魅力。

---

① 萨德（Marquis de Sade，1740—1814），法国贵族作家，以其创作的色情文学而著称。

② 耶日·格罗托夫斯基（Jerzy M. Grotowski，1933—1999），波兰戏剧导演与理论家，首倡“贫困戏剧”（Poor Theatre）的理念。代表作《卫城》《忠贞王子》《启示录变相》。

③ 安托南·阿尔托（Antonin Artaud，1896—1948），法国戏剧理论家，先锋派戏剧代表人物。

六

我们的文化缺失已得到证实，所以才会惊讶于某些堂皇的反常事物。比如说，在一座与现代文明隔绝的海岛上，当一艘载着健康乘客的船只驶过，可能会引起未知疾病的爆发，但却不会带去同类国家都有的特产：带状疱疹、流感、风湿、窦炎、多神经炎。

——安托南·阿尔托《戏剧及其重影》

我试图转移视线，不再关注合唱团指挥室后面铁皮小屋的水泥地上的那口浓痰，像掺进沙子的牡蛎一样迷人。合唱团的指挥室，半是信仰同化祭礼的场所，半是长老会的乡村礼拜堂。然而，有两个人却盘桓在那肮脏的地方，寻找合唱团指挥今天早上才买的留声机的唱针。目睹技术上的混乱，我们茫然无措。留声机则像在报复似的，坚持认为有他们说话就足够了，于是堂皇地不再作声。合唱团的女人穿着极俗艳的标准服，在模仿墨西哥或者委内瑞拉的农民：镶着坐垫那么大的花朵的黑裙，低领花边棉毛紧身衣，一尘不染的鞋子，如果没记错的话，就连其中打扮最朴素的女人，都在油腻的头发上插了一朵俗艳之极的芙蓉花。男人的着装倒是很低调。在台上，他们会穿雇农穿的那种棉毛七分裤。如果是舞者，那就穿上妩媚的虹彩长袖衣。这些人的男性特征已经在活泼与娇媚中被阉割。他们的舞蹈尽显女性的妖娆与娇媚，像廉价香水一样令人窒息；他们的小跳和旋转像女人的撒娇一样虚假。况且，女性流汗的胯部至少是有魅力的，而男性却只剩下裤裆包紧的束身衣、扭动的臀部，而且要求骨架越小越好。好吧，不用多说了。其实，这就是卖淫，这些人都有钱拿。我们聚集在此是为了还愿，而合唱团的男人则有一种新教徒的拘谨，一种内敛而微笑的谦逊。

然而，夜却在逐渐堕落，它给予我们糕点、糖果、稀释的饮料、加工过的玉米、芭蕉和土豆的脆片，甚至把最后的植物神晒干、分发，仿佛这些就是救主的肉体与血液。然后，她们开始唱歌，唱电影歌曲。她们已经学会表现自己，具备了自己的风格。左摇右摆的女人，手都快抓不住喇叭裙的边了，像孩子朗诵一样，晃着烫过头发的脑袋，嘟圆了嘴，两眼含情脉脉，鞠躬，天哪！认真地鞠躬，像专业人员一样谦逊，但又不会带着揶揄、傲慢的微笑。相反，其中包含了“社区中心”克制的豪情、社会成就的雄心。酸臭、板结的土地像水泥一样坚硬。他们的脚后跟，像鼓皮上鼓手的手掌，终究要让大地震响。最糟糕的歌曲，唱得最动情的歌曲，是原创的，是国歌。这其中的情感幼稚透顶，且歌词也极为恶俗。不过，最惨的还得数那股唱歌时的激情。语无伦次，极度粗糙，但却何其优雅。它一散布到空气里就会发出异味，把一切搞得乌烟瘴气，粗劣、自然得就像一口分叉的浓痰，让你浑身发痒。闪亮的芭蕉叶，稠密、炎热的空气，精益求精的黑人粗嗓，这些全搅合在同一个幻觉里，慢慢强迫你接受，除非你感到曾经的疯狂再次撬开了脑壳。一口浓痰飞溅到粗糙的水泥地上，这其实是在重复一句话，或者说变成一句话：嗯，很感人，很淳朴，很诚恳，很真实。没错，那些落满灰尘的芭蕉叶是很真实，他们的金牙、小金表、婉转的闲聊也都很真实；不真实又嫌多余的只有你。你想创造自己的现实，就必须融入他们，吐痰、鼓掌、抚摸，和他们一起吃饭、唱歌。然而，心灵的黑洞里真正在歌唱的却是空虚，真正呐喊的是某种失落的东西，它尴尬得像遗弃幼崽、遁入树丛的动物。他们很高兴看到它一去不返。我能感觉到它的遗失，遗失在璀璨而精确的星光里，带着呛鼻的爽身粉和香水的气味。等一会儿，等笑眯眯的神父走了以后，等嘉宾退场以后，炎热的夜晚到来，朗姆酒喝起来，然后，鼓声和真正的歌声就会活跃起来。那时候，人们或许就会开始苦苦寻觅古老的真理，但百无聊赖的动物却早已入睡。时间太晚了。太晚了。

七

唯一的逃路是戏剧。

——V. S. 奈保尔

所有这些都是对身份的确认，不管强制的成分有多少。我们的身体用一种语言思考，用另一种语言行动。但即便是新生代的混血儿，指责诗人背叛方言的黑人评论家，也该清楚，现在评注用的语言是英语；如果仅仅因为是白人的东西就放弃思考，那会是极度荒唐的想法。在自虐的身体里，我们混淆了两种好东西：自信的尊严和交流的礼仪。在我们眼里，参差、粗犷的风景，正如我们的语言一样没有文化。

所以，和那个民歌合唱团一样，我最初的诗和戏剧都在表达这种想被收养的渴望，就好比私生子渴望被父亲接纳。我自认为在继承马洛、弥尔顿的伟大传统，但我之所以有较强的使命感，那是因为我感到了疏离。后来我才知道，其实每个部落都会疯狂囤积自己的文化，就如同囤积偏见一样；英国文学，即便在戏剧领域，也是神圣与亵渎交织在一起；殖民地文学能发展成近似的模样，但却不会被视为嫡系传人。我们有民间诗歌、殖民地诗歌、英联邦诗歌，不一而足；然而，与母国相比，这些都像是子女孝敬的礼物、属国进献的贡品。我在研习英国文学的时候，每每望洋兴叹，羡慕得很。可是，真要像写作那样说话，又觉得自己在装腔作势，抑或是生吞活剥。舌头开始有负担，如同想要卸下重物的驴子。人们教育我，要我把舌头当作一件工具，把它磨得尽量锋利，就像英国进口的锥子和凿子。我要求演员口齿伶俐，但其实，那和他们粗犷、纯朴的感情是冲突的。这种霸道的做法助长了自负的情绪，让你误以为这就是天才。于是，我便被人们称为奇才，因为我继承了与其生活并不相关的传统。这使我相信，暮光也认为我与众不同；然后，我便着了魔，以为山河大地与历史全都辜负了我。

八

> 到最后，时代得到了
> 它想要的那种狗屎。
>
> ——欧内斯特·海明威

现在，他的反抗已变为极度的癫狂，只剩下愿景依然真实。身为领头人，他祈祷：让我热心帮助他人，无情对待自己。然而，所有自诩为圣贤的狂徒，其痛苦都是反其道而行之。他当然也不例外，一样是以个人的堕落来巩固公众的事业。所以，即使义愤也会使人堕落，献身里也隐含着复仇的怒火。他得独自将西西弗斯的巨石推上山，哪怕自己粉身碎骨。助燃他雄心的不再是爱，而是神经衰弱和酒精。这狂喜像所有权力一样，让人陶醉、凶残、腐败。我们原谅这样的暴虐，因为它是抽象的，但其实，每次爆发都在侵蚀和损害自己的灵魂。他开始疑神疑鬼，虽然明明只是些误会而已。除了盲目服从，什么都无法让他满意。有人警告他这样太疯狂；的确，爬坡的每一步都伴随着偏执的增长。可问题是，假如他扔下石头或者中途休息，谁又肯帮忙呢？谁会帮他顶住巨石，忍受脚底的伤痛、背上的重压？有时，在早上训斥完演员以后，他会感到懊悔，于是便像医生一样研究起自己的症状来：无名的怒火，顽固的怀疑，失败的苦恼。或许，这么做勇气可嘉，但毕竟刺痛了他的皮肤，搅乱了他的记忆，伤害了他的自尊。这样发怒等于自杀。怒火打击甚至消灭了一些人，但在他眼里，每次崩溃都是一次报复。就像有些国人说的：他到底怎么了？和演员打架，激烈程度难以想象；恼怒最后化为眼泪，暴力泯灭了一切自尊。

但即便是这样的发作也好过有些神话：生生不息、根除不尽的舌蝇，嗡嗡地飞来飞去，接触不同的血液；像寄生虫一样不事生产、身染疟疾的“黑鬼”；被沼泽麻痹的想象，泥泞是它最大的幸福。愤怒终究好过一无所有，好过互相称呼“黑鬼”的那点怨恨。他们从大厅搬到地窖，再搬进小屋；与之相应的是灰色大街上那一贫如洗、流离失所的移民。只有这里才是家，才是发迹的地方，突围的大本营，避难的收容所。

一段时间后，看不见的藤蔓开始扼杀我们的意志。每天晚上，在野草疯长的心底，都会清理出一块地方，在那里你可以就着火光，规划点滴的进步。对，导演在酝酿一种基督情结，教人甘愿受苦，正视背叛，就像救世军为半文盲、有抱负、遭受过挫折的人们演出的一场戏。他之所以能坚持不懈，是因为童年听过的一句话——“因为无论在哪里，有两三个人奉我的名聚会”[①]——当只有几个人来参加排练

① 原文引自《新约全书·马太福音》18 章 20 节：“因为无论在哪里，有两三个人奉我的名聚会，哪里就有我在他们中间。”

的时候，他更是增长了高傲的绝望。这不仅仅是一种浪漫，带着失败的悲壮，因为他的坚持受到了褒扬。同辈人称赞他，而他们自己却已放弃艺术；对他们而言，现实主义包含“正直”与“公益”，这是棕色人种里兴起的新型精英体制。他们接受了社会的局限，但焦虑却掩饰了受辱的事实。

在受邀参加的聚会和酒宴上，你得忍受他们的致敬，他们乏味而安心的微笑，和他们逢场作戏。你去赴约，明知他们的眼神已死，这眼神流露出毕业生才有的不安与好强，在周日特刊里很常见。他们否认自身的力量，放弃了为善的愿望。剧场和城市的未来，他们对这些提不起兴趣，因为他们已经理所当然地接受了失败。这些人很清楚自己的职责——将戏剧性转化为戏剧，分辨福祸之间微妙的差别。然而，这是个贪嗜迷乱与臆想的社会，它只相信国家控制下精致的疯狂。狂欢节是无意义的，就像只知一味模仿的表演艺术。知识分子想亲近群众，却又惧怕群众；现在，他们从中发现了自己曾经鄙薄的价值。他们将民间艺术神化，断定卡吕普索也是诗歌。他们口口声声说要改变，但手册却教你如何停滞不前，因为他们想让农民在政治上得到教育，但在智识上不受玷污。他们宣讲派系斗争和权力的复杂性，把农民弄得晕头转向，但同时，却又主张农民不需要语言和逻辑。他们告诉农民不该攀比，不该贪图堕落的物质享受，但同时，自己却很想娶个白人老婆，生几个棕色皮肤的孩子，找一份“铁饭碗”的工作。

不，殖民地艺术家的敌人不是人民，也不是人民的粗俗审美；审美通过努力是可以变精致的。他们的敌人是那些推举他们保护人民的人，是那些痛斥镇压人民暴行的伪君子。他们呼吁人民自尊自强，也就是放弃个人的尊严；他们宣扬以黑色为美，仿佛自己是来自另一场革命的传讯员，可是，却从不解释究竟什么是美。所有这些人就像是突然从天而降，一帮奇怪又可怕的“暴民”。他们粗陋的哲学会把高雅变成低俗，把谦恭变成卑鄙；他们不容你争辩，现在甚至装模作样，模仿起都会人的愤怒。*Tristes*，*tristes tropiques*！[①]我们来自一个更古老、更智慧、更悲伤的世界，那里早已驱除了这些妖魔。可是，出于政治目的，他们却要将旧日的妖魔召回。新左派的巫医带回进口的图腾。眼看着，人民将再次遭到背叛。

于是，他在疲惫的妄想中终于明白，若要继续下去，就必须自欺欺人，认定世界在围绕自己旋转。他珍视演员对他的忠诚，并以此欺骗自己；演员文化素质低，他非但不以为耻，反而从中看到了希望，因为他已接受殉道者的角色。如此一来，他既可沽名钓誉，又能默默无闻；既可触礁沉船，又能冀望那旋涡便是世界的中心。他一个人为大家着想，在细微处默默丰富他们的心灵。

愤怒滋养了他，激励他创作梦幻或暴力的文本，消弭仇恨的剧作。在那样的情绪下，他认定他需要一种戏剧，可以说溺水者的语言，可以呼喊，可以胡言乱语。可是，要独自承担这整个世界，又太可怕了。当演员全都喝醉、飘飘欲仙的时候，那种癫狂会感染、刺激到他们。现在，他看到了他忧心的事：不安于现状的反抗；那些仍然躁动的心灵开始意识到自己的使者身份。他们的身体也许会屈从于一切，但力量的壮大也逐渐暴露出自身的缺陷。姿态完美的时候，语言总是不太清楚。他们无法解释也无法重复本能阐释的东西。现在，有几个人会向他提出可怕的请求：戏剧技巧和身体本能的动作不该理解为同一样东西，因为只有这样，当演员的语言失去英语的活力时，他们才会有更好的表现。现在，他们想要和别人变得一样好，好到能出

---

① 法语，意为“忧郁，忧郁的热带”，《忧郁的热带》是法国著名人类学家克劳德·列维-斯特劳斯（Claude Lévi-Strauss，1908—2009）的代表作之一。

国表演。他们表现出被殖民者对都会的那种被诅咒的渴望。见异思迁的事已经开始发生。

这二十年来，我们始终致力于创造一个剧场的现实。对此我们并不感到悔恨，也不会鄙薄取得的成就、“被认可”所带来的荣誉。然而，这颁奖仪式却已误入歧途，正如“长期服务”（即自我牺牲）这一名存实亡的体制。颁奖人把艺术视为一种苦行，在肉体因冷漠而衰朽之后尊崇精神，把戏剧视为公民的殉道。这使得不平等问题迟迟难以解决，而奖励本身却是承认它存在的。戏剧是一门粗俗的生意，金钱比奖牌更实惠。他们念兹在兹的是纪念碑、养老金和奖章。就此而言，什么都不曾改变；我们仍被禁锢在恐惧当中，害怕荒废了自己的才能。救世主的角色不再是一种恭维。它让人厌烦，让人愤怒，它讨厌再听到“如果……会发生什么”之类的话。它宣扬民间文化的力量，不被国家的噪音所欺骗，不被商人狡诈的奉承所蒙蔽。不知不觉中，民间艺术已被政治荼毒。现在，其商业化的程度也让人怒不可遏，因为它们已经成为整个大气候的一部分，成为导览手册的艺术。

*

那要怎么办呢？向谁求助？如何坚持下去？如果有人只会说几句当地方言，只带了一张简陋的地图，就贸然前往非洲寻求体验，结果会如何？我们对丛林语言一窍不通，我们的举动自相矛盾。这中间只浮现出一幅景象。一群游客，灰暗的身影，像探险者一样来到干燥而草木茂盛的山岭上。那里空气清冽，沁入心脾，四周的景色全被遮蔽，然后视线缓缓降落到他童年时满眼铁皮屋、像玩具一样的市镇上。因为细节越来越逼真，感觉也越来越虚幻。山上清凉、微颤的草叶，风吹草丛的窸窣声，时间的双重性，过去和当下被串连在一起，仿佛儿时那些健谈的人偶猛然间复活了。一些人手指着那后院铺满卵石的房子，四分之一个世纪前，他们就是在那里化为肉身的；在那房顶上，军号曾经迸发出火花。另一些人则转身面向蓊郁、幽暗的香蕉谷地，那里有赭色的小径、倾斜的木屋；屋内，灶间的炉火旁，传来他们吟诵的诗歌。更远处，大西洋上波涛汹涌，在岸边留下一道白线，海那边是非洲，他们永远也回不去的家，还有那暗沉如神谕的山峦隐没在神话中。伴着如此壮丽的海天，他仿佛在向这座岛偿还一笔祖宗欠下的债。仿佛他们瞥见自己刚躲过一场海难，踏着波浪，身体前倾着走上岸来。这不是臆想，而是一段回忆，尽管细节模糊得如同梦境和艺术。然而，熟悉一个地方并不等于真正了解它。我只记得有真的演员站在真实、起风的草岭上，不用问，那就是幸运山[①]，眺望着卡斯特里港和迎风的香蕉园，在圣卢西亚岛的脊柱上。或许，是我把我们带回了家。循环已经结束。或许，山岭正是休憩的地点。或许这也是某种成就。然后，我们又要走下坡路了。离开那清冽的空气，再一次向下走。我和他们在一起，又不在一起。我守望他们，但并未身在其间。他们是他们。他们在那里。他们不再需要好向导的鼓励，可是，为了呼吸清冽的空气，我现在都不知该把他们带去哪里，除非再踏浪去到海上，像拍电影那样重复同一场戏。从此以后，再没有挣扎，有的只是不断重复的小胜利。是有人关闭了他们的希望，还是打开了他们的希望？黑暗自有其价值，隐晦的文明自有其价值。在那小山顶上，在春寒秋肃里，我也许已经失去了他们。

最后的景象是大雨滂沱的黎明，拍完一通宵的电影，人疲马乏，在一片慢慢变成灰色的野地里，海风像钢刀般刮着脸颊。在野外的垃

① 幸运山（Morne Fortune），位于圣卢西亚首都卡斯特里（Castries）南郊。沃尔科特的墓地就在此山的山顶。

圾堆里，在装着道具的黑箱子和湿滑的黄色防水布中间，站着一个戴围巾的姑娘，她漠然将围巾裹住肩膀，一头黑发被微微吹起，疲惫、白皙的皮肤泛着红光，就这么一动不动，迷失在自我和鼓动的帐篷间。她是白人，但这已无关紧要。她的静谧消弭了多年的忿恨。当心疲倦至极的时候，他默默感谢这位姑娘，因为她曾在自己的梦里出现过。她是缪斯离去时的归舟，她湛然的空缺是诗提出的问题，而答案就是诗本身。她是一名哨兵，始终守望着，直到黎明。

我和他们紧紧绑在一起，分不清哪个是藤蔓、哪个是树干，谁是寄生虫、谁是宿主，因为如果我敢坦承自己的志向，那我就能利用他们，他们也能利用我。他们的背叛全都是与自我的争吵，他们情有可原的离弃是所有岛国艺术家无法回避的问题：是选择回家还是流浪，是自我实现还是在精神上背叛祖国。游历只会扩大这一分野。每一道暮光照过来，选择的余地就急剧增加。二十年前，我们憧憬城市不再为权力或金钱所支配，憧憬崇尚艺术的城市。应该说，这一点我们的确看得很准。除此以外，一切都只是模糊的镜像；在这面镜子里，人们或许能找到自己真实的投影。

(1970 年)

历史的缪斯[①]

历史是一场噩梦，我努力想从中醒来。

——乔伊斯

一

新大陆的共同经验，即便在其贵族作家看来，都是典型的殖民主义。贵族作家对旧世界的崇尚，可以看成是对混血儿的崇拜。他们同样是传统的受害者，但却让人想到我们对先贤亏欠太多，想到最先打破传统的人其实是敬畏传统的。这些人自以为是，招致很多人的反感，然而，由于他们对过去的理解停留在某个恒久却又现实的时刻，所以相比于那些和过去纠缠不休的人，新大陆对其贵族作家亏欠得更

① 原文刊载于文化论集《奴役终结了吗？——加勒比的黑色情绪》（*Is Massa Day Dead? Black Moods in the Caribbean*，Anchor Books，1974）。

多。这是因为后者对旧传统的尊崇可以调和一种傲慢的情绪，而这傲慢其实比断然的弃绝更难对付。他们知道，公开反对传统只会让传统得以延续；革命文学是一种子女孝顺父母的冲动；所谓成熟，是指吸收、融合每一位祖先的特点。

这些作家狡猾地以古典派自居，假装对变化漠不关心，这样既嘲笑了激进派的愤怒，又暗讽了被殖民的痛苦。如果说这些人像是惺惺作态的贵族，那是因为他们已不再对抗历史，不再对抗新大陆的美杜莎。

这些作家不再将历史看作时间概念，看作神话的滥觞、种族记忆的一部分。对他们而言，历史是虚构，受控于一位捉摸不定的缪斯——记忆。其哲学是革命性的，出发点便是对历史时间的藐视，因为他们不断重申，新大陆和旧大陆是同步的。他们认为，人是自然的产物，由各种存在组成，绝非历史所能束缚。然而，我们接受历史教育的方式，从动机到事件的整个历程，却和我们阅读叙事性虚构文字完全一样。时机一到，每个事件都会变成记忆的产物，任其肆意编造。事实真相距离我们越远，历史就越容易凝固成神话。如此，当这个种族成熟起来的那一天，我们就会逐渐明白，历史是写出来的，是一种不带说教的文学；在它的精密计算中，种族的自我是无法消解的；一切端看这虚构究竟是谁的回忆：成王还是败寇。

在新大陆，有人对历史的缪斯俯首称臣，于是便产生了一种控诉与绝望的文学，一种由奴隶的后代创作的仇恨文学，或者由奴隶主的后代创作的忏悔文学。这类文学旨在探求历史的真相，所以经常引起争议或同情，但其本身则往往没落以至于消亡。而新大陆真正剽悍的审美，既不解释历史，也不宽恕历史。它不承认历史是一种创造力，也不认为它罪不可赦。第三世界的诗人以历史为耻，但又深深地敬畏它。他们将语言视为奴役；为了急于证明自己的身份，他们只看重语言的无序或者怀旧之情。

二

新大陆的大诗人，从惠特曼到聂鲁达，都扬弃了这一历史观。他们认为新大陆的人就好比亚当，仍然能创造伟大的奇迹。他已经还清了欠希腊和罗马的债，可以行走在一个没有古迹和废墟的世界。别人告诫他，要抵御古文明的可怕吸引。即便是博尔赫斯这样的天才，表面上讳莫如深、不通世务，但其实也在标榜一种粗俗而唐突的快意。也因此，平原生活瞬间就被僧侣的作风赋予了古意。我们对暴力的感受伴随着历史的共时性。于是，一个加乌乔人[①]的死就不仅仅是凯撒之死的重演，实际上，两者根本就是同一回事。事实蒸发，变为神话。这不是厌世的犬儒心态，以为日光之下再无新事；而是一种昂扬的快意，看什么都觉得焕然一新。如同博尔赫斯，诗人圣-琼·佩斯一样也不动声色，将我们带离昔日的神话，引领至当下。这是最彻底的革命精神；它召唤灵魂，重回它的怀抱。佩斯在作品里，对风、雨、海的大自然献上了无限的赞美。如同贵族的句法，革命的或者循环的憧憬一样根深蒂固。佩斯歌颂的不是崇古，而是永久的自由；他的主人公始终在漂泊，大篷车或驮骡承载着他所有尘世的财物，穿过伟大文明的废墟；他是诗人，脑袋里装满了各种文化，也许很辛苦，但绝不累赘。他的诗像穿越风雨的迁徙，或成群结队，或踽踽独行。这在精神上是与惠特曼、聂鲁达相通的，因为这些诗也在寻觅敬拜大地的空间。

① 加乌乔人（gaucho），生活于南美地区的混血人种，慷慨勇猛，多以牧马养牛为生。

三

新大陆的诗人认为“古典风格”守旧、陈腐，所以必定也视其为历史的倒退，斥之为大师的语言。当诗人把历史也看作语言的时候，当他将记忆仅限于受害者的苦难时，便会产生这种自虐心态。他们想致敬遭受屈辱的祖先，这愿望固然美好，但也制约了他们的语言，使得他们只能在语音的疼痛、苦难的呻吟、复仇的诅咒中打转。昔日的声调变成不堪忍受的重负，因为他们必须用自己的语言辱骂大师或英雄，而这不过是自欺欺人。在他们眼里，卡列班①是个暴怒的学童。有时，卡列班和他的老师一样振振有词，且言辞中充满了美，而诗人们却误以为那是愤怒。受害者掌握了加害者的语言。这是奴化，这不是胜利。

*

可是，新大陆的人，不论祖先是加害者还是受害者，谁又不畏惧过去呢？内心深处，谁又不是在无声地呼求原谅或发誓报仇呢？新大陆的历史是充满恐惧的悸动，是愚昧和贪婪永无休止的循环。我们借祷告将整个种族的痛楚向黑暗中的摩尼教②神祇宣泄：*Dominus illuminatio mea*③，因为在圣光、刀锋的寒光、我主之光的掩饰下，带到新大陆来的其实是同一条闪亮的蛇，同一个犯戒的亚当，同一个受难的基

---

① 卡列班（Caliban），莎士比亚戏剧《暴风雨》中的人物，在其岛屿被占领后沦为普洛斯帕罗的奴仆。

② 摩尼教（Manichaeism），其教义认为光明与黑暗的世界势不两立，相信光明终将战胜黑暗。

③ *Dominus illuminatio mea*，拉丁文，意为“主是我的光”。

督，表现出同样的疲惫；同时，他们剜去了奴隶的内脏，带来了新的虚无，带来了一种黑暗，让旧的信念变得更为坚定。

终于，奴隶败给了失忆。其实，失忆才是新大陆的正史。那是我们继承的遗产，不过，追本溯源、评定功过也是治史的手段，且给出的解释总是千篇一律：甲的发生是因为乙，甲的发生是有原因的，当时的人就是这样。彼此控诉之后，奴隶主的悔悟取代了奴隶的仇恨。在这里，殖民文学是极为虔诚的，因为它将伟大的艺术斥为封建糟粕，而对表现苦难的拙劣艺术却格外宽容。在激进派诗人看来，诗歌就像以屈从表示尊敬，是一种实质的失败主义。然而，让大诗人苦恼的却不是历史的压力，而是当下的沉重：

有这么多死了的人，
这么多被红日冲破的堤坝，
这么多撞击着船身的头颅
这么多遮住了吻痕的双手
这么多我想忘记的事。

——巴勃罗·聂鲁达

诗人的历史感紧贴着神经，活得相当生猛：

我的土地没有名字，没有亚美利加，
昼夜均分的雄蕊，形似长矛的紫色，
你的芳香从我的根柢升起
进入我渴饮的酒杯，进入我口中

尚未诞生的最纤柔的词语。

——巴勃罗·聂鲁达

正是这对神明的敬畏，这命名新大陆的初始特权，消除了大诗人心中的历史，而这恰恰是人所共有的欣喜之情，不论你在传承上站在鲁滨逊、普洛斯帕罗那一边，还是和礼拜五、卡列班更有共鸣。他们放弃了民族谱系的溯源，然后将信仰转移到原人身上。理想与憧憬，“民主的展望”，不是隐喻，而是社会的必然。扎根于欣喜之情的政治哲学，必然要接受对第二个亚当的信仰，接受整个秩序的再造，从宗教信仰一直到最简单的家庭礼仪。高尚野蛮人的神话将不会复活，因为这神话根本不是源自野蛮人自身，相反，它总让人对旧世界念念不忘，让人向往单纯的美好。新大陆的好诗并不佯装这样的单纯，它憧憬的不是天真。相反，如同这里的水果，它甜中带酸、酸中带甜，第二个伊甸园里的苹果带着经验的酸涩。这类诗歌含有苦涩的回忆，而苦正是舌头上最后消失的味道。提供能量的则是酸味。在这里，阳光照到的金苹果都是酸的。聂鲁达是柠檬味，艾梅·塞泽尔的 *Pomme de Cythère*①能把牙酸倒，佩斯是海滨盐果的味道，海葡萄、“胖商陆”②和榄仁。而我们这些岛民一想到种族，总不免勾起离乡背井的苦涩回忆。

---

① 法语，意为“基西拉的苹果”。基西拉岛位于巴尔干半岛与克里特岛之间，相传为爱神阿弗洛狄忒的居住地。

② 商陆（poke 或 pokeberry），一种粗壮的多年生草本植物，产紫黑色扁球形浆果。

*

对新大陆的幸存者而言，对险遭灭绝的所有种族而言，他们屈辱的到来只能是历史的开始，而非结束。鲁滨逊的沉船、《暴风雨》中的海难，是旧世界的终结。新大陆并不在乎旧世界是否决意推倒重来，因为才刚为奴的人根本不会执著于进步。这就是苹果苦涩的秘密。从时间顺序来看，向往进步是历史的理性疯狂，也是可控未来的理性疯狂。进步的意象十分荒诞。据史书记载，新大陆的发现者把金属包装的食物放在纯净的沙滩上，然后下跪，于是树丛里的野蛮人生起敬畏之心，也跟着跪了下去。正是这样的画面，深深烙印在殖民地人民的记忆中。譬如有人妖言惑众，说正因为鲁滨逊的踏足、哥伦布的跪地，世界才变得神圣。不过，这些渎神的画面终究会淡去，因为进步的象形符号本质上都是可笑的。假如对新旧大陆的观念越变越荒谬，那么，我们的时间观会有何变化？历史本身会发生什么？这一来，我们势必要承认历史也在变得荒谬吗？这不是存在主义。亚当式的原人不可能是存在主义的。他最初的冲动不是自我放纵，而应该是敬畏；存在主义只是个神话，是高尚野蛮人巴洛克化的产物。这类自由哲学多诞生在城市。存在主义和卢梭的精致原始主义一样，也含有浓重的怀旧成分。同时，它又是病态的，像基西拉岛在法国思想中的不断重现，无论是华托[①]作品中结核病、热病的意象，还是兰波、波德莱尔笔下同样的昏热与谵妄。诗人们描写“新爱琴海”、福佑群

---

① 让-安托万·华托（Jean-Antoine Watteau，1684—1721），法国洛可可派画家，代表作《舟发基西拉岛》《威尼斯游乐图》。

岛[1]、幸运列岛[2]、遥远的百慕大、普洛斯帕罗之岛、鲁滨逊的胡安·费尔南德斯群岛[3]，所有名字像念珠一样的岛屿。他们很清楚，所有对天堂的旧观念都会在此触礁。

我想要听一首歌，让彩虹在歌声中断裂
麻鹬飞落在被人遗忘的岸边
我想要藤蔓爬上棕榈树
（在当下的枝干上，它是我们倔强的未来）
我想要穿戴盔甲的征服者
在凋零的香花中躺卧，
熏香了一把锈剑的泡沫
在缓慢的野仙人掌的纯蓝色飞行中。

——艾梅·塞泽尔

可是，只想到沉船与海难的群岛作家，他们多半认为新大陆没有让人欣喜昂扬，反倒叫人学会了玩世不恭，认为旧世界的沉疴一定会重新上演，并因此生出了绝望的情绪。他们的不安是海岛人对旧文化的眷恋，对新文化的悲叹。当这种不安的程度加深时，他们会排斥野性的山水，会更渴慕残垣断壁。对这类作家而言，文明的衰亡是建筑的，而非精神的；藏在记忆深处的是藤蔓缠绕的断柱，荒凉寂寞的高台，整个欧洲就像一座收藏丰富的博物馆。他们相信传统肩负的责

① 福佑群岛（Isles of the Blest），即亚瑟王传说中的阿瓦隆岛（Avalon）。
② 幸运列岛（Fortunate Isles），希腊神话中的人间仙岛。
③ 胡安·费尔南德斯群岛（Juan Fernandez Islands），位于智利海岸线外约670公里处。

任，但真正敬畏的却是历史，而非敏锐、活泼、与时俱进的传统。那些夸大非洲影响的人也一样。对他们来说，最惨重的损失是失去了旧有的神明；他们担心敬拜神明阻碍了进步。于是，政治人文主义替代了宗教。他们将这样的神视为历史进程的一部分，和部落一样，难逃兴衰交替的规律。因为旧世界对神的理解是以人为中心，所以新大陆的奴隶被迫照神的样子重塑自己，尽管也有“神就是光，在他毫无黑暗”[①]之类的说法。于是，在这信仰的交点上，奴性的诗人和祭司便主动交出了权柄。而被奴役的部落则巧妙融合了旧世界的宗教，从而学会了自我防御。看似是屈服，其实是救赎；看似是传统的失落，其实是传统的复兴。看似是信仰已死，其实是信仰的重生。

四

艾略特说，一个民族的文化就是其宗教的化身。倘真如此，那么，我们在新大陆就必须问如下几个问题：(1) 黑奴学来的宗教是否已被吸收为信仰？(2) 在吸收的过程中，该宗教是否发生了改变？(3) 不管是完全吸收，还是吸收但有所改变，现在是否真该扬弃它了？易言之，脱离了非洲宗教，非洲文化是否能够存在（辩论艺术和政治除外）？如果能，该脱离哪种非洲宗教？

一帮庸才高举古老的图腾，却来嘲笑别人改变信仰，这岂不是更加无耻。不过，文学的宗教终究只能煊赫一时，因为信仰需要的不仅是风尚。到了这个阶段，论辩型诗人会像政客一样，希望创作出皇皇巨著，希望召唤回昔日的荣光，以历史而非神话的面目出现，希望能

① 参见《新约·约翰福音》1章5节。

预言未来，就像在法西斯建筑中看出端倪一样。然而，热情越高涨，也就越散漫、越造作，越深入至研究领域，直到想象让步于对历史的美化，耳朵变得奴颜婢膝，赞颂手鼓的人对发电机充耳不闻。这些史诗派诗人捏造出一个虚假的过去，一个剥除了部落信仰、无用的宇宙论。

现在，加勒比群岛只剩下分立的各个教派，还有在路旁鼓吹个人宇宙论的牧师。在岛上，每天都有大批这样的受害者，他们试图理解两个世界，但最终却弄坏了脑子，因为他们必须先创造一个以个人为中心的天堂。和路旁的先知一样，岛上的“史诗派”诗人也注重人类学，注重那些久被遗忘的神明，注重弃置的残片、器物和未完的文字。这些都能唤起受虐的回忆。史诗派诗人举目四望，发现岛上没有废墟，而所有史诗都少不了看得见的废墟，所以他们只好就地取材，写一写糖厂里锈迹斑斑的从动轮，写一写大炮、镣铐、杀手的破土罐，一切表现屈辱与残酷的物品。我们将这些陈列出来，作为历史而非受虐的证明，就像把奥斯维辛和广岛的炉灶当作民族的宗祠。这么做当然是病态的；任何文学只要尊崇这样的历史，将真理建筑在耻辱或仇恨之上，那它就只能是这副腔调。

然而，部落的史诗也正是源出于此；在苦难、流亡和寻求解放方面，我们和犹太人完全一样。唯一不同的是，我们过红海，并非从奴役奔向自由，而是正好相反；各部落抵达了新的迦南美地，可身上却还缠着锁链。我们的文学里沉淀了很多这样的感情，在陌生的海岸为失落的家园恸哭。我们的政治里也有同样的残存，在暗中苦苦寻觅我们的摩西。史诗的观念被压缩到了民间抒情当中，借助吟咏与合唱、对句与副歌表达庶民的渴望。复兴派的诗从自我催眠式的回应中汲取力量；那单调的旋律永无休止，恰似部落的希望。

看惯了月出，看惯了星出，
放下这副躯体，
我在白昼将逝之际走向我主，
放下这副躯体。

这旋律不仅可以从容，也可以非常激越：

约书亚围攻耶利哥，
耶利哥啊耶利哥，
约书亚围攻耶利哥，
轰隆隆城墙倒塌啦。[①]

这首史诗风格的诗并非文学创作。它有现成的歌词，就写在部落成员的嘴上，而部落早已勇敢地放弃了它的历史。

五

《旧约》中有关奴役和拯救的史诗让奴隶找到了政治的可比性，于是，基督教伦理便冲淡了他的恨意，而且似乎加深了他的消极与被动。在奴隶主看来，这不是新世界，而是旧世界的延续。他不奢望在尘世建造天堂，基督徒用苦难换来的报答只能是在人死以后获得。这些我们都知道，可现在的问题是，奴隶们热情地接受了基督教和犹太

① 《约书亚围攻耶利哥》，流传于美国南方的黑人灵歌，典出《旧约·约书亚记》。

教；他们只关注诸神的死亡，但同时，又在刻意培养衰微的信仰，以及一定的政治理念。历史学家无法记录这一点，除非他们有信仰改变的成例可供参照。扫罗悔改信主是瞬间发生的事[①]，而整个部落的皈信则非一夕之功。据称，众人缓缓地发出呻吟表示屈服，于是，便完成了从战败者到好黑奴或者虔诚基督徒的重大转变。而像下面这样的歌曲，绝对是受压迫者最可鄙的心声：

我会放下我的剑与盾，
在河边，在河边……

我再也不会研究战术，
再也不会……

这怎么能当作历史来教呢？这难道不是被打倒、被击败的人才会说的话吗？怂恿人报仇雪恨，煽动没落的部族背叛祖神，这岂不是基督教的异端？新一代人用鄙夷的目光回顾这样的皈信；他们会问，胜利的凯歌去了哪里？被俘战士的反抗在哪里？怀旧的战歌、应时的丰收曲、美丽的非洲牧歌又在哪里？在劳动号子和早期蓝调的壮丽史诗中，这代人看到了自卑与怠惰，但更深层的真相是，奴隶虽然在身体上受到束缚与凌辱，但在表面的坚毅之外，还含有一丝挑衅的意味。后代以为的挫败，其实是自决的精神胜利，因为被俘战士与部落诗人选择的战场——灵魂——正是俘虏者求之不得的：

① 据《旧约》记载，先知撒母耳给扫罗涂膏，使他成为统一以色列各部落的首任国王。

我是战士，奋战在这片沙场，
我会欢呼，我会歌唱，
哪一天抵达快乐天堂，
哪一天越过这片沙场，
我会知道是耶稣为我把命偿。

他俘虏的是他的上帝，因为臣服的非洲人来到新大陆，和大自然亲密无间，相比于疲惫、伪善的基督徒，他们更害怕亵渎神明。他们很快就弄懂了基督教的那套仪式，那个被鞭笞、被折磨、被杀害的救世主，尽管他们也许对分食他的尸体有些畏惧。因为在原始文化中诸神像战士一样彼此争斗，而挫败的战士并不因此改变其信仰。西印度群岛的历史上不乏这样的战士，但正史只说是整个部落改变了信仰，这才是我们应该关注的问题。让我们回顾一下艾略特的那句话，文化的存在不能没有宗教，以及阐发这一观点的其他说法，即史诗的存在不能没有宗教。它和宗教一样，采用了上帝征服者的语言。不过，好在奴隶又从俘虏者那里把上帝抢了回来。

在部落的自然诗当中，种族的史诗经验被压缩到了隐喻里。在口头文学的传统中，其模式很简单：反应都是开放的，这样，每个新诗人都能在固有形式上添加自己的诗句，其过程酷似织布，因为他们认为部落的历史是无穷尽的。它没有垂死的没落，没有明显的个人印记，一言以蔽之，没有哀婉的情绪。他们的蓝调不表达情绪，不表达个人的心声；这是种部落模式，每个新的口语诗人都能贡献上自己的两三句诗。他们之所以这样，是因为相信习惯了绝望的部落也会存活下来：无始亦无终。新诗人进入时间的河流，然后抽身而退，让织布机完成图案，从手到手，口口相传，就像采石的囚犯传递着一把大锤：

日复一日的悲，夜复一夜的愁，
日复一日的悲，夜复一夜的愁，
戴着脚链和铁球，我四处游走。

没有历史，只有时间的流变，神话成了唯一的粮食：

摩西活了一大把岁数，
而我又将归于何处？

区别只在于赞颂程度的深浅。传道士虔诚的节奏被加速到斗争的激昂，然后奴隶又将这激昂转化为凯歌一样的部落模式。传教士和商人必须有想法，这很好。一旦让这些人摇摆起来、跟着鼓掌，一切就太平无事了。然而，他们自己的上帝却正在被商人和传教士剥夺，在仪式聚会上被一股隐没的力量夺走。在这些聚会上，潜意识的节奏兴起，然后成为主宰，希伯来-欧洲人的上帝会改变肤色，因为不管叫圣女厄休拉[1]还是圣女乌尔苏利，亚神的名字并不重要；天主教的神圣轻易就适应了非洲的泛神论，天主教的神秘轻易就适应了非洲的巫术，也不是所有人都接受白人的上帝。作为海地革命的先驱，布克曼[2]唤醒了开曼森林[3]的丹巴拉神[4]。血祭、入会、拷打、逃跑、抗争，有些绝望的奴隶甚至发了疯、吃起了泥巴。这些都是历史的证据，但真正重要的是，整个种族或部落都改变了信仰，他们变成了基

① 圣女厄休拉（Saint Ursula），传说中的英格兰公主，曾率领上万名处女前往德国克隆朝圣，但不幸遭匈奴王杀害。
② 杜蒂·布克曼（Dutty Boukman，？—1791），海地革命领袖。
③ 开曼森林（Bois Cayman），布克曼发起农奴起义前祭神、誓师的地点。
④ 丹巴拉（Damballa），海地伏都信仰中的智慧神。

督徒。但是没有哪个种族是被迫皈信的。现在，奴隶主面临着集体性的顺从。奴隶主动改变了信仰；他改换了武器，精神的武器。他调整了自己的宗教信仰，同时也调整了自己的语言。我们今天承认的诗歌传统正是源出于此。现在，我们要开始对事物重新命名了。

史诗被压缩在民间传说中。想象是部落的创造性努力。将来，或许个别诗人就能写出这样的传说，但其源头却始终是口头的、家传的；它就像炉火，照亮了森严、原始的等级制度的面目。然而，即便是口头文学也正强迫自己向象形文字、拼音字母靠拢。今天，在很多海岛上，加勒比诗人仍要面对一种能听懂却无法书写的语言，因为他越是要让手势和文字贴近内心的语言，反映读音的细微之处，落到纸上的符号就越显得杂乱，方言就越显得渺小，他呈现的方式就越显得古怪。所以说，诗人的职责始终没变：他是过滤者、净化者；他使用官方的字形、符号或字母，却又始终保有大众话语的声调与力量。目前，加勒比地区有两位大诗人都来自说法语方言的海岛上：在瓜德罗普[①]出生，直到青少年后期才离开的圣-琼·佩斯，来自马提尼克的艾梅·塞泽尔。两人都有语言方面的殖民经验，一个得自于被赋予的权利，一个得自于被剥夺的权利。让我们暂且忽略他们一个是白人，一个是黑人。两人都是法国人，都是用法语创作的诗人。首先要说的是，相较而言，塞泽尔的语言更深奥、更晦涩、更超现实，而佩斯的法语则很古典。诚然，塞泽尔的名篇《回乡札记》并不是用方言写的，但我们仍需关注其语调。这首诗的超现实主义风格尽管很繁复，且常有个人杜撰的词汇出现，但其语调却像一首克里奥尔人写的诗，至少在熟悉法语方言的我看来是这样。这首诗的语调里充满了讥讽与

① 瓜德罗普岛（Guadeloupe），位于加勒比海小安的列斯群岛中部，是法国海外省份。

不耐。然而，这首伟大的革命诗，更确切地说，一首被革命派在某种程度上强行解读过的诗，它使用的语言却不是无产阶级的。佩斯的语调同样也颇为庄严；它行进在征服的道路上，势不可挡。有些读者只想倾听两位诗人的语言，不带丝毫成见，不作丝毫历史的低语。他们会发现，两位诗人至少有一个共同点：权威。他们的用词还有其他相似之处，譬如形式。在《回乡札记》当中，在安的列斯的《赞歌集》到《纪事诗》到后来的诗歌当中，始终有一副精确、同义的盔甲，形同于都会语言传统中的盔甲。而且，两位诗人一定都觉得这是他们继承的遗产，尽管他们之间存在种族与社会的差别，尽管佩斯并不熟悉家仆和渔夫的行话，尽管塞泽尔忠诚于那种用语。这类语汇的来源涵盖了古今的传统：既有《圣经》和部落颂歌，又有法国超现实主义、惠特曼的无产阶级赞美诗、其他文明中的口头或书面传说。其中，佩斯借鉴了东方与地中海的传统，塞泽尔则从地中海希伯来语地区和非洲汲取了灵感。在视觉结构上，两人的诗都具有非韵体颂歌的对称性，看上去就像早期史诗的译文，所以很有点民间传说的气息。站在我们面前的是两个殖民地人，更准确地说，是这样的两位诗人：他们正在形成的看法，对各自不同的童年的视觉世界的理解，都会因为他们对都会语言的欣喜而变得神圣；他们以截然不同的愿景创作出了无可辩驳的杰作。简而言之，佩斯通过预言和怀旧，塞泽尔通过怀旧和辩诘，其创作非但没有损害语言本身，实际上，反而借助于对立的信仰延续了它的辉煌。不过，身为译者，我更愿意把佩斯的作品译成英文，这首先是因为他的诗这样表达也许更容易些；其次，他的语言富含考古学、海洋生物学、植物学等专业词汇，比较深奥，而塞泽尔的语言则撇除了现代超现实主义的诸多微妙之处。不过，身为安的列斯人，我还是对塞泽尔的语调更感亲切。

我不清楚这两位诗人之间是否有师承的关系，但无论如何，我们发现两者之间并无彼此的影响，也非借鉴模仿的关系，相反，在他们身上能看到都会语言的大潮及其建立的王国。这股大潮有殖民文学的支流汇入，同时又裹挟着兰波、夏尔[①]、克洛岱尔[②]、佩斯、塞泽尔这些有着不同信仰的诗人。都会语言就是一座王国，大诗人不是它的封臣而是公侯。可是，我们却始终在用错误的方式对上述诗人进行分类，即以历史时期划分。因为沙文主义的立场，我们仍抓住明显有局限的方言不放。可是，塞泽尔的这首名诗是不可能用洋泾浜法语写成的，因为其中的某些概念根本就无法用洋泾浜法语表达。很多品物缺少对等的名词，而且即便临时找到相应的名词，也很难形象地表达出来，除非你是个疯狂的语文学家。两位诗人都掌握了一套高超的修辞，而且这套修辞很容易转化为英文。有时，两者听着简直如出一辙：

1. 在寓言的迷蒙中，海浪夺路而逃……

——塞泽尔

2. 徘徊着，我们对祖先的床有多少了解？满满的装饰，
虽然它在那群岛的一小片树林里……
老旧的祖宅里，老旧的铜锣上，没有我们的
名字。母亲的演说（黄檀木或雪松）里没有
我们的名字。我们的守护者，有色女性的
头饰里，金色的触须里没有我们的名字。我们

---

① 勒内·夏尔（René Char，1907—1988），法国诗人，代表作《没有主人的锤子》《愤怒与神秘》。

② 保尔·克洛岱尔（Paul Claudel，1868—1955），法国诗人、剧作家、外交官，代表作《正午的分界》《缎子鞋》。

不在琉特琴工匠的树林里，不在任何竖琴里：

也不在……

——佩斯

3. 我想要听一首歌，让彩虹在歌声中断裂

麻鹬飞落在被人遗忘的岸边

我想要藤蔓爬上棕榈树

（在当下的枝干上，它是我们倔强的未来）

我想要穿戴盔甲的征服者

在凋零的香花中躺卧，

熏香了一把锈剑的泡沫

在缓慢的野仙人掌的纯蓝色飞行中。

——塞泽尔

4. 三条路的主人，一个男人站在长途

跋涉的你面前，

三条路的主人，一个男人站在

用手走路用脚走路

用肚子走路用屁股走路的

你面前。

自埃兰以来。自阿卡得以来。自苏美尔以来。[①]

---

① 埃兰（Elam），亚州西南部古王国；阿卡得（Akkad），古巴比伦国首都；苏美尔（Sumer），古美索不达米亚平原南部地区。

三条路的主人，一个男人站在背负
  重物的你面前。
真的，朋友们，自埃兰以来，自阿卡得以来，
自苏美尔以来，我一直背到现在。

——塞泽尔

佩斯和塞泽尔，两个背景截然不同的人，分别位于种族光谱的两端，用政治术语说，一个是贵族的、保守的，一个是平民的、革命的，一个是古典的，一个是浪漫的，一个是普洛斯帕罗，一个是卡列班，所有这些对立面都平衡得恰如其分，而平衡的轴心是因为两者都具有一种艺术的敏感，即走向新大陆的敏感，不管它有没有明显的传统做后盾。佩斯在新大陆上看到了旧世界的遗迹，看到了秩序和等级制度，塞泽尔则看到了屈辱的过去和重建新秩序的必要。不过，更深层的真相是，两人都是通过神话来认识新大陆的。他们的语言会诱使我们推导出一个又一个等式；有时，你会同时听到两人的声音，甚至两人的声音合二为一。如果你读过他们写给新大陆的献词，会以为一个是穷人，一个是特权阶级，一个是黑人，一个是白人。但若是这样，我们不仅用社会学家的方式割裂了这一共同的敏感，同时也否认了两位诗人的广度、悲悯与愤怒的力量。我们不是要借此证明两人间的同化关系，以及所有人共同的单纯性；表面上，我们感兴趣的是两人的差异，但让我们惊讶的却是他们的欣喜，对可能性的悸动与欣喜。我说的不是什么乌托邦社会，因为这要到佩斯的后期作品中才出现，即一个宏伟到遥不可及的社会。我说的是《赞歌集》《童年颂歌》里表现的欣喜，单个加勒比人、非洲人、欧洲人或亚洲人在祖承上的可能性，这壮丽、轻启可能性的早晨：身上沾着雨露，神经像含羞草

一样敏感；回忆，不管充满辉煌或伤痛，正在渐渐消逝，无尽的细雨抹去了珊瑚颅骨上祖先或部落的印记，抹去了人和语言在惊奇中醒悟的可能性。佩斯的语言后来变得比较生硬、别扭，塞泽尔的用词也越来越像在宣布政令。然而，他们的首部佳作都像藤蔓一样，根扎得很深，也极有韧性。

不过，这些诗都是用法语写的。现在，它们已经走出加勒比群岛，开始影响英语诗坛。这是件很重要的事，因为这些都是力作，凝聚了巨大的能量，但我们的“革命派”小诗人却玩不转这套修辞。他们只会假装宏大，缺乏强大的语言支撑，因为他们惯于模仿，只会用历史或社会学的眼光看待两人的诗；他们被阅读对象诱惑了。于是，现在冒出来一群乳臭未干的小子，一边剽窃塞泽尔的诗句，偷偷塞进自己的作品，一边将佩斯斥为异类，给他贴上白种诗人的标签。当社会呼吁变革的时候，往往就会涌现这样的劣诗。

因为我们将传统视为历史，所以某些解剖学家便声称，该传统完全源自非洲，其反应完全是由种族的怀旧情绪所引发。可是，既然如此，这些人就必须承认亚洲与地中海的传统也存在同样的可能。如此一来，佩斯的史诗性记忆的荒原，在我们当中的中东人看来，就像西印度群岛一样亲切，这就像塞泽尔眼里的圭亚那海岸王国，中国小商贩眼里的中国诗歌。假如我们能轻易对这些退化现象进行心理分析、归类、追踪，那么，我们就必须接受每个诗人表现出的可能性的奇迹。加勒比的敏感并没有浸泡在历史中。它没有衰竭。它充满新意。只不过，这新意来自其复杂性，而非简单的历史解释。它身上的忧郁气质，是奴隶和契约工康复后血液中残留的化学物质。这气质不会因怀旧的疟疾、复仇的谵妄而消失，正如它不曾因自卑而消失。

现在，很多当代英联邦诗歌的批评家，一方面反对蹈袭前人，尽管模仿是传统的基础；一方面鼓励原创，尽管这并非创新的真正基础。说到底，他们代表的还是那种倨傲的老态度，只不过，为适应现代政治做了些调整。之所以这么说，是因为他们对自然、创新、创意或真理的追求，仍旧建立在对行为的成见上。在他们的心理投射中，下意识的反应是可预期的，就如同部落方言的丰沛、自然与清新。某些表演是必要的，包括革命者时髦而不连贯的愤怒。每个人都再次安定下来：受虐狂的批评家因其“价值观”受到规定的攻击，受虐狂的诗人因为同情他的受害者。最初，游吟诗人的姿态与个人真理很难分辨，可是，他们毕竟看着眼熟，所以很快就建立起老一套的娱乐模式。假如黑人的愤怒能造就一位美学家，那么，基本上可以说，这就是娱乐或演戏。在“自然不做作”方面，这和游吟诗人的传说式喜悦、自发性笑声并无二致。这仍旧是夜总会、餐厅秀，专业的吞火表演，在碎玻璃瓶上跳舞。带着批判眼光的游客只会对这样的自然不做作啧啧称奇。他并不想亲身体验。说到这里，不禁让人想起约翰逊博士对女牧师的那句评语。①

自由派对贫民窟的话语始终保有一份温情，这很让诗人瞧不起，因为自由派评论家尽管恨其不争，但他对贫民的亲切态度仍会延续其话语的社会学现状。他真想再次宣扬的还是那个老观点——隔离但平等，只不过这次是借由批评来表达的。黑人与众不同；可悲的是，多数黑人就这么相信了，而且相信宣扬这种不同会导致悲剧。各种理论彼此冲突，因为激进派寻求被剥削阶级与特权阶级之间的平等，而自由派及其不明就里的同伙、贫民窟的诗人、持“革命论调”的诗人则担心，如果任由思想和教育随着物质利益而普及，那“他们自己的东西”势必会就此丧失。受过教育且享有特权的诗人经常贩卖贫困、田园这些虚假的异国情调，以此掩盖他们所受的教育和特权。这些人心

① 鲍斯威尔《约翰逊博士传》：“女子布道……虽不甚佳，但亦不易。”

口不一。以前只听说职员会背叛，现在连知识分子也学会了两面三刀。

当技巧还是个公开话题时，其堕落就隐藏在原创中。黑人写的劣诗胜过白人写的好诗，因为革命派说此处不宜使用同一标准。这被视为一种自豪，与自卑相对立。所以，在这个作家的风格中，你也可以将青少年文学里特有的执拗或得意分离出来。这执拗或得意，潜意识里接受了被表扬或被指正的条件；它也许会反抗，或以反抗的姿态暗讽“优越”或至少较为陈旧的规矩或传统。这是种缺陷，它把历史看作成功的阶梯；但同时，这也是种竞争力，它经常因衰竭而亡，但也可能长盛不衰。它狂躁，它卑微，可是有明确的方向，清楚自己的挑战。它会感染同辈人。以血统纯正而言，继而以纯正的非洲雅利安主义而言，只有未被染污的黑人才是正统，西印度群岛的非裔全是外道，他们的血液里掺进了杂质。所以，极端派、纯粹派开始散播谣言，诋毁“堕落”的“混血”作家，说他们和自由派是一丘之貉。在更深层的仇恨里，一种丰富的个人主义将会应运而生，自私与孤立将会日益严重，因为这类作家本来就有比较复杂的价值观。感觉上，他们会越来越拥护帝国主义，越来越怀念过去，离西印度群岛的无产阶级也会越来越远，因为他们无法将种族与种族思想简单化。他们会变成隐士或离群的野兽，变成越来越奇异的混血儿，变成两大古老传统之间——欧洲和亚非第三世界的断桥，换句话说，也就是变成一座座孤岛。因为这种孤立，他们充满讽刺的命运将会显得遥不可及，也无关紧要。激进主义的机器把激进的作家塑造成文化英雄，把务实、功利奉为美德，所以无法包容他们。这些人注定只能活到中年。

从根上说，所有这一切都是遗弃语言所致。对语无伦次和絮叨重复的新崇拜，把学徒捧上了天，与此同时，年轻人因为被告诫警惕同化，所以总是畏缩不前。似乎黑人的本能仍是逃避，逃往迷宫，逃往一种特殊的沉寂，远离贫穷的平庸乏味，远离新工业帝国主义的沉重，完全无视那操控着群岛经济的隐形“权力结构”。永远都会有突发的抗议，这一点几乎已无关紧要，因为抗议的冲动及其背后的政治哲学始终都非常浅陋。黑人都是美的，这是句很让人气馁的话；黑人都是兄弟，这更像是训斥而非盟誓；人民必须掌权，这几乎等于求死，因为这个时代真正的掌权者都是缄默的。在这层页岩里艺术必然不会长久。它像那些口号标语，像历史断层上的碎渣，早晚会脆裂崩塌。现在的权力都建立在基因学上，所以日益分化、日益部落化。它引发第三世界正义的二级战争，引发自戕式的内战，使得第三世界的三流国家的阵线在一流强权的操纵或怂恿下崩溃。种族屠杀日益增多，部落战争更加频仍，且性质也越变越虚幻，越变越渺茫。尼日利亚、孟加拉、越南、中东、希腊，还有现在的西班牙。外省革命终究只能博得一般的同情，因为他们很清楚是谁在背后操控或导演了这一切。他们相信自己也受着同样的操控。

革命已经到来。它始终不曾离开。它不需要非洲风情的旅游业来装点门面，不需要都会贫民窟里时髦的姿态和语言。把旧词“贫民窟”改为新词“聚居区”，这就是所谓的“放克”心理学。实质的革命还不足一年，但这门市场心理学就已深入到地中海和东方商人的心坎里。灵魂是一种商品。灵魂是一种装备。这场“革命”浓厚的“都会性”掩盖了农民的生存现状，遮蔽了这些以土地为生的人的真相。而城市革命，不论是模仿还是其本质，都是浮游无根的；它注定四处流浪，虽然这很时髦，时间一到，或许还得背井离乡。农民可不许出现这些城市化的改变。他们才是纯正的非洲人，无需大肆宣扬的嫡系。

论作为放逐的历史

被放逐的殖民地人，若不想有失落感，就必须摆出玩世不恭的姿态，除非他要彻底与世隔绝，或者更喜欢其他被放逐者聒噪的怀旧。这玩世不恭是一种尝试，是想进入每个英国人、欧陆人的历史意识，而他对非洲和亚洲却不曾有过同样的企图。然后，进而由此产生另一种意识，即认为非洲和亚洲的历史是低下的。我们正是这样越陷越深，近乎疯狂，因为这种意识并不看重事件的意义，它看重的是事件本身，它认为事件的动作是次要的。你很难让被放逐者放弃这一观点。他选择这样看待历史，这是他的视角。对帝国主义和殖民的遗产进行简单化的诠释，这是更有尊严的做法，因为这样一来，野蛮的部落也就被赋予了尊严。然而，被放逐的殖民地人还不是最自欺的，更有甚者，是他们的后代。这些人以漂泊的勇士自居，希望藉由祖先赋予的尊严，在基因上完成从帝国主义到独立自主的飞跃。诡秘的风俗。湮灭的古神。庄严的祭礼。然而，和殖民地人一样，他们同是19世纪理想的孩子，笃信英伦勇士的传奇。他们图方便，宁愿扮演印第安土著而非牛仔，然后经过电影和青少年文学的过滤，于是，虚无缥缈的帝国主义传奇就此应运而生。其姿态是闹剧式的，表达立场的语言则经过了探险文学的淘洗，受了马里亚特[①]船长、吉卜林或者赖德·哈格德[②]的影响。它承续了青少年传奇的传统，描写野人鼓、部落仪式、残忍却神圣的祭礼、寻宝之旅、失落的古城。在其潜意识里，茫茫瀚海之下埋藏着一座黑人的亚特兰蒂斯城。

---

① 弗雷德里克·马里亚特（Frederick Marryat，1792—1848），英国皇家海军上校、小说家，代表作《新森林的孩子们》。

② 亨利·赖德·哈格德（Henry Rider Haggard，1856—1925），英国冒险小说作家，代表作《所罗门的宝藏》。

相比之下，殖民地人则更坚韧一些。他们把历史看作自己周围发生的事，一种几乎不可言传的庸常。他们看待20世纪，既不自欺，也不抱幼稚的幻想。而另一种人却诅咒这种庸常，转而选择了神话。现在，第二类诗人开始把诗歌当作一种历史的教诲。他们将目标对准了学校的官方文献，对准了社会学家，与其同辈的历史学家，特别是对准了革命。他们为诗歌的效用而沉醉，因为它通过主题而非语言构成了权力的一个方面。他们的诗鼓吹某些论调，就像是一种音乐伴奏；作为历史，它被迫剔除某些矛盾之处，因为史书最忌讳含糊其辞。不管动机为何，这毕竟发生了，抑或没有发生。一切的虔诚都被视为罪恶，一切的形式都被当作虚伪。

不用说，这些诗人都很着迷于形式的创新，但这创新被当作了关键战略，因为如果被视为自发的选择，那它就必须同时学会防卫和出击。保守地说，这是在模仿它心目中的部落模式；在部落仪式的造作风格及其驱遣的语言之间，它并不加以区分。它甚至会用零星的原创语言来装饰自己，即便这语言并不那么自然。现在出现了一种新的保守主义，一种新的高贵，比它使用的语言更保守、更浮夸。它徘徊在对方言的随意赞美、部落的切口和仪式用语、部落的“记忆”之间，像是已经精神分裂。换句话说，在新的高贵与流行的高贵之间什么都不存在。诗人失落了正常的声音，他自己说话的声音，并且再也没有人书写语言。

不，假如你在加勒比文学里寻找原始的想象，寻找“保守的”一面，你会发现它正在小说中经历重大的演进，诗的原则反而在诗以外更鲜活。有一种民族冲动在驱遣这种想象，和其他种族的英语诗人一样，它以同等的力度探究着当代人的根源。圭亚那小说家丹尼斯·威廉斯[1]的《其他的豹》中有这么一段：

---

① 丹尼斯·威廉斯（Denis Williams，1923—1998），圭亚那画家、作家、考古学家。

消除了身体和最后的痕迹，现在的我透明到毫无背景。爬上这棵新的树，摘除一个个荆棘，我陷入黑暗，不知身在何处。我什么都不是，哪里都不在。这是一种收获。休吉还没找到我；我到底骗过了他。我已臻于一种可贵的状态：让他无计可施的状态。现在，就等消除我的意识了。这好办，只要我愿意，什么时候都行。我已脱离地球的束缚，再也不需要降临人世。

再看泰德·休斯《野人》里的这一段：

我是谁？在这里闻气味、翻树叶
循着空气里的污点来到河边
涉水……
　　　　　　　　我似乎
断了根，已经和地面脱离，但
横空出世也让我失去了纽带
到哪里都不再有牵绊
我似乎已经在这里获得
自由，那我是谁呢……

这就是整首诗的基调（抱歉，引用有些凌乱），语言，语调，踌躇，信心，指名道姓，威廉斯小说中人物沉沦的心路历程，休斯诗中人物演进的点点滴滴：其实，这段小说和休斯的整首诗是一样的。两者不只有相同的主题，即人类学；实际上，其结构明显不同，两位作者也绝不能彼此影响——当然，从出版日期来看，休斯也许读过威廉斯的小说。但相同的是，两人都写到了现代人空虚而苦苦寻觅的内心世界，写到了20世纪的人类，不论非洲还是约克郡，都在向伊甸园之前、向史前回归。这一共通的癫狂普遍存在于当代诗歌中，而在萨缪尔·贝克特之类的诗人身上尤为显著。

颠动文字，苦苦寻觅，宣布选择的名词，摒弃具名的事物，推崇或贬抑文字的力量，三位截然不同的作家都历经了这一过程。他们一个是非裔圭亚那人，一个是英国的凯尔特人，一个是爱尔兰的凯尔特人。交集不只是语言；他们还一样挖掘、开采，一样像鼹鼠般深入土层，探寻生命的源头。逻各斯是排泄物，逻各斯是生育的痉挛。某种意义上，这三位都是"黑人"作家，这里所谓的"黑人"仅指对历史体系的一种怨恨。旧世界，或者旧世界的造访者，又或者生活在旧世界的人，不论是在非洲，在和英国一样深的约克郡水下世界，还是在贝克特笔下那无名亦无法命名的文明倾颓的灰色世界，他们都对各自的世界耿耿于怀，他们都在从事黑暗写作，心怀决然的悲愤，到了走火入魔的地步。在新大陆，乐观、有远见的作家经历了同样的过程，同样在逐渐给事物命名。这在威尔逊·哈里斯[①]身上体现得尤为全面。不过，这黑暗却是光明的。威尔逊的黑暗在他的癫狂里又回到了起点。他爬上荆棘树，回归到人类的生物源头，毫无疑问，有一天他还会爬下来。当开始命名事物的时候，他会像休斯笔下的中世纪怪兽，历经从兽类到人类的神奇转变。或许，如同贝克特笔下的爬行动物，穿行过远古与后原子能时代的泥淖，他会再度摧毁文明及其语言。然而，这三个基本的循环却是三位作家共同的伤痛，尽管他们各自的背景千差万别。这些原始的循环是诗人对历史的认知。那么，它证明了什么？它证明，最真诚的作家都把文字看作活的元素，而不只是语言的过程；它证明，那些将文字和语言学、考古学混为一谈的诗

① 西奥多·威尔逊·哈里斯（Theodore Wilson Harris，1921—2018），圭亚那作家，代表作《孔雀宫殿》。

人是多么懒惰。此外，它还彻底否定了关于模仿与原创的狭隘观念。小诗人都将模仿视为畏途。但其实，任何一个时代，天才几乎都是没有特色的；天才绵延流传，自然就成了唯一正宗的传统，且这传统并不以时代或流派进行划分。我们知道，大诗人无意于标新立异，也没时间独辟蹊径；他们只要将所读的诗全部吸收，自然就会写出别具风格的作品。乍看之下，大诗人的处女作往往很像拾人牙慧，但其实，都是光焰万丈的篝火。只有学究和胆小的诗人，才会津津乐道于乔伊斯对贝克特的影响。

部落要求诗人具备超凡的语言水平、意想不到的情愫。说到这里，请容我谈一点个人的经历。我从小就立志要当个诗人，和所有殖民地的孩子一样，我学的自然也是英国文学。别提什么白雪、黄水仙，这些都是很真实的东西，也许比身边的热浪和夹竹桃都更真实，因为它们存在于书本里、想象里，也因此活在记忆里。文学中有一种想象的记忆，它与实际经验毫不相关，事实上，那是另一种生活。凭借这想象的经验，中世纪骑士的远征、硕大无朋的白鲸才得以变得真实，而这正是共同想象的力量。诗的世界纯真自然，不受现实世界的局限，而孩子其实是无法接受现实世界的。当然，这之后，幻灭与疏离终究不可避免。但这并不十分重要，因为它会变为成熟的一部分。简单地说：我决意将写诗作为我的生活，真实而非想象的生活，所以还在学习诗歌的时候，我就对欧洲产生了抵触和畏惧。今天我还是这样，但情绪已经变了，变得更细腻、更稳定，因为当我游历欧洲的时候，我不再奢望占有它，正如我不再奢望占有非洲一样。奴隶还在留恋昔日的帝国模式，欧洲的或是非洲的。我感觉，当初要是去了英国，我肯定不会成为诗人，更别说成为一名加勒比诗人，而这恰恰是我唯一的志向。我并不因为我使用的语言感到困扰。我已经把它送出去，再也没法收回；我不可能把它再还回去，他们也不可能收下。可是，我畏惧那些大教堂和音乐，畏惧历史的厚重，并非因为我是外国人，而是因为我觉得历史会成为他人的负担。让我激动的不是它延续的过程，而是发现和工作负荷本身，因为这里确实大有可为。然而，随着年龄和自信的增长，作为一名诗人，我的孤独感也日益强烈；为了理解我自己的世界，我要更广泛地了解欧洲文艺。我说这是“我自己的世界”，是因为我坚信它属于我，和天赋一样，是上帝而非历史赐予的。当时，没有人剖析我坚持的诚意，没有人鼓励我抛弃旧的价值观，但这些人后来终究要经受这抛弃和狂妄的痛苦。这是信仰的必备条件，但却至关重要。满腹怨恨的新先知告诫我们要远离某些经验，但实际上我们根本不关心这些，而社会大众要么对此毫无兴趣，要么苦于没有接触的机会。所以说，我们都被误导了。实际上，这些对皈依者毫无意义，它针对的是那些不曾丧失信仰的人。我说的并不是宗教信仰，而是现实。渔民和农夫知道自己是谁、能做什么、身在何处。我们把感情的伤口露给他们看，但其实那多半是咎由自取。

我接受这跨越南北美洲的群岛。我对贩卖我的祖先说，我对购买我的祖先说，我没有父亲，也不想要这样的父亲，尽管我能理解你们，黑色的鬼魂，白色的鬼魂，当你们喃喃道“历史”的时候。因为假如我试图原谅你们，我就会陷入你们的历史观，用它来辩护、解释、赎罪。而我是不会原谅的；我的记忆无法唤起任何对祖先的敬爱，因为你们的面目已经模糊，难以辨认，而且我不想也无法宽恕。你们是你们扮演的角色，指定的历史角色，贩奴者与购奴者，堂堂正正的人。还有你，运奴船肮脏的船舱里的父亲，在你眼里他们也是人，顶天立地的人，虽然不免存在人性的残酷。他们是你的同胞和族人，不再因为你与他们同属一个种族而感动或犹豫，正如我的另一个孽父，不再挥舞手中的皮鞭。但是，我心里已经原谅的祖辈，我要像这个种族的诚实人一样，对你们说声奇怪的感谢。我的感谢或许有些怪，有些怨恨，但却充满了敬意。感谢你们带来两个伟大世界的巨大苦痛与联结，就像苦涩的果汁将水果的两半缝合在一起。感谢你们被逐出伊甸园以后，带我领略了另一个乐园的奇妙。这就是我继承的遗产，这就是你们赠予我的礼物。

(1974 年)

安的列斯：史诗记忆之碎片[①]

天福村坐落于特立尼达岛卡罗尼平原的边陲。卡罗尼平原位于岛的中部，广阔无垠，至今仍大量种植甘蔗。想当年奴隶解放后，许多人签了契约，来到这里收割甘蔗，所以这小村里住的都是印度人的后裔。那天下午，我和同行的美国朋友来到村里，沿路所见全是印度人的脸。我想说，这是一道非常迷人的流动风景线，因为周六下午《罗摩里拉》，即根据印度史诗《罗摩衍那》改编的戏剧即将在此上演。村里来的演员们穿着戏服，聚集在彩旗飘扬的田野上，俨然加油站的开业典礼。英俊的印度少年，一身红黑色的衣裳，随意将手中的弓箭指着午后的阳光。远处，天边是一座座低矮、黛蓝的山脉，闪闪发光的青草地，渐趋厚密的云朵。天福！真是个赏心悦目的好名字，透着盎格鲁-撒克逊的气息，留存着一段史诗般的记忆。

田边一座敞棚下，堆放着两副硕大的竹铠甲，形似一对巨型铁笼。这是神明身体的一部分，小腿或大腿，只要安装好、竖起来，便是一座巍峨的神像。戏演到最后，神像会被焚烧殆尽，以此表示史诗

① 本文是沃尔科特荣获1992年诺贝尔文学奖时发表的受奖词。

的结束。望着眼前的甘蔗田，我的脑海中突然闪过雪莱的那首十四行诗：坠落在地的奥西曼德斯塑像和他的帝国，漠漠黄沙里“偌大的残骸”。

鼓手们在敞棚里生了火。他们把手鼓凑上前，使劲想把鼓皮绷紧。橘黄的火焰，鲜亮的青草，将要付之一炬的竹编铠甲，这些不是在瀚海沙漠，不是在灭亡的帝国，而是经久不衰的祭典的一部分，如同焚烧甘蔗的丰收大会，年复一年地举行着。祭典的意义正在于不断的重复，毁灭的意义乃是要浴火重生。

神明开始进入田野。用作舞台的敞棚里传来了喧闹的乐声，即通常所谓的“印度乐”。史诗剧即将在这敞棚里上演。服装整齐的演员们出场了。我猜，他们是王侯与诸神。啊，真是不打自招！“我猜是神吧”，这么一耸肩，正好体现了我们非裔和亚裔移民的身份。我时常想到《罗摩里拉》，只是一直无缘得见。我不曾见过这剧场，就在露天里，由村里的孩子扮演武士、公侯和神明。我不知道这部史诗的内容，不知道主角是谁，他的敌人又是谁。不过，我最近刚为英国某剧团改编过《奥德赛》。我的假定是，观众了解奥德修斯，这部小亚细亚史诗的主人公，了解他所经历的磨难。而《罗摩里拉》则不同：在特立尼达，没人知道罗摩、迦梨、湿婆、毗湿奴[①]是谁，除非你是印度人。这话听着很别扭，可在特立尼达，至今还有人这么说：“除非你是印度人。”

天福村就像是中部平原的边陲多出的一片高地，茫茫甘蔗地当中漂浮的一只竹筏，《罗摩衍那》将在这里上演，虽然表演会很粗糙。不过，这只是我作为作家的观点，是错误的。我在天福村观赏《罗摩里拉》，把它当作一台戏来看，但其实它关乎的是信仰。

---

① 迦梨（Kali）、湿婆（Shiva）、毗湿奴（Vishnu）均为印度教的主神。

演员化好妆，穿上戏服，登台前对着镜子点下头，那一刻，他相信他从现实步入了幻境。你把这份自信放大几倍，或许就能体会演员的心情。但他们也并非演员。这些人都是经过挑选的，又或者自己选定了某个角色。这部圣剧要连演九个下午，每次两小时，直到太阳下山。他们不是业余演员，而是宗教的信徒。没有什么戏剧术语足以形容这些人。他们不用卯足劲演戏。他们的演技很可能就像这午后草地上交错的竹箭一样轻快，一样自然。他们相信自己表演的内容，相信剧本的圣洁，相信印度的真实。而我，出于作家的习惯，却在少年武士的笑脸上、乡村公侯的纹章里，寻觅着哀痛、失落，甚至是堕落的模仿。我的怀疑和欣赏玷污了这个午后。甘蔗田、契约工、重现的失踪军队、寺院和庙宇、吼叫的大象——种种历史的视觉共鸣，导致我误读了眼前的所见。实际上，周遭的一切恰好相反：兴高采烈的气氛洋溢在少年的叫喊中，洋溢在糖果摊前，洋溢在粉墨登场的演员身上；这是自信的喜悦，而不是失落。天福，果然名副其实。

试想，如果把整个亚洲微缩到这些碎片上：宣礼塔上纯白的尖顶，抑或甘蔗田里庙门前的石球，这样，你便能体会某些人的自嘲与尴尬；他们认为这些仪式不过是滑稽的模仿，甚至是堕落的。这些人以正统自居，他们对待祭典的态度，正如语法学家之于方言，首都之于地方，帝国之于属地。记忆渴望返回中心，残肢想念原来的躯体，就像那些神明的竹腿。换句话说，人们眼里的加勒比海仍然是化外的、无根的、非正统的。弗劳德[①]说，“那里没有真正意义上的人”。没有人。只有真人的片断与回响，支离破碎，了无新意。

这表演就像一种方言，是母语的分支、删节，却绝无半点扭曲，

① 詹姆斯·安东尼·弗劳德（James Anthony Froude，1818—1894），英国历史学家、小说家。

甚至不减一分气势。在特立尼达，在这里，我发现一部全世界最优秀的史诗只在某个季节演出，其目的不在抢救文化，相反，它是信仰的一种开放姿态，波澜不惊，如同风儿吹过卡罗尼平原，吹过茂密的蔗田。为了赶上傍晚归来的红鹮，我们必须在戏开演前越过卡罗尼沼泽[①]里的条条溪水。红鹮的表演极为自然，一如《罗摩里拉》中的那些演员。我们目睹它们归来，明晃晃如同小弓箭手的红裳，如同鲜红的旗帜。然后，它们逐渐占据水中的小岛，直到它变成一树繁花，永远不再凋零。历史的叹息在这里毫无意义。《罗摩里拉》和林立的红鹮，两种奇观汇成了一声感恩的叹息。在加勒比海，视觉的意外是很自然的事；它连同旖旎的风光，一起湮没了历史的长叹。

我们太在意那萦绕不去的叹息。我庆幸发现了天福村穿红衣的弓箭手，还有美丽的红鹮。

历史的叹息起于废墟之上，而非天地之间。在安的列斯，除了荒凉的蔗田与古堡，很少有可供叹息、凭吊的废墟。慢慢环顾四周，像相机镜头那样，眺望西班牙港低矮的蓝山，村舍与马路，扮演武士的弓箭手，扮演神明的演员和教练，已经在播放的音乐。此刻，我真想拍一部电影，就算是对着天福村的一声长叹。我过滤了午后的时光，召唤回一个逝去的印度。可为什么是“召唤”？为什么不是“赞颂一个真实的此在”？为什么印度已经“逝去”，而村民却浑然不觉？为什么不是“传承”？为什么不是连绵的喜乐，在天福和所有中部平原的地名——库瓦、查瓜纳斯、查理村当中？为什么不让我的喜悦敞开窗口？和所有特立尼达人一样，我有权享受狂喜，因为喇叭里鼓声阵阵，宣泄的正是狂喜。我有权享受侯赛因的盛宴，享受穆斯林史诗中的镜子与皱纸，享受中国的舞龙表演，享受西班牙裔犹太人在教堂举

① 卡罗尼沼泽（Caroni Swamp），位于特立尼达岛西海岸。

行的仪式。假如要拾起特立尼达所有的语言碎片，那我这个作家的工作量还要再乘以八倍。

打破花瓶，再将碎片重新黏合，这其中的爱要比它完整、对称时更深沉。黏合碎片的胶水保留了它原来的形状。正是这份爱弥合了亚裔和非裔之间的裂缝；传家宝一旦修复，便会露出白色的裂纹。这个重拾碎片的过程，是安的列斯的哀愁与痛苦。倘若碎片形状各异，拼凑不起来，那它只会带来更多痛苦，那还不如将圣像与圣器留在原处。安的列斯艺术就是这么个修复的过程，修复残破的历史，修复语言的碎片，修复我们的岛屿，因为它正在成为旧世界残余的同义词。

而这恰恰是诗歌创作的过程，或者说“再创作”的过程，破碎的记忆，神明的铠甲，甚至于最后的火化仪式。一支支甘蔗，一根根芦苇，编织出神的躯体，天福村的工匠们要把它立起来。

诗，得自于勤勉与汗水，但又必须清新如人像眉头的雨滴。它融合顽石的质地与自然之美。它将古今并置：如果人像代表过去，那额头的露珠或雨滴便象征着现在。这里有被埋没的语言，有独具个性的词汇，写诗变成了一个挖掘和自我发现的过程。就声调而言，每个人的嗓音都是一种方言；它形塑属于自己的重音，属于自己的词汇和音调，以此反抗帝国的语言观，反抗奥西曼德斯的语言，反抗藏书与辞典，法庭与评论家，教会，大学，政治教条，体制用语。诗歌是脱离了大陆的一座岛。在我眼里，岛上的这些方言就和那人像额头的雨滴一样清新。它不是大理石像颦眉而凝成的汗水，它是另一种清新的元素，雨露和海盐调和的精华。

被俘的部落成员沦为契约工，被剥夺了原生语，于是便撷取亚洲与非洲史诗中旧有的词汇，创造出属于自己的语言。但在它的血液里，却仍保留了祖先的狂喜节奏，那是奴役和契约也无法抑制的。事物有了新的命名，而天福村、舒瓦舍尔岛等既有的地名则沿用了下来。原生语犹如渡海的云雾，因为距离的阻隔而逐渐消逝。而这个寻觅新的譬喻、重新命名事物的过程，却和诗人每天面对的挑战完全一样：像鲁滨逊一样制作工具，汇集必需的名词，借鉴天福村的方言，甚至重新命名自己。于是，一无所有的人又找回了那个元气淋漓的自我，又学会了思考。而这正是安的列斯经验的基础，这些沉船的残骸，这些历史的回响，这些部落语汇的碎片，这些记忆模糊的风俗，它们没有腐烂，它们依然顽强。它们在“黑三角”①、“安拉胜利”号②中幸存了下来。那艘船载着第一批来自马德拉斯港③的印度契约工，乘风破浪来到天福村的甘蔗田。同行的还有被克伦威尔放逐的带着镣铐的囚犯，被迫逃离西班牙的犹太人，来自中国的蔬果小贩，推着自行车兜售布料的黎巴嫩商人。

他们来到这里，住在同一个加勒比城市里，西班牙港，成为历史的总和，特罗洛普④所谓的“非人类”。市中心有各个语种的商店招牌和路名，居民们五方杂处、南腔北调，一时间竟催生出一种没有历史的文化，宛若人间天堂。在新大陆，城市都是这样，它们是作家心目中的天堂。

众所周知，文化乃是由城市所造就的。

又是一个在家的早晨，等不及看日出——一夜都没睡好。五点钟，天还是黑的，没必要打开窗帘。然后，天突然亮了，眼前是一座

---

① “黑三角”，即中途航道（the Middle Passage），欧洲、非洲西海岸与加勒比海之间运送黑奴与货物的海上贸易航线。

② “安拉胜利”号（Fatel Razack）是第一艘将契约工从印度运送至特立尼达的航船。它于1845年2月从印度加尔各答起航，同年5月抵达特立尼达，船上共载有227名劳工。

③ 马德拉斯（Madras），印度泰米尔纳德邦首府金奈（Chennai）的旧称。

④ 安东尼·特罗洛普（Anthony Trollope，1815—1882），英国小说家，代表作“巴赛特纪事”六部曲。

警局，淡黄色的外墙，棕褐色的屋顶，掩映在低矮的王棕树叶中，典型的殖民地风格，屋后是茂密的树林和高高的棕榈，一只鸽子振翅飞向屋檐，一排曾经很时髦的公寓，墙上满是雨渍，大清早，通往警局的旁路上空荡荡的。这一切交织出令人惊讶的宁静。每次来到一个深得我心的城市，都会感到这份宁静。那真是山也美花也俏，怎么看都欢喜；只是那建筑，在初来乍到的早晨，让人有些晕头转向。以前，从花花世界美国回来以后，你会感觉这里好像缺少点什么，而它也正在努力完善自己，就像那沾满污渍的混凝土公寓。于是，潘神离开了窗口，抛下身后的种种累赘——一座努力腾飞、努力变得残暴的城市，侧面看就像来到了美国，和哥伦布、得梅因[①]从一个模子里刻出来似的。张扬的权力，乏味的装潢，空调的温度恰好能让秘书和行政人员炫耀各自的开襟羊毛衫；谁的办公室越冷，谁的权位就越高，这完全是在模仿另一种气候。对凉意的一种渴望，甚至于歆羡。

在严肃的城市里，灰暗、萧瑟的冬日，午后时光尤其短暂，每天似乎都在带纽扣的大衣中度过，每栋建筑都像是一座营房，窗口亮着灯，一下雪，仿佛自己就生活在俄国小说里，回到了19世纪，因为冬天的文学就是这样。所以，加勒比海的游客必须感觉自己活在明信片当中，一张接着一张。其实，对这两种气候的感觉都是我们的阅读经验所致。在游客看来，明媚的阳光不会是严肃的。不仅是文学，冬季同样增加了生命的深度与暗色。在热带的漫漫炎夏里，贫穷或诗歌（在安的列斯，贫穷是大写的诗歌，*une vie*[②]，是想象的条件，也是生存的状况）似乎都无法深刻，因为周围的大自然是如此欢快，让人欣喜若狂，一如这里的音乐。建立在快乐之上的文化注定是肤浅的。可

① 哥伦布（Columbus）、得梅因（Des Moines）分别是美国俄亥俄州与艾奥瓦州的首府。

② *une vie*，法语，意为“一种生活”。

悲的是，为了推销自己，加勒比海却一直在倡导这种没心没肺的快活，麻木不仁的享受；在这里，你不仅可以远离寒冬，还能躲避四季分明的文化所独有的那份严肃。所以说，这里怎么会有人存在，有真正意义上的人存在?

他们对季节一无所知：落叶送走一年的时光，塔尖在风雪中消失，街上白茫茫一片，整个城市隐没在浓雾之中，壁炉里熊熊的火光。他们居住在这样一个地带，那里的节奏就如同他们的音乐，永远都只有两个重音：潮湿和炎热，晴天和雨天，光明和阴暗，黑夜与白昼。不完整的韵律总会有些局限，也因此，这个民族无法体会矛盾的微妙，无法理解想象的繁复。那就随它去吧。你无法改变别人对你的蔑视。

我们的城市不是通常所谓的城市，不过，也没人想要这样的城市。在某些地方，它们自有一套规制和定义，且格调也不比贬损它们的人逊色。现在，不仅是圣詹姆斯区[①]，就连奈保尔怀念的那些街道也都这样：一条条巷弄短小而醒目，就像他写下的句子。图纳普纳镇[②]不但有喧闹、汹涌的人潮，同时也是 C. L. R. 詹姆斯[③]《越界》的故事发生地。不仅是卡罗尼平原上的天福村，就连整个塞尔文大草原都受其影响。而这也正是它现在登岛的方式：简·里斯[④]笔下的多米尼加仍是昔日的模样，此外，还有早期作家塞泽尔笔下的马提尼克，

---

① 圣詹姆斯区（St. James），位于特立尼达和多巴哥首都西班牙港市内，作家奈保尔的出生地。

② 图纳普纳镇（Tunapuna），位于特立尼达和多巴哥北部，作家 C. L. R. 詹姆斯的出生地。

③ C. L. R. 詹姆斯（Cyril Lionel Robert James，1901—1989），特立尼达非裔作家、历史学家、马克思主义学者，代表作《越界》，其作品对后殖民文学的发展具有重要影响。

④ 简·里斯（Jean Rhys，1890—1979），出生于多米尼加的英国小说家，代表作《藻海无边》。

佩斯笔下的瓜德罗普，就算不再有软木遮阳帽和骡子。目睹一种文学——用法语、英语、西班牙语等帝国语言创作的文学——在文化的形成期萌芽、开花，传遍一座又一座岛屿，不羞怯，不因袭，就像鸡蛋花的白色花瓣，这是多大的喜悦与荣幸啊！这不是逞强自夸，而是大势所趋：百花齐放的那一天必将到来。

西班牙港，一个石头发烫的午后，一条白晃晃的小巷里，藤蔓的爱溢出门前的篱笆。转过街角，一排棕榈树和一座轻烟缭绕的大山映入了眼帘，让人不禁回想起沃恩①或赫伯特②的那句诗，“棕榈树下啊阴翳的城”，回想起卡斯特里一座木教堂内的哈蒙德牌电风琴，回想起众人齐唱“金色耶路撒冷”③的情景。我很难将这样的空洞视为荒芜。安的列斯生活的宽度全在于那份悠然，诀窍是别对它有非分的要求，别强求它有什么远大的志向。而游客往往以为这就是迟钝和懒散。

有人说，这里的书不够多，而且没有剧院，没有博物馆，说白了，就是没事可做。可我们知道，一个人如果没有书看，他必然会更注重思想，而他若能将思想理出个头绪，就势必会产生记录的欲望，极端情况下，若没有记录的工具，他就会口述、诵读，而这个对记忆进行整理的过程又会生发韵律和怀念。贫乏自有贫乏的好处，这其中，免于平庸肯定算一条，因为现在的书多是老调重弹，没什么新意。城市造就文化，我们拥有的不过是些放大的市镇。那么，理想的加勒比城市该有怎样的规制呢？乡野环绕四周，来去都方便，城郊绿

---

① 亨利·沃恩（Henry Vaughan，1621—1695），威尔士玄学派诗人、医生，代表作《圣诗集》。

② 乔治·赫伯特（George Herbert，1593—1633），威尔士玄学派诗人、牧师，代表作《圣堂集》。

③ 《金色耶路撒冷》（“Jerusalem，the Golden”），流行于19世纪的基督教圣歌。

树成荫，幸运的话，城市背后最好有宽广的平原。它背靠秀丽的山峦，面朝湛蓝的大海。教堂的尖塔矗立于城市的中心，周围是蓊郁、深秀的公园。鸽群列队从空中飞过，携带着关于预言和信仰的记忆。市中心要有马，对，一匹匹的马。还记得吗？19 世纪末，戴着高帽的市民坐在各色马车里穿街走巷。但必须是活在这个时代的马，蹄声里听不见岁月的哀愁。日出的时候，寒山里飘来的薄雾笼罩着千家万户的屋顶，马匹从萨凡纳女王公园①的围场里迤逦而出。市中心会定期举行马会，如此一来，当这些 19 世纪的动物疾驰而过时，市民们便会大声赞叹，赞叹它们的神速与优雅。至于船坞码头，则既无浓烟蔽日，也无机声隆隆，最重要的是，种族多元，世界各地的文化——亚洲的，地中海的，欧陆的，非洲的——异彩纷呈，人们相亲相爱，关系比乔伊斯笔下的都柏林人更融洽。市民可以自由通婚，不必恪守传统，有一天，子孙后代会发现家谱已经毫无意义。难走、危险的路段会越来越少，出行会更加方便；商业区内到处能听到南腔北调；五点钟一到，所有原生语立即噤声；星期天，码头上连人影都看不到。

这就是我心目中的西班牙港，一座商业繁荣又宜居的理想之城。在这里，市民是漫步者而非行人，遥想当年，雅典城或许就是这般景象吧。

西班牙港最美的剪影，应该像精美的手工艺品，不是玻璃和水泥的营造，而是巴洛克风格的木雕，每一座都如梦似幻，宛如一幅自画像，而非建筑的实体。城市的背后是卡罗尼平原：遍布的村寨，印度人的经幡，高速公路旁的水果摊，如彩旗般翩然而至的红鹮。风景如画的贫瘠！明信片一样的悲哀！我不是要再造一个伊甸园；我所谓的

---

① 萨凡纳女王公园（Queen's Park Savannah），位于特立尼达和多巴哥首都西班牙港市内。

"安的列斯"，是指阳光、工作、生存所构成的现实。它是乡间小路旁的一间房舍，它是烟波浩渺的加勒比海，透着生存与不断变幻的气息。生存是倔强的胜利；正因为精神的倔强、高尚的愚痴，写诗这一行才得以生存，才能破除重重困难。将这一切归结起来，一言以蔽之，就是两个字："世界"。

如此说来，这便是安的列斯看得见的诗。生存。

如果想了解这些岛为何让人怜悯，你就看看那淡彩的版画吧。安的列斯的森林，独有的棕榈、蕨草和瀑布。它们温文尔雅，像植物园一样，仿佛天空就是那玻璃天花板，底下茂密的植被是专为行人和马车预备的。所有的景致里都刻入了一种惆怅的情绪；它左右着雕刻师的刀笔，影响着测量员的情绪。而且，也正是怀着这份惆怅，才会取"天福"这样具有反讽意味的村名。一个世纪的回望，在糟糕的光线和角度下，回望这绿意蔓延的景物。叫人伤心的不是热带本身，而是这样的画面。这些精美版画中的糖厂、港口和身穿民族服装的当地妇女，都被视为历史的一部分；历史的目光越过雕刻师和后来的摄影师，望向了远方。历史会改变目光和挥动的手，给自己留藏一份记忆。它可以改变地名，让你发思古之幽情；它可以缓和热带的强光，幻化出单调朴素的哀歌，模仿康拉德小说、特罗洛普游记里审判的语调。

这些游客自己有病，还到处传染病毒，就连他们笔下的景物也都显出病态的忧郁和自卑。从建筑到音乐，每一次努力都被贬为抄袭。大家都相信弗劳德说的，以为既然历史建立在功业之上，既然安的列斯的历史先天有缺陷，总是在大屠杀、奴隶制和契约制之间死循环，那么，它就无法孕育真正的文化，那破落的港口、腐朽的蔗田里，就无法有任何新的创造。然而，对这一论调，不仅安的列斯的精英们公然反对，就连这里的庶民也同样不以为然。站在瀑布旁边，你就再也听不到它的咆哮。诚如布罗茨基所言，像马一样停留在19世纪未必是什么坏事。今天，我们生活在安的列斯，似乎仍遵循着上个世纪的节奏，就像西印度群岛小说里写的那样。

即便是格雷厄姆·格林[①]这样独具慧眼的作家，也一样以哀戚的心情来看待加勒比海。对这悠远的惆怅，列维-斯特劳斯有个极为恰当的形容："忧郁的热带"。他们的"忧郁"源自他们的态度，对加勒比的黄昏，对加勒比的雨，对这里滋长的植被，对城市粗暴复制的现代建筑，以此排挤穷街陋巷的豪气。有这种情绪可以理解，残阳如血般弥漫的忧郁，像椰子树金黄的病叶。可是，英国、法国甚至于我们的某些流亡作家，他们形容这哀愁抑或是病态的方式，却往往言不及义且破绽百出。这和对阳光以及阳光所照之人的误解有关。

这些作家向读者描述我们尚未建成的都市，描述它们尚未实现的教化目的。然而，加勒比的都市随时有可能戛然而止，只要它对自己已经满意。这就像加勒比的文化，它并没有一直在演进，而是早已定型。它的形制不能让游客或流亡者来规划，而应该照市民的意愿和建筑本身来确定。假如有人说你们没有像样的城市、像样的文化，你就该这样正告他：我们不要你们的城市，也不要你们的文化。如此，将来或许才会少一些"热带的忧郁"。

在这里，在这漂流的宝座上，汹涌的海浪在为我们喝彩：我们的山川，我们的历史，"终于"得到了认可。《终于》是加勒比地区最早出版的书籍，作者是维多利亚时代的旅行家查尔斯·金斯利[②]。同

① 亨利·格雷厄姆·格林（Henry Graham Greene，1904—1991），以其笔名格雷厄姆·格林（Graham Greene）著称，英国知名小说家，著有以古巴为背景的间谍小说《我们在哈瓦那的人》。

② 查尔斯·金斯利（Charles Kingsley，1819—1875），英国作家、牧师，倡导社会改良，曾受邀访问西印度群岛，代表作《酵母》《向西方》。

时，这也是最早将安的列斯的风景与人物写入英语文学的作品之一。我没读过这本书，想必口吻一定很亲切。特罗洛普、帕特里克·莱斯-弗莫尔[①]，长久以来，安的列斯群岛一直都是书写的对象，却不懂如何书写自己。而我观看天福村表演的角度，竟然和前辈作家完全一样。我是个富于同情心却很糊涂的局外人，一边享受表演，一边和这村子保持着距离。你不可能爱上隐蔽的东西。游客不会爱上一个地方，因为爱必须停留，而旅行则是不断的运动。假如你重归深爱的故土，在那里住下来，你就会细心观察它，就不再是匆匆的过客，就会爱上那片土地，成为一个当地人。很多人自称“热爱加勒比”，言下之意，将来要回来看看，但绝不会久留。殊不知，这其实是一种善意的侮辱，在游客身上颇为常见。他们也关注切实的问题，且都是同样的问题：岛屿的变迁，植被的荣枯，贫困落后的现状。维多利亚时代的文学将这些问题提到很高的地位。它们像漂亮的剪影从眼前掠过，然后永远被人遗忘，恰如一次度假旅行。

亚历克西·圣-莱热·莱热，笔名圣-琼·佩斯，是第一个因此荣获诗歌奖的安的列斯人。他出生于瓜德罗普，用法语写作，但他那些描写童年的诗，写一个白人少年如何在安的列斯种植园度过童年的诗，《喜庆童年》《赞歌》以及后来的《鲁滨逊画像》，风格都极为清新，在当时亦是前所未有。终于，书上吹拂过第一缕清风，页边沾着咸湿的海水，如信风般去又复来，书页沙沙地响，棕榈婆娑摇曳，“咖啡的香气袅袅地爬上了楼梯”。

然而，加勒比注定文运多舛。也许有人会说，歌颂佩斯就是歌颂旧的种植园制度，就是歌颂种植园的栏干、走廊和黑白混血的家仆，

---

① 帕特里克·莱斯-弗莫尔（Patrick Leigh-Fermor，1915—2011），英国旅行文学作家、学者，代表作《时间的礼物》。

就是歌颂白人的法语、白色的软木遮阳帽，就是歌颂居高临下的傲慢态度。即使佩斯否认其出身——大作家总爱干这样的蠢事，我们也不能否认他的成就，将他和非裔的艾梅·塞泽尔一起拒之门外。这不是划地盘的问题，因为诗是反讽的共和国，每当看到箬棕摇曳在晨光里，我总感觉它们在默诵佩斯的诗句。

佩斯的童年诗馥郁芬芳，很是迷人。天福村的少年弓箭手，他们身后播放的印度音乐，也同样叫我心醉。一样的箬棕，衬着一样的安的列斯的天空。我在这些诗里，就如同在人的脸上，感受到同样深切的自豪。可是，鉴于安的列斯的过往，这又有什么了不起的？世界史，其实也就是欧洲史，记录了那么多部落的纷争与种族清洗。终于，有些岛不再任人书写，而要书写自己！棕榈树和穆斯林的宣礼塔正是安的列斯的呐喊。终于！瓜德罗普的王棕开始朗诵自己的“赞歌”。

这之后，佩斯在《远征》中重拾碎片，拼凑出一部想象的史诗：磕着牙的边境大门，寸草不生的旱谷，泛着毒沫的湖泊，沙暴中披着连帽斗篷的骑士，这一切和加勒比凉爽的早晨截然不同，但反差却未必那么大。你看那天福村引弓的印度少年，伫立在插满彩旗的田间，耳畔回荡着嘹亮的诵经声，大象、猴神各就各位，战争一触即发。而另一边，瓜德罗普的白人少年却在整理碎片，希望创作出自己的史诗：甘蔗田里的长矛，庄园里的马车和牛群，竹叶上留存的古老语言，梵文、汉文、阿拉伯文，像书法一样写在安的列斯的蓝天上。从《罗摩衍那》到《远征》，从瓜德罗普到特立尼达，到处散落着零星的古物，来自没落的非洲王国，来自遥远的广州，来自叙利亚和黎巴嫩，并且不是深埋在地下，而是暴露于喧闹的街头。

一位眼力不济的少年，在爱琴海的港湾里，向着波平如镜的水面掷出一块石子。就在这曲臂挥手的简单动作里，包含了《伊利亚特》《奥德赛》当中那些跃动的诗句。而另一个孩子则将竹箭瞄准村里的祭典，还有一个听见了加勒比日出时箬棕叶飒爽的行军曲。就是在那乐曲声中，携着部落神话的碎片，佩斯开始了一场小型的史诗征程，虽然其间相隔了几个世纪、几座列岛。在每个诗人的眼里，世界永远都只有早晨。历史是一个失眠的夜晚，已经被人淡忘。历史和对自然的敬畏，永远是我们最初的起点，因为诗歌将不顾历史的阻扰，要和这世界谈一场恋爱。

当作家发现自己正目睹一种文化在萌芽，他会心花怒放，他会额手称庆，因为这文化正在定义它自己，一片片叶子，一根根树枝，在那天地初开的黎明。所以说，日出理应成为一种祭典，尤其是在海边。如此，名词“安的列斯”才会泛起明亮的涟漪，树叶、棕榈和鸟鸣才会变成清新的方言，变成这片土地的母语。个人的词汇，用人生编排的旋律，或许也能融入那声音，而身体则像一座觉醒的岛，一座行走的岛。

一种新的语言，一个新的民族，这才是值得赞美的恩赐，才是我们肩负的重任。

今天，我站在这里，代表他们的名义，虽然未必代表他们的形象；与此同时，我也代表他们彼此交流用的语言，就像那些树木的名字，每一个都比英语更柔美、更青翠、更有早晨的气息——肉桂、浮木、木舟；或者，树木名字里提到的那些山谷——圣雅克、马邦亚、福雷斯蒂尔、罗索、马奥；又或者，那些空旷的海滩——醉鬼湾、下茅屋、乐天堂；这些名字本身就是歌，就是历史，说的时候不用法语，而是用当地的土话。

一朵玫瑰听到了两种语言，一种是树叶的沙沙声，一种是学童的英语朗读声：

我俯瞰的世界里我是王，
在此我的权利无可争辩；

从中心向外扩展到海边，
我统帅所有飞禽与走兽。
哦，孤独！圣哲眼中的
魅力，我要去何处寻觅？
与其统治这糟糕的地方，
还不如每天陪伴着惊惶……

而在乡间，还是同样的韵律，但却用上了天然的乐器，手工制的小提琴、沙沙[①]、山羊皮鼓，一个叫森森的姑娘正在歌唱：

假如我说这给我带来痛苦，
你会说，“没错”。
假如我说你刺痛了我的心，
你会说，“没错”。
所以少年人啊，
千万别将爱辜负。

历史并没有被晨光湮没。它还在，在安的列斯的山水间，在这儿的一草一木里。大海呜咽，和着葬身“黑三角”的黑奴的叹息，加勒比人、阿拉瓦克人、泰诺人[②]，被屠杀的土著流淌着永生花一般猩红的血，连沙滩上的海浪都无法抹灭非洲的记忆，而那蔗林仍是一座绿色的牢笼，亚裔的契约工，天福村的祖先，至今仍在里面服刑。

这就是我从小从周遭、从诗歌的源头所读到的，努力中透着优

① 沙沙（chac-chac），拉美音乐中一种形似葫芦的混响乐器。
② 阿拉瓦克人（Arawak 或 Aruac）、泰诺人（Taino），原西印度群岛的印第安土著，由于受到加勒比人的侵扰和殖民者的残酷统治，现已基本灭绝。

雅。它在樵夫坚硬的红木里：脸，满手树脂的男人，烧炭炉。它在前臂上藏着弯刀的汉子身上：他牵着叫不出名字的黄狗，伫立在边缘。它在他今天早晨添加的那件衣服上：天刚蒙蒙亮，还透着清寒，他就起床去照料山上的园子——山，园子，离家有好几里路，但他的田全在那儿。更别提那些渔夫，卡车上的男仆，呻吟着爬上山坡。这些原本都是非洲的碎片，但现在已经定型、固化，根植于海岛的生活，不著一字，就如同那些树叶。它们没有文字，它们等待着被解读，假如解读正确，便会有独立的文学诞生。

然而，在我们的旅游宣传册里，加勒比海却只是个碧蓝的大水池：佛罗里达像合众国晃着的一条长腿，伸进了水池，充气的游泳圈在水里载沉载浮，橡皮筏上插了伞签的饮料杯正漂浮而来。就这样，为了生存，他们不知羞耻地出卖了自己。就这样，自我的身份受到了季节性的侵蚀。同样宾至如归的形象，一遍遍声嘶力竭的叫卖，岛与岛之间不再有什么区别，船坞眼看就要遭受污染，官老爷在洽谈土地的交易，而这一切都伴随着《喜洋洋》的乐曲，还有呲牙咧嘴的大笑。什么是游客心目中的人间天堂？连续两周不下雨，皮肤被晒到通红发紫，夕阳下，戴着草帽、穿着花衬衫的流浪歌手，翻来覆去地唱着《黄鸟》①和《香蕉船之歌》②。其实，这里有一片更广阔的天地——超越了地图上的疆界——那就是这片无边无际的海，还有它深远的记忆。

整个安的列斯，每一座岛都是记忆努力的结果；每一个人的思想，每一部种族的传记，终将陷入失忆和浓雾。浓雾中会泄漏一缕缕阳光，还有乍现的彩虹，*arcs-en-ciel*③。这正是努力的体现，安的列斯

① 《黄鸟》(*Yellow Bird*)，原名 *Choucoune*，19 世纪流行于海地的民歌。
② 《香蕉船之歌》(*Banana Boat Song*)，牙买加传统民歌。
③ *arcs-en-ciel*，法语，意为“彩虹”。

想象力的体现，一字一句，从竹雕中重塑它的神明。

从阿拉瓦克人开始的种族屠杀，是安的列斯历史被诅咒的根源。旅游业像一场温和的疫病，传染了这里所有的岛国，不是渐进地，而是悄无声息地，直到白翼宾馆的鸟粪、天穹和倒退的历史洗白了每一块岩石。

一切终将消失，古风犹存的山谷终将凋零，艺术家终将沦为人类学家、民俗学家。但在这之前，仍有些值得珍惜的地方，有些并未与时俱进的山坳，生活周而复始，不为世事变迁所侵扰。它们不是寄托乡愁的所在，而是人迹罕至的圣地，寻常而纯朴，就像那里的阳光。平庸威胁着这些地方，正如推土机威胁着海岬，勘测线威胁着榄仁树，枯萎病威胁着山月桂。

*

最后一点顿悟：苏弗里耶尔[①]城外，草木茂盛的山谷里，一座朴实的石砌教堂；群山围挤着房屋，几乎要将它们推入棕色的河水；树叶上闪着油润的阳光，一个落后的地方，无足轻重，此刻正勉强从这平庸里显出它的重要来。我无意将它神化，也不想赋予它什么，就连记忆都不需要。身穿主日礼服的非裔儿童走下普通的水泥台阶，步入教堂；披垂的芭蕉叶闪烁着光亮，一辆卡车停在院子里，老妇们蹒跚地走向门口。真正的壁画应当画在这里，不必多么煊赫，但却倾注了虔诚的信仰，地图上找不到，和“历史”不相干。

然而，这一切可能即将消失！我们正开始被逼进所希望的人迹罕至的地方，末路尽头的绿色秘境，又或者海滨的岬角，那里映入眼帘

---

① 苏弗里耶尔（Soufrière），位于圣卢西亚西海岸，系圣卢西亚的旧都。

的不再是宾馆酒店，而是空无一人的长滩，还有极远处渔夫烟卷上悠悬的问号。加勒比海不是一首田园诗，当地人可不这么想。他们从中汲取劳动的力量，自然而然的，像草木，像山上的榄仁树和香料月桂。这里的农夫，这里的渔民，不需要别人的关爱，甚至不想被相机拍到。他们是会流汗的树，树皮上包覆着薄薄的盐层。而在某个岛上，盛装的无根之树每天都在歌颂减税的优惠，招徕来往的老板，每天都在毒害山上的榄仁树和香料月桂。那一天可能终将到来：届时，政府过问的也许就不只是森林和海湾，它也会关切整个民族。

他们回来了，又出现了，一张张脸，容易堕落的天使，光滑的黑皮肤，瞪大了白色的眼睛，透着兴奋和喜悦，就像天福村里参演《罗摩里拉》的亚裔少年。两种不同的宗教，两个不同的大陆，同样在心里注入了快乐的痛苦。

可什么才是免于恐惧的快乐？对自私的恐惧。此刻，我站在这讲台上，世人关注的是我而不是他们。所以，我更想让这些简单的快乐不受玷污，不是因为它们多么纯洁，而是因为它们真实。佩斯便有这样真实的天赋：他在箬棕的飒飒声中听见了小亚细亚史诗的碎片，这灵魂里的亚洲是想象驰骋的疆域，假如在整个民族的集体记忆之外，确有所谓想象的话。天福村的田间，少年们对着彩旗引弓射箭，他们的快乐也是真实的。现在，一个男孩打开了练习本，心里怀着感恩的喜悦，但又有些受宠若惊。他在页边的限制下，写下一行又一行诗；那里或许闪耀着无名岛山顶的光，珍藏着我们的微不足道。

(1992 年)

辑二

论罗伯特·洛威尔[1]

我们被置于世上这一方土地
为了让我们学会承接爱之光辉……

——威廉·布莱克[2]

一

诗人的传记多不可信，它们甫一出版便成为虚构，如小说一般设置了情节、事件和对话的前后呼应。真正了解一个人，不在于泛泛谈论其生平，而是对他的一举一动有所会心，因此常常难以言传。如果传主是一名诗人，那么精心炮制的生平经历反而会把他的诗作变成次要情节，读者也只能从脸谱化的叙述中获得愉悦。这本传记也就成了

① 原文刊载于《纽约书评》(*The New York Review of Books*，1984 年 3 月 1 日)。
② 威廉·布莱克（William Blake，1757—1827），英国诗人、画家，浪漫主义文学代表人物之一，代表作《纯真之歌》《经验之歌》。

扶手椅的延伸，诗人的真正面貌却在读者心中晦暗不清。

无论诗人的生平经历多么独特，终究都会化为扉页上的一串椭圆型肖像。现在洛威尔也成了这样一幅肖像——他的生卒年月已经完整，生命的诗篇已经收结。

我们是可怜的过客，
受到警告要给
相片中每一个形象
以鲜活的名字。

——《结语》

洛威尔的一生支离破碎。他六十岁辞世，一生多半处于精神疾病发作后的恢复期，并因此长期心怀忧惧。他早年间就写过这样的诗句，“我心神不安”(My mind is not right) 。不过，助他恢复的绝不仅仅是药物，更是诗歌创作的力量。这股力量侵蚀了他的理智，但也予以他救赎。洛威尔本性中不乏英勇，对诗歌的恭顺也充满野性。虽然精神疾病如影随形，让他辗转于疯人院、收容所和医院之间，但他从未彻底失去理智。在临床上，他躁狂症的发作被记录为一长串崩溃和失常，但这些发作却为他的笔尖增添了冲破枷锁的蓬勃力量，只有通过诗行才能释放。

*

现在，那些冷汗凝固成了一个辉煌的时代，在他大理石般光洁的胸像前额之上！我们注视着书套上的那张脸，眉峰遮住了眸中痛苦的凝视。我们终于为他造完了像，这是他在世时我们不敢做的事。一想到要用谈论逝者的口吻说起他，不再称他为洛威尔，甚至不是卡尔[1]，这几乎令人难以承受。他的诗作永远闪耀在当下，他眼中克制的痛苦仍然令人悲伤。于是我们畏缩了，把目光转向别处。

在他生前，我们注视着他硕大的头颅，聆听着他温和的玩笑，看着他的双手在空中挥动……我们意识到这个人在百年之后必然拥有不凡的声名。如今斯人已逝，我们读着他的诗作，更能感受到一种颤栗。洛威尔笔耕不辍，产量惊人；他的头颅硕大方正，但这也只是一颗普通美国公民的头颅，他始终拥有平凡的心态，拒绝背负任何光环；他极为骄傲，也无比谦逊；他能够将身边的事物软化、模糊其轮廓，让日常生活变得朦胧不定；他将人类的政体视为陈旧过时之物加以审视；在他敏锐的探触下，历史不再是一种被审视的对象，而是一种难以索解的重复。

如果现代人的痛苦再也无法谱写成辉煌的悲剧，而是以崩溃告终，那么在洛威尔之前，没有哪位诗人如此深入地描写过内心深处的感受。他步入中年之后，诗作屡屡回避这种触及，因为它像新鲜的创口一样鲜血淋漓。随着时间推移，伤口本该结痂，因为暴露有助于愈合，但从《笔记本》（*Notebooks*）和《历史》（*History*）两部诗集来看，它们依旧血肉模糊。洛威尔的创作全部指向创作本身，他的诗歌也都是关于创作诗歌的痛苦。这是肉体的苦役。他从不把书房或雕塑室里的满地碎片清扫干净，向你展示成品。在《历史》当中，你能看到雕像的骨架、不成形的碎片，甚至窥见修改的痕迹和情感的倾泻。这种做法本来极易招致诟病，但洛威尔的每一本新作都极富颠覆性，让批评家噤若寒蝉，他们只能埋伏下来远远观望，直到洛威尔的心灵

① 卡尔（Cal）是洛威尔的小名，最亲近的友人都如此称呼他。

又一次发出呻吟，让创作技巧出现了明显的裂痕。批评洛威尔的诗作更像是探测地震，而不是审美判断。

洛威尔在学徒时期的创作很狂野，他年轻时写下的每一行诗都蕴含强烈的野心，为了追求疾速的韵律常常牺牲了韵脚。他无法控制诗行缓缓前进，有时甚至任由它在空中毫无依凭地狂飙，就算勉强慢了下来，读者也能体会到那种吃力。在诗集《威利爵爷的城堡》（*Lord Weary's Castle*）中，纷繁的对句如呼啸而来的列车辗过读者的感官，快得让人无法领会其中的象征意义，只留下一片令人瞠目的空白。

他引用克里斯托弗·马洛[1]的诗句，“时光飞驰”（Time runs），但在这里，时光却逡巡不前：

> 时光飞驰，车窗上星光流转。过往
> 是从火车上看见的城市，直到最终
> 它那窗格幽暗的街区越来越大，
> 从一座哥特教堂弹回。钟在
> 鸣响。我在死去。受冲击的石块
> 正在坠落，如一堆砖瓦和骨殖
> 断裂、崩碎，化为玻璃
> 在一名牧师喃喃念诵弥撒之前……
>
> ——《在门廊和祭坛之间》

这些炸裂般的语句绝不仅仅是噪音，虽然这首诗是在“大爆炸”之后

---

① 克里斯托弗·马洛（Christopher Marlowe，1564—1593），英国诗人、剧作家，代表作《浮士德博士的悲剧》《帖木儿大帝》《马耳他岛的犹太人》。

创作的，但洛威尔像任何一位优秀的年轻诗人一样，对惜字如金浑不在意。那是诗人的天性，但上面这段铺陈却经过了仔细的斟酌，我们没有读到冗词赘句，却感受到了一种过于强烈以至于令人反感的调校策略。诗中的激情看似热烈，实则冷峻，有过分斧凿之弊。为了显得轻松自如，每个诗句都经过了单独打磨。有些层次被擦除了，但读者仍然能感受到它们激烈的情绪。擦除的基础是双关——这是“歧义”残忍的别名。飞掠的车窗同时映出泪水与星光，泪水流过涂釉般茫然的瞳仁，正如星光掠过车窗。诗中的每词每句都另藏着一首诗，但诗行的速度与韵律不匹配。前两句诗本应展露回忆的悠然，但读者的实际感受恰好相反：泪水在五音步中疾速滑过，对句又加快了诗的速度。“最终”之后的诗句没有指向内心，变成回忆式的独白，而是昂扬向上，变成一番宣告。这首诗的行进速度学自哈特·克莱恩[①]，但连缀处如以铁锁勾连，明显可见；而在克莱恩最精彩的作品中，这种连接是无形的：

多少个晨曦，从波光荡漾的栖息中，
那海鸥一身寒气，用羽翅轻点并转动自己。

（王敖　译）

克莱恩的诗中只有一个动作——海鸥的飞翔，整个诗节都围绕着这个动作转动。

洛威尔的风格则与之相去甚远：

---

① 哈特·克莱恩（Hart Crane，1899—1932），美国诗人，诗风晦涩，代表作《大桥》《白色建筑》《献给浮士德和海伦的婚礼》。

我们就像一大群
野蜘蛛，抱头痛哭，
但没有眼泪……

——《1961 年秋》

这种差异体现于小写字母开头[①]带来的随意的亲昵（我在诗中弃用大写字母也是受了他的影响），也体现于《哈德逊河口》（*The Mouth of the Hudson*）一诗中老练的技术，这首诗同样涉及火车的意象，展现出一种松开领结的自信：

单身男人兀立如一名观鸟者，
从废弃、灰败的
西屋电气电缆卷筒上铲掉
椒盐般斑驳的雪。
通过查数一串从三十个州
开来的破旧货车，他无法
发现美国。它们呼啸着、摇晃着
穿过他脚下的铁路旁轨。

《威利爵爷的城堡》收录过一篇更早的诗作，那首诗里的火车像时光一样疾驰。而在这首创作得更晚的诗歌中，嘎吱作响的车厢最终停了下来。

① 洛威尔的诗句："We are like a lot of wild/spiders crying together, /but without tears..."除第一句外均为小写字母开头。克莱恩的诗句则是："How many dawns, chill from his rippling rest, /The sea-gull's wings shall dip and pivot him."每一句均以大写字母开头。

他垂下眼帘，
随着野外的冰块漂流，
它们沿着哈德逊河漂向大洋，叮当作响，
好像七巧板的空白一面。

这些年的时光让他变得漠然了，他已经与野心妥协。这种变化反映在那个散文化的用词“叮当作响”(ticking) 之上，这是冰面的破裂声，是炸弹的滴答声，是轮子滚动和表针行走的声音，是注定要在大洋附近融化的浮冰发出的声音①。它的前后也都是寻常词语——我是说，初看平淡无奇，实则精妙绝伦。

到他翻译《奥瑞斯提亚》(*Oresteia*) 的时候（这是现代戏剧诗领域的一大成就，但长期为批评家所忽视），洛威尔的创作技法获得了平静。威廉姆斯②和埃斯库罗斯的风格在他笔下融为一体。他在纽约公寓对面的墙砖上看到的光芒，不像雪莱的诗作那样辉煌，也没有叶芝的大理石光泽或华兹华斯难以言喻的华美，那是纽约本身的光芒，是现代建筑泛起的光芒。

*

好诗人的格调是自然流露的，在闲谈中也会闪现。私密场合下，诗人的洞见接连迸发，与他们小酌几杯的收获甚至胜过阅读一本诗论。

有一天我在洛威尔的公寓，出门前我给他打领带，他把我打好的

① 暗指洛威尔在 1967 年出版的诗集《大洋附近》(*Near the Ocean*).
② 威廉·卡洛斯·威廉姆斯 (William Carlos Williams，1883—1963)，美国著名诗人，后现代主义诗歌鼻祖，代表作《佩特森》《红色手推车》。

领结恢复到了较为松散的状态。“休闲风格”，他说，他的手很大，不像花花公子的手掌。这番纠正技巧十足，在不经意间袒露了格调。《大洋附近》（*Near the Ocean*）和《献给联邦死难者》（*For the Union Dead*）这两本诗集的出版时间相隔不远，他那段时期的创作有一种轻松随意的感觉，像一个把夹克搭在椅背、只穿着衬衫的天才。他在诗中描写过那种下笔生硬、韵律瘫痪的状态，描写过他如何发现自己的诗行僵硬难读，所以在公开朗诵的时候像省略旁白一样跳字。这是他从“垮掉的一代”和威廉姆斯的诗歌中领会到的。但是，他自由诗的韵律仍不是完全“不打领带”的，因为他的出身背景以及他仿效过的先辈大师对他影响太深。既然“追寻传统的福特车主”①可以穿上象征新贵的条纹背心，他又何尝不能给笔下的韵律松松地披上一层出身的骄傲。

另外一次（请读者千万不要认为我对诗人的领带有什么执念），我很随意地夸奖了洛威尔胸前那条淡橘色和棕色相间的碎花领带，他就把领带解下来送给我。我对洛威尔的诗人身份并无谄媚之意，也不会像仆人那样给他收拾衣服。但他对我提过一个糟糕的指控，好像我真是那种人——他对我说：“你懂得利用别人。”那一晚他正处于“爆发前夕”，夜幕还没降临，但天色已暗。我没办法像熟识的旧友那样窥见端倪，不知道他何时会像耶罗尼莫（Hieronymo）②一样再度陷入狂躁。

这次羞辱伤我很深。他是不是以为我在刻意套近乎，利用这份友谊提升我的事业？我不是美国诗人，不会考虑这些问题。而且，所谓事业，必然有其可因循的传统，但我从事的新文学并无传统可言。这

---

① 见洛威尔《威利爵爷的城堡》第 33 首。

② 耶罗尼莫是托马斯·基德（Thomas Kyd，1558—1594）著名复仇剧《西班牙悲剧》（*The Spanish Tragedy*）的主人公，以脾气暴躁著称。

项事业像任何一种全新的探索一样，成果是随时更新的。我可曾如寄生虫一般以他的诗行滋养自己？这一点我无从抵赖，因为他的影响无可抗拒，没有人的想象能比他的更浩瀚。在伤痛之余我扪心自问，没错，我利用了他，但我利用他的方式与利用古典或现代的大师别无二致。

In mania veritas.[①] 他重写荷马的原作：请对我歌唱吧，缪斯，歌唱阿喀琉斯的“狂躁”。他没有用“愤怒”这个词。我从未亲眼见到洛威尔发病时的乖戾，他那时的模样会让爱他的人满心怜悯和惊惧。但即使卡尔被脑中的黑暗吞没，他的诗行仍然能够令人获得启迪。

我的创作风格一直是喜鹊式的（至今犹然）——东挖西啄，在诗人的作品间跳来跳去，但它不是秃鹫式的。我毕生都在践行《模仿集》(*Imitations*) 里的行为，至于诗风与洛威尔相似的问题，我早就放弃挣扎了。某天午后，我和安东尼 · 赫克特[②]、斯坦利 · 库尼茨[③]、洛威尔，还有《诗学》杂志的编辑亨利 · 拉戈[④]聚在库尼茨位于格林威治村的公寓里朗读诗歌。我们本来不是去读诗的，但卡尔很喜欢和朋友聚在一起读读诗。拉戈说我写的那首《致布鲁克林》“仿佛出于女版洛威尔之手”。这个评价倒有点新鲜，拿来形容清洁女佣估计更合适。不过，没几个美国作家掌握了羞辱人的艺术。他们本来想抖个机灵，结果说的尽是些口水话。

---

① 拉丁语，意为“真理藏于癫狂”。

② 安东尼·赫克特（Anthony Hecht，1923—2004），美国诗人，代表作《透明人》。

③ 斯坦利·库尼茨（Stanley J. Kunitz，1905—2006），美国桂冠诗人，代表作《试验树》。

④ 亨利·拉戈（Henry Rago，1915—1969），美国诗人、学者、编辑，代表作《季夏的天空》。

*

刚才我讲述了自己和洛威尔交恶的缘由，从那以后我很长一段时间都心存芥蒂。后来他进了医院，我说了些难听的话，还遍告天下，说我也厌倦了他反复无常的精神状态。但我记得更清楚的，是冰释前嫌的欢乐。多年以后，他主动邀我去他位于西 67 街的公寓，这番邀请几乎让我流下眼泪。他开了门，驼着背，轻声细语地向我道歉。我用力给了他一个拥抱，感到彼此的旧谊更加深厚了。他的眼神仍然紧张不安，瞳孔里好像藏着幽灵。他把手伸向上衣内兜，我知道他要找什么。他想找他女儿和我儿子的合影。两个孩子同岁，那张照片是在特立尼达海滨拍下的。

和卡尔交恶之后，我还向他的朋友问起他和人相处的态度究竟有多恶劣。但我什么都没问出来——无论是凶暴的、不堪回首的，还是可以原谅的回忆，什么都没有。我也没再细挖下去。他们的惊惧和留下的精神创伤保护了他。“要怜悯怪兽”，他如是写道。

由此，我们能想到约翰 · 克莱尔[①]——他的清醒犹如恶魔般的云翳透出光芒，想到蹒跚穿行于巴尔的摩的地狱的爱伦 · 坡，想到酗酒的哈特 · 克莱恩或约翰 · 贝里曼[②]，但清醒的洛威尔却与常人无异——他恢复极快，通常不会留下任何伤痕。极端的狂喜也是一种绝望，但又有哪位传记作家能捕捉到他那心碎的笑容，捕捉得到他的才智、焦虑与羞赧?

---

① 约翰 • 克莱尔（John Clare，1793—1864），英国诗人，擅长描写自然景物与乡村生活。

② 约翰 • 贝里曼（John Berryman，1914—1972），美国自白派诗人，代表作《梦歌》。

*

正是这一点让为他作传的人如此为难，他们只能盯着那些最容易记述的事，抓住他的躁狂症、破坏性的发作和痛苦的康复期来大做文章。19世纪陈旧的诊断标准把诗人视作疯汉，还有人认为被诅咒的天才是种一脉相承的传统（爱伦·坡堪称祭酒），所以把洛威尔轻巧地归进了这个传统。但洛威尔既不是疯汉，也不是被诅咒的诗人（*poète maudit*）[①]，他只是一名罹患精神疾病的伟大诗人，发病之时阴云笼罩，云开雾散之际却无比温和。他有一种温柔的男子气，在人们心中激起深沉的爱意。

而那种永不止歇的狂热让人想要质问他的诗歌，质问诗人本身：你为什么要如此逼迫自己？为什么不能宽恕自己？答案是：因为洛威尔不说谎。他不像叶芝拥有拜占庭——渴望创造了信念，让黄金铸成的人造天堂幻景成真，也不像但丁那样拥有收结一切实体（substance）的白玫瑰[②]。有一次，我问他对霍普金斯[③]的《德意志号沉船记》（*The Wreck of the Deutschland*）有什么看法，他笑着说："那群修女。"他年轻时也写过关于修女的诗，她们万分狂热，充满对激情的渴望，但信念已经消逝。他本来可以用更圆熟、更柔和的方式哀悼信念的丧失，但他已经没有天堂——他找不到任何象征物供他封存这种折磨。叶芝有会唱歌的机械小鸟，艾略特有玫瑰，但美国式的煊

① 这一概念由法国诗人魏尔伦提出，指极富创新精神却得不到时代理解的诗人。

② 《神曲·天堂篇》第31歌的标题为"洁白的玫瑰"，描写了神圣的战士队伍，展示成洁白玫瑰的形状。

③ 杰勒德·曼利·霍普金斯（Gerard Manley Hopkins，1844—1889），英国诗人、神父。在其名诗《德意志号沉船记》中，作者缅怀了五名在海难（1875年）中殒命的方济各会修女。

赫能提供的只有“鸟类百科里的条纹鹰”。

洛威尔的诗作轻颤着，有时被禁锢、被镇静，有时展露出关乎家庭生活的幸福，它诉说了从卡德蒙[①]至今的英语诗歌所能述说的一切。这是一个智慧的心灵正在无情地记录着自己遭受的折磨，我想不到还有哪位诗人的笔触能如此温柔敏感。与之最为相似的是梅瑞狄斯[②]的诗集《现代爱情》（*Modern Love*）。帕斯捷尔纳克写道：“度过一生，不是穿过一片旷野。”洛威尔拒绝放过自己，并不是出于对受虐的迷恋，而是在观察诗的效用，看它是否具有疗愈的能力；如果诗是啄食肝脏的鹰喙，一如维庸[③]或普罗米修斯的遭遇，那么在洛威尔这里，普罗米修斯成了埃斯库罗斯，受害者是诗作的主题，秃鹫则变成了同伴。他从来不从诗人的身份里“抽时间”，不像某些美国作家喜欢说写作之余还有其他事情好做，比如干干农活、钓钓鱼。

> 他的身体也帮不上忙，像鲸鱼
> 温暖心脏的鲸脂，沉入绵延
> 几英里的洋底，喘息着洁白。
> 刺钩发炎，鱼线紧绷。
>
> ——《酗酒者》

“我们主动要求受困于写作，于是求仁得仁。”他写道。

---

① 卡德蒙（Caedmon，？—约670），英国最早的诗人，代表作《赞美诗》。其留下的若干残篇构成了英语基督教诗歌的起点。

② 乔治·梅瑞狄斯（George Meredith，1828—1909），英国小说家、诗人，代表作《现代爱情》（1862）。

③ 弗兰西斯·维庸（François Villon，1431—1463），法国中世纪杰出的抒情诗人，代表作《绞刑犯之歌》。

有一次我告诉他，我十分倾心于将浮冰比作拼图空白一面的那句诗，问他用了多久才想到这个比喻。他说："像拔牙一样艰难。"但"西屋电气的电缆卷筒"那句是从他女儿哈莉雅特那里得来的，她总是蹦蹦跳跳地重复着这句话。"我们就像一大群野蜘蛛抱头痛哭，但没有眼泪"这一句也是拜她所赐。

*

作家总会担心自己的命运，想以写作逃避，但他们终将品尝这种命运。洛威尔也跻身于"拂过宇宙的长发圣人[①]"之列，与爱默生、霍桑等超验主义者并肩而立。新英格兰的理性配上南方的乖戾，如大西洋清朗的风拂过南方的柏树林，让洛威尔后期诗歌拥有了轻柔、明快的散文化风格，这三个形容词也成为洛威尔和他第二任妻子伊丽莎白·哈德威克[②]最鲜明的特征。不过，洛威尔也加入了新英格兰那些褪色的椭圆头像。在他年轻时，这些人的存在迫使他南下寻找一片更芬芳的土壤、一种比腥咸的海味更让人镇静的香气。但家族世系的影响仍在《笔记本》和《历史》之中留下了痕迹，他评判政治的视角无可避免地带有一种严苛，与他的清教徒祖先一脉相承。

诗不能补救品行，悔过诗写得再美，也抹不去往日的劣迹。叙述洛威尔的生平，不能不提他那一连串恶劣的行径。不熟悉洛威尔的人，不会像我一样怀着崇敬的心态追忆他，反而会援引他的劣行加以

---

① 在印度教中，遁世苦修的圣人（Sadhu）都蓄有百结长发，也被称为"长发圣人"（long-haired sages）。

② 伊丽莎白·哈德威克（Elizabeth Hardwick，1916—2007），美国小说家、文学评论家。

指责：在作家社区亚多[①]的那次争吵，洛威尔穷追不舍地攻击一位女士的共产主义政治倾向，这是非常可耻的行为。而一塌糊涂的婚姻生活也让他饱受女权主义者的诟病：他与简·斯塔福德[②]的那段婚姻充满了醉醺醺的暴力。不过，我们每个人都做过恶劣的事，但大多数传记都喜欢大肆渲染传主性格中的骇人一面，让读者沦为道德的伪君子。洛威尔在躁狂咆哮之际俨然一位卡利古拉式的暴君，按西印度群岛地区的说法，他“血气上头”，幻想自己是个独裁君主。我认为这种幻想不只是偏执，更是消解心底愧疚的方式，像孩童把自己想象成黑暗中的恶魔来获得安慰。洛威尔神志失常之际，我们这个世纪的邪恶挟着恐惧涌入他的脑中。把它们仅仅归于原罪，或民主制度政治上的幼稚是不够的。施暴者与受害者混为一体，他的头脑成为双方交锋的战场。此外，他的妄想既有恶魔的一面，也有天使的一面。他也会像浮士德一样喃喃自语“我即地狱”（I myself am hell）[③]，但《模仿集》的创作把他某一方面的偏执转化成了平静，从疾病的苦涩中酿出了甘甜的蜜糖。

对热爱的诗人，洛威尔毫不掩饰羡慕之情。为了模仿他们的口吻，洛威尔徜徉于辞世诗人的万神庙中，依次栖居于每一尊雕像体内，假借其手撰写诗篇。这是一件乐事、一种无恶意的占有。他也如此对待在世的诗人，比如蒙塔莱[④]和翁加雷蒂[⑤]。他最出色的诗篇是化

---

① 亚多（Yaddo），20世纪初创立于纽约州萨拉托加泉温市的文艺社区，为很多作家和艺术家提供了理想的创作环境。

② 简·斯塔福德（Jean Stafford，1915—1979），美国小说家，曾获普利策奖，洛威尔的第一任妻子（1940—1948）。

③ 引自洛威尔《臭鼬时刻》（*Skunk Hour*）。

④ 欧金尼奥·蒙塔莱（Eugenio Montale，1896—1981），意大利诗人，1975年获诺贝尔文学奖。

⑤ 朱塞佩·翁加雷蒂（Giuseppe Ungaretti，1888—1970），意大利现代派诗人。

身为萨福、里尔克和帕斯捷尔纳克而写就的——尤其是里尔克。我觉得他的模仿之作《俄耳甫斯与欧里狄克》(*Orpheus and Eurydice*)比原作更动人。他这种行为让学界深感震惊，觉得洛威尔自认为比这些诗人更高明，但他只不过是在践行伊丽莎白时代诗人的传统罢了。他经常在模仿中改进原句，将天赋展露得淋漓尽致。撰写《楠塔基特的贵格会墓园》(*The Quaker Graveyard in Nantucket*)时将自己视为弥尔顿的那种野心，以及认为《利西达斯》由自己所作的那种迷乱，都让我们感受到他模仿中有着云开雾散的清明。但对我来说，也有些尝试失败了：模仿兰波的诗太纯净，而模仿维庸的民谣体诗歌则受了威廉姆斯的影响而显得太过朴实平淡，读不到一丝悔意。不过，他还是诚实地认识到了自己的伟大，并让自己与伟大为伍。

*

奥登有言："我认识三位伟大的诗人，无一不是大混蛋。"在《历史》当中，洛威尔也如此形容自己。这本书中没有暗道，很多大敞四开的小径散发出悔恨的腐臭。洛威尔像梅瑞狄斯一样常常书及现代婚姻，梅瑞狄斯的诗集《现代爱情》、洛威尔《生活研究》中的《谈及婚姻的悲哀》(*To Speak the Woe That Is in Marriage*)和《笔记本》中的大多数诗歌都散发着平滑慑人的冷光，仿佛一柄厨刀，或神话中拆散爱侣的宝剑，它"深切地质问"着，"探入无尽的悲哀"。此外，洛威尔身上还有其他维多利亚时代的特征：离婚等同于死亡，令他心怀愧疚，所以需要用诗行鞭笞心灵进行忏悔。梅瑞狄斯用"现代"这个字眼表达道德讥讽，但洛威尔的口吻没有这种现代感。尽管他认为自己已经心冷成灰，但我们仍能从地狱之火的舞动中窥见他对婚外情的悔恨；婚姻的悲哀绝非厄普代克深入剖析过的"现代神经症"所能概括，它是一个熊熊燃烧的火坑。

洛威尔没有信仰，不相信宽恕以及随之而生的谅解，更没有对被罚下地狱的懊悔与恐惧，他只是用诗行构成了告解室的格栅，然后透过格栅忏悔。他不是向宗教告解，而是对诗歌坦白自己一生的错误。“我的眼见过我的手做过什么。”[①]他和维庸不同，他已失去了童贞圣母的庇护。

尽管《笔记本》在亲密关系方面令人困扰，但这部诗集的主旨还是宽恕。洛威尔完成了本属于传记作家的任务。这些诗不是为了证明自己行为的正当性，或为残忍的背叛开脱，而是为了听到别人对他以及被他伤害的人的评价。为此，他不惜在生前接受指控，乃至承受世人的厌恶与谴责。在这方面，洛威尔甚至比他仰慕的梅瑞狄斯或哈代走得更远。传记作家原本想揭示的那些东西——收录于书信集的信息、他身后“生平”的官方记录——早已像汇编好的遗书一样公诸天下。

在某些方面，《笔记本》有着但丁作品的端倪。我们身处幽暗的丛林。但正如他自己所言：隧道尽头的光芒是驶近的列车车灯。那里没有天堂，只有家庭的幸福。

二

整个秋天，关于核战争的
擦伤和冲击；
我们谈论自己的灭亡直至生厌。

——《1961 年秋》

① 原文引自洛威尔《海豚》(*Dolphin*)。

阔大的矮脚杯里装满金黄色的酒液，那是烟熏味的波本威士忌，冰块在杯子里喀拉喀拉响个不停，好似文学界的流言。洛威尔夫妇经常在他们位于西67街的公寓接待客人，如果来的人比平常多了两三个，我就觉得自己像个侵入的阴影。屋里的沙发和书架给人一种很舒服的感觉——摆得最高的书得踩着活梯才够得着——但墙上挂的那张不知道哪位洛氏先祖的照片可不是这样。画里的人带着一股煞有其事的威严，好像英国前首相休·盖茨克尔[①]。我记得人和马的身上都有点模模糊糊的金色，但我对家族世系不感兴趣。出于同样的原因，我对那些客人向我诗人同行的作品发出的友好嘲笑也不感兴趣。一生的名誉像烟蒂一样被人摁灭，纽约就是这副样子。如果有其他人在场，这儿就变成了一个悠闲的沙龙集会。这也难免，因为伊丽莎白·哈德威克和罗伯特·洛威尔——美国杰出的散文家和最好的诗人——结成了伉俪。这里是曼哈顿中城，但也是文学史上永恒的存在，就像勃朗宁夫妇和卡莱尔夫妇的住处。我说这些，并不是有意侵犯他们的隐私，只是因为要介绍《生活研究》和《历史》中某些诗歌的创作场景。

我觉得，在公寓里度过的这些黄昏是洛威尔最开心的时候。整个白天他都在楼上的书房里工作，直到这个时候，辛劳才宣告终结。他像工匠一般整日扑在诗行上，因为他和所有的伟大诗人一样，更相信勤奋而非“灵感”。我们都知道洛威尔那种创作方式常让他冷汗涔涔。但在一天的辛劳之后，疲乏反而让他兴致勃勃，于是他就用加了冰的金黄色的美酒犒赏自己。

我珍视这些探访——杯中有着叮当作响的冰块和琥珀色的酒液，我们随意坐进舒适的沙发，卡尔的嗓音如火焰般柔软。我还记得伊丽

① 休·盖茨克尔（Hugh Gaitskell，1906—1963），英国政客，曾任工党领袖。

莎白那头金色的卷发，以及她富有感染力的高声大笑，她习惯轻拍你的手背，微笑着说“亲爱的”，甜美的嗓音舒缓地流淌在你的耳边。这些夜晚如蜜般美妙，洛威尔夫妇让我在纽约感受到了温暖。然后，一切黯淡下去。我们失去了联系，后来洛威尔去了英格兰。

*

在《笔记本》那些更阴郁的段落里，诗行散发出一股来自低地的雾气，像英国的天气一般模糊了洛威尔的身影。他没有就此搁笔，也没有坐等天气好转——等待云开雾散，纸页的洁白重新浮现。这并不是执拗的表现。《笔记本》中那些支离破碎的句法与离题万里的旁白或许十分乖戾，让我们每读一句都盼着阳光照进来，希望诗人上前一步，安静地伫立在那束启示之光当中。有些诗人知道自己的伟大——不管是自我认知，还是从自己的声名来推断——总之，他们知道自己已然不朽。我们能感到他们诗中的大理石正在凝结，每个姿态透出的习气都在禁锢自身。如果洛威尔喜欢偷懒，或者精于算计，他完全可以用大诗人的经典形象赢得读者的热烈掌声。比如披着斗篷、在灵魂的风暴中大步前行的叶芝（掌声），正襟危坐的艾略特（掌声），在秋日丛林的斑驳光影中伫立的弗罗斯特（掌声）。而《笔记本》拒绝成为另一块煊赫的纹章，这些作品一直拒绝成为诗歌。

透纳①和惠斯勒②对绘画的追求与洛威尔如出一辙，他们勾画完轮廓后，不会觉得这幅画已经完成，而是要用画笔反复涂抹，让颜色

---

① 约瑟夫·透纳（Joseph M. W. Turner，1775—1851），英国著名风景画家，对印象派绘画的发展产生了深刻影响。

② 詹姆斯·惠斯勒（James A. M. Whistler，1834—1903），美国风景画家，提倡“为艺术而艺术”。

越来越浅，直到绘画对象原本坚固、清晰的轮廓与粗糙的布面融为一体，难以分辨。如果洛威尔去画画，他会很乐意成为康斯特布尔[①]或维米尔[②]——我问过他希望成为哪位画家，他回答说：维米尔。但在他的晚期诗作中，光的来源不只一处，而是从四面八方射来，微弱、变幻。一簇一簇的光令人无法直视。

评判该诗集的一个重要原则在于：不应将其视为一场忏悔，或者一种心理状态的体现，甚至不能认为这些诗证明了洛威尔本人（或者我们每个人）人生中的混乱；我们应当视其为技巧的展现。诗人喜欢接受创作技巧上的艰难挑战，首要原因是有趣。他的友人约翰·贝里曼在诗集《梦歌》（*Dream Songs*）中首先挑起了这种竞争，仿佛是心无妒意的运动员平和地给对方下战书。但一旦加入了竞赛，诗人就无法停步。贝里曼发明了一种诗节形式，刚好适合表现他自残的咆哮、醉醺醺的旁白，他的自我侮辱和洋洋得意。这种诗节踉跄、杂乱，充斥着尖叫与低诉，像失写症[③]患者涂写的带毛边的语句。洛威尔听到头脑在讲话，于是轻柔地予以引导，但并没有把它们弯折成合律的结构，或者以对句的形式展开自以为是的说教。他只是在长度合适的地方把句子斩断，类似石匠的直觉——深知每一块不规则砖石的重量和摆放的位置，把它们垒成一种结构。这种结构预先没有规划，不能确定最终将形成何种形状，但风格是哥特式的。结构不断延展，直至变为一座大教堂或一张壁毯。只有死亡才能让这个过程停止。在《笔记本》之后，洛威尔出版了《日复一日》（*Day by Day*），这是他最后一

---

① 约翰·康斯特布尔（John Constable，1776—1837），英国风景画家，代表作《干草车》《白马》。

② 约翰内斯·维米尔（Johannes Vermeer，1632—1675），荷兰风俗画家，尤其擅长表现光线，代表作《戴珍珠耳环的少女》。

③ 一种神经性疾病，患者无法控制书写的冲动，但创作出的大多是错乱无意义的文字。

部诗集，充斥着这种野蛮生长直至力竭的感觉。

*

洛威尔很少写散文，也很少写批评类文章。有时他也会写一些简短的评论，比如收录于诗集《生活研究》的《里维尔街 91 号》(91 *Revere Street*)，文中的诗意几乎要冲破散文的外壳。与格雷夫斯[①]、庞德、威廉姆斯、艾略特、叶芝相比，洛威尔不愿以辩论或文坛上的政治手腕来维护自己的诗歌。艾略特用散文巩固他的创作目标，从而支持他的文学运动；因而他的散文既可以视为风格改换的警告，也可以看成一种自我认可。庞德的诗几乎从不出错，但写起散文来像个被解职的教授。洛威尔住在美国，对他而言，写散文必然类似于一种表演。散文是一种真正受人尊重的文体，因为散文很好上手、颇具民主性，任何人都能以这种文体进行创作。散文驱使着那些不想用浅显直白的文字写作的诗人走向孤独或傲慢。

当然，这种说法未免太简单，但它解释了美国诗歌特有的那种公共责任感，以及在偶发的疯狂和日常常识之间狂躁切换的状态。这种说法将美国的诗歌以及洛威尔的心理状况明确地一分为二：一半理智（非酒神式的，普通的美国式常识），一半疯狂（非太阳神式的，精神错乱的，与常人有异的）。一面是威廉姆斯、毕晓普、弗罗斯特、史蒂文斯[②]（一名喜欢说教的唯美派诗人）等清醒的诗人；另一面则

---

① 罗伯特·格雷夫斯（Robert Graves，1895—1985），英国诗人、小说家、评论家，著有《荷马之女》《希腊神话》。

② 华莱士·史蒂文斯（Wallace Stevens，1879—1955），美国著名现代主义诗人，代表作《冰淇淋皇帝》。

是哈特·克莱恩、爱伦·坡、韦尔登·基斯[①]、贝里曼。洛威尔没有在这两种状态中疯狂摇摆。他不像挚友兰德尔·贾雷尔[②]那样恐惧野性（后者的诗句和他的文学批评一样理性），但也不像罗特克[③]和贝里曼那样狂野。这种野性被强行压进一种歇斯底里、双唇紧闭的钳制当中，让普拉斯和塞克斯顿[④]成为了牺牲品：它促成了“自白派”诗歌的诞生，导向了服从规范的渴望。金斯堡为了防止自己陷入精神错乱，只好拧开了所有的阀门，他的《嚎叫》像灼人的蒸汽一样喷涌而出。

而洛威尔与他们都不一样，他有一种条理性和服从技术指令的意识，正是这种强烈的意识拯救了他的精神和作品。他把自己变成了俯视的对象，如果毁灭了自身，就等于打断了他的工作。他把自己的疯狂也变成了审视的对象。这种精神力量很惊人，让他在浪潮的冲刷和击打下永不倾覆。即便在他摒弃了正统信仰之时，仍然葆有诗歌作为其精神寄托。这是他灵魂中新英格兰人的一面。

*

我最后一次见到洛威尔，他刚出版了《日复一日》，疲累不堪但兴致勃勃。这部诗集其实是删节版的《笔记本》，是他生前最后的诗

① 哈利·韦尔登·基斯（Harry Weldon Kees，1914—1955），美国文学家，代表作《最后的人》。

② 兰德尔·贾雷尔（Randall Jarrell，1914—1965），美国桂冠诗人，代表作《动物之家》。

③ 西奥多·罗特克（Theodore Roethke，1908—1963），美国诗人，曾获普利策诗歌奖，代表作《苏醒》。

④ 安妮·塞克斯顿（Anne Sexton，1928—1974），美国自白派诗人，曾获普利策诗歌奖，代表作《生或死》。

行。那些短促而疲惫的呼吸声为前几部诗集的辛劳与混乱给出了注解。它向着阳光眯起眼，不再对宏大的主题产生兴趣。

洛威尔把《笔记本》重新编辑出版，更名为《历史》（*History*），被杰弗里·格里格森[1]批评为一盘大杂烩。这个评价一语中的。一个诗人，如果能把自己的事业视为美国以及20世纪时代思想的良心而坚持下去，哪怕在私人场合也不松懈，那么他就不会也不能重复《荒原》当中断片拼贴的手法。碎瓷片、瓦砾和废料并不是诗歌的主题，而是诗人脑海中的造像。诗的韵律坑坑洼洼，音步也毫无规则，它们奔突、休息，又一次站起身来，继续劳作。它谨遵邓恩的训诫：诗歌造就了它本身的攀登之旅，它“必须迂回上升”。

一旦我们看熟了煊赫的诗歌选集，就会在热爱之外对诗人作品提出更多要求。我们会去那些不为人知的、晦涩乃至失败的诗歌中翻找那些付出了大量辛劳但却不幸蒙尘的作品。勃朗宁、邓恩、本·琼森等人的真实样貌并不体现在他们的诗作中，而是存在于诗体信、像书那么厚的独角戏剧本、悼亡的哀歌、已停演的剧本台词当中。当我读到格里格森对《笔记本》的嘲讽，我就给洛威尔写信，告诉他，这部诗集对辛勤耕耘的诗人来说，将是一座取之不竭的矿藏。有时，悦耳的诗听了太久，也会让人疲惫，想寻找一些风格相异的东西，一些艰深、复杂、沉实的东西——我们希望欣赏璞玉。正是这种寻求，让济慈从甜美和华丽转向内心，促使洛威尔一部书接一部书地探掘下去。洛威尔没有继续沿着那条已知的小路前行——由他本人开辟的路径，虽然前路荆棘丛生——而是转了一个弯，一头扎进更复杂和孤独的事物。这种行为激怒了很多人，因为洛威尔仿佛在有意让自己迷失。有

---

① 杰弗里·格里格森（Geoffrey Grigson，1905—1985），英国诗人、评论家，个性固执，在文坛树敌甚多。

时这些诗歌令人愤怒的原因仅仅是“太难读”而已。但如果读者懂得如何聆听，他们就会察觉其中高超的技巧，堪称大师手笔。这难道不是洛威尔为20世纪的诗坛赋予的含金量？——读者不仅仅要具备跟随诗人合诵的天赋（例如对哈特·克莱恩、史蒂文斯或威廉姆斯的诗作），更要拥有聆听的天赋。这难道不是最悦耳的作品，不是对读者智力的无上恭维？

洛威尔首先祝福他人，然后才保佑自己。他祈福的风格很像布莱克①——虽然这么说有些不可思议。万物皆神圣，但万物皆苦。光明本身就是一种负累。

*

有一次，我们两家在特立尼达的一处滨海石屋里度假。那儿没通电，入夜后我们点起了汽灯。屋外低矮的悬崖下传来大西洋的白噪音，腥咸的海风裹着黑暗降临，将树林卷入夜幕，汽灯嗞嗞作响，仿佛缥缈的海潮。灯从高处投下一大圈阴影，我们的面庞明暗分明，仿佛有了年头的油画。夜里的空气咸而湿润，充满了海浪均匀的噪音。每次我想到我们两家人在那里的情景——我们的厨师、利兹和哈丽雅特②、我儿子彼得和我妻子玛格丽特——我总觉得他们沐浴着一束灯光，那是帕斯捷尔纳克关于两个缝纫女工的诗句里的灯光：“两个女人，在一盏斯维特兰灯③的倒影旁/它从重负里放出光辉。”在这样一个多风的地方，汽灯的光辉既是负累，也是福佑。

洛威尔一家本来要去巴西，是我们把他们邀到特立尼达度假的，

---

① 威廉·布莱克是一位虔诚的基督教徒。
② 利兹即洛威尔的第二任妻子伊丽莎白·哈德威克。哈丽雅特是两人的女儿。
③ 苏联生产的一种煤气灯。

那时洛威尔刚刚出版了《模仿集》。后来，每当我想到这本书，那片大海、那个夜晚、那盏汽灯，还有海边的家人就浮现在我眼前。洛威尔把打算收录到集子里的诗拿给我，问我的意见。他的谦逊至今仍然让我深感荣幸，他也用这种态度征求过不少人的意见。我很欣赏他对里尔克《还乡》（*Homecomings*）一诗的改写——"糟糕的埃及家庭主妇"像雷卡米耶夫人①那样斜卧于墓盖之上，把石棺当成了沙发。我也很喜欢那句出格的描写："她的胸乳像牛角左右斜张。"我问："这是里尔克的原句吗？""不是，有两个诗节是我的创作。"我的问题似乎很让他高兴。

对纯粹主义人士②和学者来说，《模仿集》可谓胆大包天，它不仅冒犯了原作，还透着一种傲慢。但在《模仿集》之后，洛威尔抵达了创作的幸福之境：从此以后，一切诗歌都为他所有。那些作品构成了他的躯体，一切风格都成了他的风格，每一种声音都变成了他的声音。《模仿集》并不是剽窃，洛威尔只是用他温柔的语调重述了这些作品。我还记得他坐在屋子里的一个旧扶手椅中，在半明半暗中望着我，我还记得接过他诗歌的那种感受，他把诗给我看，并不是要听到我的赞美，而是因为这是一种愉悦，像那片黑暗一样轻柔、微弱、宜人。

*

1977年9月，我在切尔西酒店，一位朋友打电话告诉我卡尔逝世了，我当时的恼怒多过震惊。死亡似乎是一种打扰，一种失礼的行

---

① 雷卡米耶夫人（Madame Récamier，1777—1849），19世纪初法国社交名媛，其举办的文艺沙龙曾在巴黎兴盛一时。

② 此处指极度推崇文学原典的人。

为。他诗行中的声音是不朽的，在我之后，一定还会有人听得到。在他生前最后一本诗集《日复一日》中，洛威尔甚至将疲乏化为了灵感。虽然他结婚数次，但他的缪斯女神从不曾寡居，无论是在病中，还是在暂时健康的恢复期里，他都对她保持忠诚。并且，直到生命的最后，他都拒绝被声名所累：

> 那些神圣的结构、情节和韵律——
> 现在它们为何对我毫无帮助
> 我想创造
> 一些想象的事物，而不是回忆？
> ……
> 一切都不伦不类。
> 但为何不说出发生的一切？
> 祈求得到维米尔
> 赋予阳光那精确的优雅……
>
> ——《结语》

(1984 年)

论海明威[1]

美属维尔京群岛的阳光几乎如温带一样和煦，但岛屿地势平坦，所以日照有所增强。这里的山丘不像南方诸岛那样植被丰茂，当地的建筑也有种荷兰式建筑的明晰，不像天主教岛屿常见的那种生拼硬凑的创新风格。游客看不出个中差异，就像他们看不出英国的郡和美国的州有什么分别一样。但我觉得这种差异里蕴含的政治含义无比浓厚，毕竟这片群岛是美国的属地，它们的过往也像美国历史一样简短明确。这里地势较低、植被稀少，守卫白色屋舍的只有伶仃细弱的小树；这里有沼泽和湿地，透过清冽的海水可以望见珊瑚，这些景色与墨西哥湾流息息相关，这里是海明威的领土。

“平静无风之时远远望去，湾流的海水通常是深蓝色的。可是走到水里细细瞧一瞧，荡漾在那白灿灿细沙上的海水便只是泛着一派青灵灵的光了。稍大一点的鱼还远远的、没游到沙滩的边呢，你在海滩上早就连鱼影子都见到了。”[2]

---

① 原文刊载于杂志《波士顿人》(*Bostonia*)，1990 年 5—6 月双月刊。

② 引自《岛在湾流中》，蔡慧译，上海译文出版社，2009 年，第 3 页。

这片风景为巴哈马群岛的画家温斯洛·霍默①提供了灵感。在海明威笔下，主人公托马斯·赫德森的绘画主题与霍默如出一辙：加勒比的海龙卷、当地的渔人、惊涛骇浪和海滩。二人的相似之处不仅仅表现在身处同样的地理环境，更在于他们都采用了现实主义绘画风格，它的基础是对天气的切实体验，有了这种体验，才能让画中的风物真实可信。海明威没有具体描写赫德森刻画加勒比地区风光的方法，我们对他的用色和技法一无所知，但作者为书中的人物给出了担保，说他的绘画栩栩如生，而且能够靠画技安身立命。

海明威的文字本身就是托马斯·赫德森的画作，每个段落都像一连串水彩，真实可信、细节精美，更重要的是营造了一种晶莹剔透的效果。我们可以像看穿阳光一样看穿文字，并通过文字的描写方式了解赫德森的绘画风格。

托马斯·赫德森的绘画主题和温斯洛·霍默的一模一样。“汤姆，我希望你是个带‘大’字儿的画家，”博比说，“那种小打小闹的东西干脆还是别去弄了。你那不是在糟蹋自己的才华吗……画黑人在海滩上捉海龟……”（参见霍默的作品《龟池》）

……“要不就画两个黑人划条小船，乌七八糟捞上了一堆小龙虾。”

博比畅想赫德森将来可以画一幅热带版的《世界末日图》，被赫德森婉言拒绝。

“有个叫博斯②的，画这一路的画可出色了。”

海明威也在创作后期忍住了这种冲动，不再描写热带地区贫病交加的地狱般的惨景，这背后有若干原因，比如疲乏、谦逊、无助、力

① 温斯洛·霍默（Winslow Homer，1836—1910），美国风景画家，尤其擅画海景。
② 耶罗尼莫斯·博斯（Hieronymus Bosch，约 1450—1516），荷兰画家。

不从心。海明威谦逊地表示自己不敢再去尝试这些主题——他知道怎么当个好作家，但不知怎么才能成为伟大的作家。

霍默的绘画技法并无创新，除非有人想把自然主义绘画当作一种新发明。放到今天来看，他的大幅油画虽然无比精确，但文学和修辞色彩太浓重，情节设计太着痕迹，某些叙事元素削弱了画作原始的魅力，把它变成了一幕戏剧——《生命之线》（*The Lifeline*）、《救生船》（*The Lifeboat*）和《湾流》（*The Gulfstream*）等作品莫不如此。霍默最著名的那幅作品[①]可谓“包罗万象”：断了桅的船上坐着一名黑人，鲨鱼绕船出没，海龙卷垂在天边，一场风暴即将袭来。但这幅画的笔触真实可信，所以它才拥有了比杂志插图更高的价值。正是这种可信度让自然主义作品跳脱了画室，从光影和质地上与它描绘的对象拥有了同等鲜活的生命力。

由于具备同样的可信度，《岛在湾流中》也跳脱了书斋，从维多利亚时代流浪汉小说或通俗电影的窠臼中跳脱出来，现身于塑造了全书的加勒比烈日之下。我们可以忽略霍默和海明威作品中的通俗剧特质，因为它们的创作主题就是自然风物，而非以自然为背景上演的剧情——自然风物裹挟并吞没了剧情。在《有钱人和没钱人》《老人与海》以及《岛在湾流中》三部作品中，墨西哥湾流正是关隘所在。

霍默和海明威都曾精心描绘过这条湾流，正是这条湾流温柔地让哈利·摩根这名现代海盗失去了一切，就像霍默画中那个坐在破船上的“黑鬼”；还是这条湾流，将那名老人“带得太远了”；托马斯·赫德森也是在它的咸水河道上中了一枪，生命垂危。

海明威的笔触和霍默一样有惊人的精确度，景物描写从不流于夸张。作家的腕间莫非有阳光流转，否则怎么能刻画出如此明晰的景

① 即油画《湾流》（*The Gulfstream*）。

色，让读者感到岛屿如在目前？温斯洛·霍默的笔触同样娴熟，画作呈现出的“分寸感”令人心旷神怡，让所有加勒比地区的水彩画家心折不已。

加勒比的天气让人感受到的不是小说的情绪或者绘画的色调，而是一种生活的境况。《丧钟为谁而鸣》中安塞尔莫的生活就是这种境况——在一片壮丽的美景中忍受着困乏和痛苦。大海很美丽，它赐予丰饶，也带来饥馑，人们必须领会它的吉凶预兆。忍饥挨饿的人更要读懂它的一切信号，因为阳光一年四季毫无差别：赫德森与安塞尔莫对湾流的爱是截然不同的，二者的区别可以说是美国与加勒比的区别，也可以说是卡斯特罗时代以前的哈利·摩根与托马斯·赫德森的区别。

哈利·摩根朝着古巴爱国者大喊道：“去他的革命！”而在《岛在湾流中》这本书里，司机载着赫德森经过一片贫民窟，他沉思道：

> 一路进城，就是这一段路叫他很不喜欢。他带着酒来，其实就是为了对付这一段路。他想：我喝我的酒，就可以闭眼不看这一派贫困，这一派污秽了。四百年厚积的尘土，娃娃们拖着鼻涕，残破的棕榈叶，洋铁皮罐头做的屋顶，害梅毒得不到治疗落下的走路拖沓的毛病，年代久远、污水横流的小河，脖子脱毛、虱子累累的鸡鸭，老大爷脖颈上的鳞癣，老太婆身上的臭气，还有开得震天响的收音机，这些都可以扔得远远的了。这实在是很不应该的事。按说我应该好好看看，想想能不能帮上什么忙。可是你却只管喝你的酒，就像以前人们怕自己晕过去就带上嗅盐一样。[1]

---

① 引自《岛在湾流中》，蔡慧译，上海译文出版社，2009 年，第 281—282 页。译文有改动。

这段文字充满挫败感，但没有愤怒。在哈利·摩根的无法无天和托马斯·赫德森的独善其身之间，横陈着罗伯特·乔丹的尸体，《丧钟为谁而鸣》中曾描写他如何牺牲了性命——他确实“好好看过”，还为西班牙的穷人做了一些事。而这具尸体，也正是海明威自己。

当然，这段文字令人悲哀，但它袒露的无奈是真诚的，它来自精神的疲惫而非蔑视。与海明威前几部作品中的英雄主义相比，这种心灰意懒的态度更真实。麻木的底色是绝望。

像温斯洛·霍默一样，托马斯·赫德森也不愿描绘这里的困苦和疾病。他以画笔营造了一座哀伤的伊甸园，但它不是避世的圣所，而是疗伤的天堂。他尚不能被称为伟大的画家，只是一名“还不错”的画匠而已。赫德森与乔丹的区别，是霍默与戈雅①的区别，是《丧钟为谁而鸣》中的西班牙与西班牙殖民时期的古巴的区别。赫德森身边正在掀起一场大革命，但犬儒心态和旧日沉疴让他麻木不仁，只能向酒精寻求庇护。虽然赫德森也像海明威笔下的其他主人公一样，在一番痛饮过后仍能保持神志清醒、口齿清晰，但前几部书中的酒精是触发器、是护身符，而赫德森对酒的依赖却更像一种纯粹的病态。只从这个角度来看，《岛在湾流中》无疑是一部绝望的作品，是一名酒鬼在坦然倾吐自己的孤独和恐惧，倾诉自己屡屡失败的婚姻和乏味的生活，而且无奈地承认，自己的天资尚不足以被称为伟大。

在这一前提之下，不管会遇到怎样的反对，我们首先必须弄清这部小说坦白（其实是忏悔）的程度有多深。《岛在湾流中》是海明威迄今为止最保守的一部作品，也是内心袒露最充分的作品。它的创作技法很传统，鲜少创新，就像温斯洛·霍默的画在现代人眼中的观感

---

① 弗朗西斯科·戈雅（Francisco Goya，1746—1828），西班牙浪漫主义画家，代表作《裸体的玛哈》《阳伞》。

一样。我们将霍默视为传统派画家，首先是因为他的技法是传统的，其次也表明他尽自己所能留下了自然之美[①]。同样，揭示人类如何摧残地球之美，正是海明威的加勒比海系列小说最鲜明的脉络，与《大双心河》和《米罗的西班牙》[②]一脉相承。托马斯·赫德森向墨西哥湾流和尚无人迹的野岸风光寻求抚慰，就像一个经历了战争、离婚、酗酒、绝望的被摧残的人选择皈依，向圣水池寻求抚慰。

所以，海明威诚可谓一名西印度群岛作家，正因为他饱受摧残、伤痕累累，才能发现美国如此崭新的一面，就像马克·吐温发现了密西西比。墨西哥湾流令他耳目一新，但相比过分符号化的寓言故事《老人与海》，《岛在湾流中》表达得更为含蓄。托马斯·赫德森不是民间传说中的基督，也不是新世界的尤利西斯，他只是一个乏味、脆弱的凡夫俗子。

海明威很有天赋，但像任何一位艺术家一样，他的天赋也是伤口。书中并未体现出多少社会良知，但袒露了更真实的个人情感：悔恨、孤独、畸形破碎的谦逊、追逐幸福的挫败感，尤以私心的袒露最为真实。赫德森和海明威都被生活摧残到了一种颓然的境地，而他们忍着痛苦，记录下了北加勒比海地区的恢弘与壮丽。那种痛苦比身边随处可见的贫困和匮乏更深切，他们一直在与之搏斗，无论身处何方都无法逃脱。该书在最后一部分描写了一场戏剧化的追逐战，除此之外，《岛在湾流中》是一部诚恳而哀伤的作品，它以令人动容的神圣笔触向加勒比海的美丽风物致意。虽然有不少冗长无聊的段落，还有

---

① 作者从“传统派”（conservative）原文的词根 conserve 中引申出了“留存/保护”之义。

② 海明威在杂志上发表过《死在午后》（*Death in the Afternoon*）的节选，题为《米罗的西班牙》（*Miró’s Spain*）。霍安·米罗（Joan Miró，1893—1983），西班牙超现实主义画家、雕塑家，早期作品《农场》深受海明威喜爱。

些文字暴露了作者的自私，但这本书如生活本身一样真实和平凡。在书的结尾，这种生活变成了祭品，为了感恩一座伊甸园而献上。

不过，除了这种赞赏之外，这位“加勒比作家”还有一些保留意见。他笔下的加勒比常常呈现一幅老式“大荒野”（*the Great Outdoors*）的面貌，总会提到巴哈马港口和维尔京群岛、成群的游客还有包船探险。这种大荒野的意识在《有钱人和没钱人》中尤其浓重，在《老人与海》当中被神化了，而在《岛在湾流中》的大部分篇幅里，这种意识有时染着懊悔，有时染着冷酷。

目前，一种“迷失”（disorientation）的思潮正在发生，让很多文学作品的价值有所降低。因为那些所谓的原住民、外乡人、受害者、高尚野蛮人正在扭头回望，还以眼色，他们以新的方式书写——以相同的概念和名词作为材料反唇相讥，所以只有真正富有同情心的杰作才能够留存下来。照这个标准衡量，堪称“伟大”的作家寥寥无几；有普世影响力的作品才是最珍贵的，历史会对其他作品报以嘲讽。

但这并不意味着第三世界的新文学会对那些错奉为杰作的旧世界文学起到纠偏作用。事实上，就写作或任何文艺创作而言，意图用棕色或黑色人种的视角重新创作文学的态度同样偏狭，也许更甚于直接描写异乡的原住民。现代作家的心胸应该更加宽广，更有包容性，同情心不应有民族的分别。《岛在湾流中》一书的社会层级结构仍然包括主人、仆从和“野蛮人”（即原住民）三级，但随着分化愈发尖锐，对比愈发强烈，这种等级秩序正在解体——事实上它已经消亡，只有在远离新美利坚帝国（the New American empire）本土的度假胜地上还有些许残留，而且这种残留未必是现实，多半只是营造出的幻想。

从巴哈马到多巴哥的滨海酒吧挤满了兴高采烈的军官，一个个蓬头垢面，带着粗豪的男子气。他们喝着酒，欣赏着礁石上涌起的剃须泡般的白沫，潜水装备像枪械一样碍眼地堆在一旁。他们口齿不清地谈论着石斑鱼和火珊瑚，仿佛海明威仍然在世，仿佛他笔下的鲨鱼和虹鱼并没有随之一道消失，但其实这些鱼从来不曾攻击过当地人。

不过，海明威身上另一种特质将他的虚荣心一扫而空。这种特质是自负的反义词——他始终葆有对写作的谦卑。这种谦卑体现在对自然景物的刻画当中，与酒吧的喧闹、吹嘘和暴力无关。

“你知道这儿的清晨是个什么样……”《有钱人和没钱人》开篇第一句写道。海明威的描写能让你想象出哈瓦那清晨的模样，不仅如此，如果你在太阳移过克里斯琴斯特德[①]山顶之前起床漫步，你就会发现眼前的景象竟然与他的描述如此相似：阳光刚刚洒过门窗紧闭的小木屋，笼罩了港口的白色游船和远处的岩礁。恍惚之间，你会觉得自己正沐浴着海明威笔下的日光。

(1990 年)

---

① 克里斯琴斯特德（Christiansted），美属维尔京群岛圣克罗伊岛的首府。

论 C. L. R. 詹姆斯[1]

乔治·约翰、阿瑟·琼斯、乔希·鲁德尔、皮戈特、威尔顿·圣·希尔、马修·博德曼——这一串姓名写出来，仿佛莎翁笔下战死的农夫。其实这些人都是非裔板球运动员，在西印度群岛为一种发源于英国的体育运动带来了荣耀。他们的战场被一圈默默鼓掌的观众所围绕，他们中的大多数人都饱尝偏见与怠慢。不过，他们遇到了一位拥有感恩之心的记录者——C. L. R. 詹姆斯。他的作品《越界》(*Beyond a Boundary*)（1963 年在英国出版，直到 1984 年才引入美国）可与艾萨克·沃尔顿[2]、屠格涅夫、A. J. 李伯龄[3]、海明威等人的作品列为一类，因为作者本人并未亲身经历笔下黑人传主的痛苦命运。这是一部优雅的作品，书中的慢投手的腕部控制能力如垂钓者一般精妙，快投手的呐喊如同斗狠的公牛，书中的语言生动跳脱，宛如这项

---

① 原文刊载于《纽约时报书评》(*The New York Times Book Review*，1984 年 3 月 25 日)。

② 艾萨克·沃尔顿（Izaak Walton，1593—1683)，英国作家，代表作《钓客清话》。

③ A. J. 李伯龄（A. J. Liebling，1904—1963)，美国新闻记者，曾长期为《纽约客》撰稿。

运动的示范——板球比赛的准则就是优雅。詹姆斯先生可以像笔下的主人公一样，轻而易举地用词句打出一个“迟切”（击球手尽量延迟侧身切击的动作，把球向边界击出）——不管是胡须像一撮硬毛刷的格雷斯还是身形修长的加菲尔德·索布斯，他们个个都有这手本事。但这本书飞出了板球场，飞过西印度群岛营房[①]操场上那些锈迹斑斑的球拍，一直飞到伯里克利[②]时代的希腊群岛。希腊历史成了詹姆斯先生在笔下任意摆布的材料，像那些铁匠投手[③]、球童和球场管理员娴熟地主宰着主人传下来的运动。在詹姆斯眼中，这群黝黑的健儿取得的成就丝毫不逊于那些雅典运动员。

虽然听起来稍显夸张，但这就是詹姆斯对文明的看法。在他看来，这些板球运动员身上展现的品质，就是马修·阿诺德定义为文明的那种美好的天性和明晰的智识。但詹姆斯使用的是戏剧化的反讽，取得了与阿诺德或亨利·亚当斯[④]一样贴切的效果。而且这一切不是单凭沉思得来，而是源自切身体会：詹姆斯年轻时当过板球比赛的记分员，负责统计挥击数目和得分，这可谓一段史诗般的回忆，不只因为当时赛场上的人都是有名有姓的伟大球员，更因为这些人天生就擅长这样的奔跑和投击。这部书是他的史诗，是发生在板球场上的《伊利亚特》，书中记录了板球场的万象：一群“穿法兰绒的蠢人”[⑤]（或

---

① 1845年，印度契约工大量涌入西印度群岛，当地临时修建了大批简陋的木质营房，这些营房被称为Barrack。每个营房有八至十个小房间，用高度尚不及棚顶的薄木板分隔，没有基本的卫生设施，也没有隐私可言。

② 伯里克利（Pericles，约前495—前429），雅典黄金时期著名政治家、演说家、军事家。

③ Blacksmith，板球俚语，指力量和速度都非常出色的投手。

④ 亨利·亚当斯（Henry B. Adams，1838—1918），美国小说家、历史学家，著有自传体小说《亨利·亚当斯的教育》。

⑤ Flannelled fools，作家约瑟夫·吉卜林（Joseph Kipling，1865—1936）对板球运动员的经典形容。

者说“穿法兰绒的战士”）迈着大步跑动、下蹲，有时还笨手笨脚地被打出局。

“看在上帝的份上，这只是一本写板球的书。”当然不是。这本书讲述了人们如何为了上帝而打板球，讲述了背叛和绝望，以及那些最优秀的黑人个体的命运和遭遇。但本书的笔调并不痛苦。的确有一些愤怒，但没有怨恨。这是一部崇高的作品，描写了一群贫穷、健硕、社会地位极度低下的球员（有人曾哀求队长允许他赤脚比赛，因为鞋子会妨碍他的投球速度），他们将板球运动视为宗教般神圣的事业。詹姆斯先生盛赞这种运动，认为它完美结合了非洲人的身体天赋与维多利亚时代的行为准则，并让他认识到维多利亚时代对绅士风尚的理想描摹不是一个陷阱，而是一种具有普适性的伦理，适用于各个民族，甚至包括原始部族。

詹姆斯1901年生于特立尼达，他身处的那个帝国像希腊一样有蓄奴的习俗，而詹姆斯本人就是奴隶的后裔。不列颠帝国像罗马帝国一样，往全世界派出总督、执政官、教育家，但詹姆斯从不曾被那种根据维多利亚时代理想形象塑造成的石膏像和道貌岸然的大理石复制品所蒙蔽。他一直有着坚强的心灵，这本书也没有试图将黑檀木雕成大理石。如果它只是一首单纯的赞美诗、一曲追摹古典时代的虚伪的田园牧歌，那它很值得报以哂笑。但从人生经历来看，詹姆斯先生不可能写出那样一本书：他始终信奉马克思主义（但目前他已经与苏联决裂），积极参与政治；曾被囚禁在埃利斯岛[①]，在那段饱受摧残的岁月里写出了著名的《水手、叛徒与漂流者》（*Mariners, Renegades and Castaways*）；他是政治宣传册的撰稿人，又是西印度群岛小说创作的

① 埃利斯岛（Ellis Island），纽约曼哈顿区西南的小岛，1892—1954年间曾被用作移民进入美国的检查站。

先驱；而从《黑人雅各宾》（*The Black Jacobins*）一书看来，他又是一名谙熟海地革命的历史学家。詹姆斯是一名人文主义者，虽然经常引人非议，但终其一生都在故乡岛国的工会群体和作家群体中享有很高声誉。他对板球的热爱超乎一切，不仅因为这是他心仪的体育运动，更因为他在其中找到了构成文化所需的一切得体与庄重。

但是，像他这么热衷于俄国革命的人，怎么会将某种由“绅士”参加的体育运动视为典范？他这一生经历了漫长的年月，最终在这本书里达到了一种“风暴中心的平静”。这种平静发生于两个大洋、两种文化，甚至是激进与保守政见交汇的子午线上，但并不代表他抱有哪怕一丝中立的态度——他的平静绝非中立，而是饱含着信仰的激情，因为庄重得体的行为举止是对一个人，乃至一个国家的首要也是最终的要求。他像完成朝觐的骑士一样安静地抵达了这种平静，而他孜孜以求的一直是那座“灰烬杯”（The Ashes）——那是南非、新西兰、澳大利亚、巴基斯坦、印度和西印度群岛等英联邦国家的球队奋力争夺的最高荣誉，获胜队的队长（很多人后来都被授予了骑士勋章）可以手捧奖杯，睥睨世界。

詹姆斯坚定不移地认为，后天约束而成的良好举止不同于天然的优雅，而苦练和天赋也有差异。但他赞扬索福克勒斯笔下的那种服从意识，甚至是罗马帝国式的习惯——从不质疑皇帝用拇指给出的“裁决”[①]（如果不能以“统治”来形容的话）。对他而言，服从意识让最好斗的击球手焕发光彩。美国体育界的一派商业化乱象则让他大感骇然，不过时至今日，情势早已不同，人们甚至可以从某位商人手中以高价收购或租用板球队，例如西印度群岛的黑人板球队如今正在为南

---

① 罗马角斗场的一种裁决习惯。有时角斗结束后双方都没有死亡，这时皇帝便伸手示意：拇指向下，败者被当场处决；拇指向上，败者可免一死。

非效力。不过，虽然破坏理想的人已不再纯粹，但理想的典范永远不会遭到玷污。

詹姆斯的祖先是非洲人，但为什么在描述板球运动员的优雅风度时，他却从伯里克利时代而非祖先的文化中寻找喻体？肢体运动本来就不属于非洲艺术的原则，而且非洲的板球运动规模也不如其他地方。詹姆斯在政治上秉持无产阶级立场，品味却是贵族式的，本该招来不少非议，但他却从未成为黑人激进主义群体的攻击目标，反而成为了他们的立法者，就像弗朗兹·范恩、利奥波德·塞达尔·桑戈尔①、艾梅·塞泽尔、夸梅·恩克鲁玛②等人一样。他曾以演讲家的身份为非洲和西印度群岛民族主义奔走呼吁，这段经历常常让他被当局列入黑名单，遭到囚禁，或被羁押在特立尼达的家中。其实只要仔细思索后就能发现，《越界》一书可以视为一种颠覆：它削弱了令人感到安全的概念，通过融入传统而击败传统，而且它赖以成功的技巧并不是炮制痛苦，而是创造欢乐。

崇拜某项体育运动的作家往往会把自己技术上的平庸升华为一种艳羡。但詹姆斯先生本人就是一名出色的投手，所以他没有羡慕之情。从字里行间能看出他确实是个好投手，应该比海明威作为斗牛士或者诺曼·梅勒作为拳击手的水平更高。他曾经是个很有前途的球手，原本还打算成为职业板球运动员。他曾经在谈笑中自豪地提到自己曾战胜过莱亚列·康斯坦丁③，但这本书也难免提到那种殖民地歧视，就是这种歧视玷污了他儿时崇拜的英雄——当“绅士的游戏”逐

---

① 利奥波德·塞达尔·桑戈尔（Léopold Sédar Senghor，1906—2001），塞内加尔诗人、文化理论家，曾任塞内加尔首任总统（1960—80）。

② 夸梅·恩克鲁玛（Kwame Nkrumah，1909—1972），加纳独立运动领袖，建国后第一任元首。

③ 莱亚列·康斯坦丁（Learie Constantine，1901—1971），特立尼达黑人板球国手，反种族歧视的民权斗士。

渐衰落，球员的未来黯淡无光，他崇敬的那些铁匠投手、全能投手也纷纷与队友分道扬镳。

这种日薄西山的悲怆气质，让《越界》具有了历史的沧桑感。这本书不仅记录了一项体育运动的衰落，也记录了一个帝国的衰落——历史从殖民主义走向独立，从黑皮肤球手与棕皮肤球手分属不同俱乐部的时代，走向弗兰克·沃雷尔[①]成为黑人队长的时代。这本书描述了一个时代如何迎来转折，走向黄昏，但语调却是昂扬的。而该书最出色的一点在于，它有三分之一的篇幅都像精彩的小说。詹姆斯对人物的刻画远比一般的传记式旁白要出色，再不起眼的角色也有人物形象的发展变化。下面这一小段文字类似《十日谈》，只有对心灵的宽广度充满自信的作者才写得出来：

> 那一年，茱蒂丝像往常一样从清晨开始工作，为白天的比赛做准备。她做完了一切需要做的工作。等朋友们打完了比赛，成群结队跑去吃饭。大家饥肠辘辘，但情绪很高，七嘴八舌吵个不停。茱蒂丝本来正在端茶倒水，却突然坐倒在地，说了一句“我有点难受”，随即把头靠在桌沿上。大家弯下腰查看她的情况，发现她已经死了。我觉得过去这几天她一直都“有点难受”，但她没有因为身体不适就不履行自己的责任，她不是那种人。

詹姆斯先生在少年时代曾如饥似渴地阅读过萨克雷的作品，把《名利场》翻来覆去读得精熟，同学随便翻开一页，他就能把大概内容讲出来。也是在少年时代，他从一本关于板球的书中读到了一段让

---

① 弗兰克·沃雷尔（Frank Worrell，1924—1967），牙买加板球国手，西印度群岛历史上首位黑人板球队队长。

他“汗毛直竖”的文字：

> 贝尔厄姆的每一击都非常漂亮，但最辉煌的成就在切击。他在这个领域独占鳌头，没有人能与他比肩。球拍简直像自行挥击而出，他仿佛用手腕拨开了精钢做成的弹簧。

这种描写当然会让小男孩满心渴望成为一名伟大的作家，不过，如今任何一个像詹姆斯先生当年那样热衷于板球运动的小男孩，如果能够欣赏詹姆斯写下的这段文字，那么他已经可以算是一名作家了：

> 每周日上午十一点，即使屋外艳阳高照，我祖父也会穿上礼服大衣和条纹长裤，戴着高高的礼帽，握着手杖，由家人陪着到教堂做礼拜。

这一段写得很不错，维多利亚式的节奏感，恰到好处的回忆；但接下来这句话才真正搔到了痒处：“女人们身上浆过的内衣簌簌作响。”

这只是书中的一鳞半爪，但它是那样剔透，仿佛夏日球场上的阳光。我觉得每位作者都该读读这本书——这是我能给出的最高赞誉。就像契诃夫笔下的碎酒瓶在水坝上反射着月光，这部小说的一词一句也折射出了殖民地时代的历史，折射出它的困窘，它的匮乏，以及它的骄傲。

(1984 年)

花园小径：V. S. 奈保尔[①]

夏天的工作结束了。倒下的
白杨断枝缠结，铺满一地，
野草从中长出，又高又绿
形成一片单独的植物园——
倒下的白杨被锯成木条
堆叠在后花园里

只要踏足英格兰的土地，重重幻影就会纷然而起。几百年来，诗人、博物学者和小说家不厌其烦地用笔尖刻画着这片土地，像农人年复一年在田中耕耘。除了英国，再没有哪一国的文学传统对植物如此钟情，浸满了时序变迁的欢乐与忧愁，从《牧人月历》[②]到爱德华·

---

① 原文刊载于杂志《新共和》（*The New Republic*），1987 年 4 月 13 日。

② 《牧人月历》（*The Shepherd's Calendar*），英国作家埃德蒙·斯宾塞（Edmund Spenser，1552—1599）创作的田园诗集。

托马斯[1]的诗行，再到那些洋溢着乡愁的散文诗无不如此，后者至今仍然屡屡见于报纸的社论专版。虽然大英帝国的版图日渐扩张，至于无垠，但英格兰不过区区一岛，仍然是英伦诗人可以随心侍弄的花园，而他们每一个人都是田园诗人。即使如今的英格兰终究没能逃过哈姆雷特的绝望咏叹，沦落成了一个“莠草遍地、荒芜不治的花园”，或者泰德·休斯笔下“腐臭的垃圾堆”，但威廉·兰格伦[2]、莎士比亚、斯宾塞、弥尔顿、马维尔[3]、爱伦·坡、济慈、华兹华斯、哈代、托马斯等的作品，以及乔治王时代诸位诗人描写乡野风物的诗歌，仍然无愧于杰作之誉，足可引以为豪。

在英格兰，农业与文化关联甚密，甚至可以视作一对同义词。这片土地给人的感觉并不是想要前去探索大千世界，而是背身向内，寻找一方私密之处。文前那段诗句很像出自爱德华·托马斯或其他已故诗人之手，比如克莱尔、科贝特[4]、哈代，甚至乔治王时代某一位谨遵诗律的诗人，实际上，它出自奈保尔的小说《抵达之谜》（*The Enigma of Arrival*），描写的是威尔特郡的风光。这段话是奈保尔归乡的惆怅，也是他的献辞，但在那些谙熟奈保尔创作方向的评论家看来，这场抵达既不神秘，也不奇异，一切都在意料之中。现在阅读理解已经做完，分数已经填好——各位，让我们欢迎另一位忧伤的田园诗人，他生于岛国，是克莱尔和科贝特的同侪，不仅诗风相似，更有

---

① 爱德华·托马斯（Edward Thomas，1878—1917），英国诗人、小说家，以写战争诗著称。

② 威廉·兰格伦（William Langland，约1332—1386），疑为中古英语诗集《农夫皮尔斯》的作者。

③ 安德鲁·马维尔（Andrew Marvell，1621—1678），英国玄学派诗人，代表作有《致羞涩的情人》《花园》等。

④ 威廉·科贝特（William Cobbett，1763—1835），英国作家、政论家，代表作《骑马乡行记》。

精神上的共鸣。如果获得这种共鸣的代价是对自己的故乡岛国充满轻侮，那么英格兰的秃鼻乌鸦、庄稼的穗杆、随处可见的灌木、耕耘的传统等事物会让他平复下来。即使他抗拒故土，抗拒幽灵般挥之不去的回忆，土地却不排斥任何个体。土地总是包容一切的，哪怕是特立尼达的土地。

《纽约客》以长文刊出了此书的两个片段，我认为这是奈保尔迄今为止最温和的作品，非常难得。从中可以看到语句的韧性，字里行间的情绪温柔细腻，像它们描写的当地风物一样精致。它们是极为虔诚的颂歌，几近光荣，像爱德华·托马斯的诗句一样催人泪下。而且句子节奏跳脱、韵律感十足，让读者感觉脚下踏着凉爽透气的青苔。如果一定要从书中找到什么谜的话，那只能是这种令人称奇的观感，因为奈保尔竟然在歌颂。他的欢乐中不含嘲讽，没有苦行僧式的尖刻，而是一片圆融。然后，这本书开始自行解体。以往的暴躁逐渐显露，欢乐与感激流失殆尽，烦躁卷土重来，终于令人难以卒读。

《抵达之谜》自诩为小说。不过，除非我们打算把这部小说视为一切自传中的不解之谜——回忆记录下的一切将不可避免地沦为虚构，生活里也不存在“主人公”，因为有主人公就必然有情节——否则，本书作为小说的价值可以忽略，作为自传却意义非凡，反之亦然，如果你喜欢将谜底一览无余的话。书中的事件发生顺序、人物姓氏、地理特征，无一不与奈保尔的生活环境相符，但我们在阅读中发现，作者在有意抑制那些加重文本虚构色彩的事实，这种恶作剧般的故弄玄虚令人气恼不已：书中的叙述者是否真的在威尔特郡过着离群索居的日子？如果确实如此，他是否避免用短暂的欢好或婚姻慰藉自己，以便更好地创作？他亲自下厨吗？——这些都是多年间真实发生的事情。

如果叙述者只与工作相伴，他的隐居就被塑造成了一种崇高，但只能以塑造传奇的方式——而形成这种崇高的因素是极度的自私，是自我标榜为一腔热血的作家，生存在严酷的世界中，被误解、被驱逐、被流放。但这些身份如今已像狄更斯笔下的孤儿形象一样过时，因为——要么所有作家都是流亡者，要么都不是，作为本书叙事者的奈保尔不能独享这个身份。在《鲁滨逊漂流记》中，让情节和情绪饱满鲜活的因素并不是对孤独的描述，而是必须忍耐寻常事物的不易，以及由此激起的更强烈的孤独感和对陪伴的渴求，换句话说，也就是对爱的渴求。

本书的阴郁之感正来源于此，因为叙述者对爱毫无兴趣——不愿索求，也不肯避走。如果奈保尔以叙述者自居，这一点就成了他本人必须接受的失败。他就像那些园艺爱好者一样奴役着自己的帝国，一旦为下午茶产糖的土地耗竭，就从此对它不闻不问；所以尽管小说开篇呈现出惊人的旷达，但终究坍缩回不安的低语和动听的牢骚。特立尼达伤害了他，而英格兰予以他救赎。

《抵达之谜》的题目来自德·基里科[①]的同名油画，画中绘着一处码头、一座空荡荡的城市和一位漫游者。这已经有了危险的端倪，因为奈保尔此前从未借鉴过他人的创作。更大的危险则在于：超现实主义绘画，或者说隐喻式的绘画，再怎么说也只是二流的想象，诸如“每次抵达都是一场旅途”更是再俗套不过的说法。这位超现实主义画家一直在努力打破陈规，重新树立自己的规范。描绘时间，他向我们展示的是融化的钟；描绘幻想中的造物，他展示的是长着蜘蛛腿的大象、没有头颅支撑却能漂浮在半空的帽子，以及无限透视的景象。超现实主义最糟的一点就在于画家必须付出极为艰辛的努力，才能保

---

① 乔治·德·基里科（Giorgio de Chirico，1888—1978），意大利画家，代表作《爱之歌》。

留稍纵即逝的一瞬。

但奈保尔不像基里科一样钻牛角尖，他谨遵理性和常识，执着于历史和理性这两条平行线，所以不会追求歧义、幻觉与魔力。但我们还是第一次兴奋地从他的作品中看到他面对的诱惑，叙述者拒绝了这种诱惑，没有把这本书写成关于抵达罗马帝国幻想中的港口的小说。但如果把罗马换成不列颠，把奈保尔换成那名旅人，把自传换成他本来可以写出的小说，我们就识破了一个巧妙的花招，一种乏味的讽刺。原来这本书是旁白，而非颂诗。而作为陈述历史的旁白，它表达的内容很简单：一个人出身于低贱的契约工阶级，饱尝流离之苦，他的身世锤炼了他的写作技艺，让他摆脱了为奴者的恭顺，变得底气十足，而他这种底气是在大英帝国的土地上获得的。

过去，英语文学的概念只限于英格兰文学，这是很自然的事。同样，英语文学唯一服从的也只是英格兰的权力与道德。英格兰生产的本土书籍被出口到各个行省，当地作家不仅从中吸收了语言的精华，也随之接受了其中蕴含的权力与道德规范。这一切如磁石般吸引了来自帝国边陲的约瑟夫·康拉德，让他离开第三世界的波兰，辗转于法兰西、德意志和不列颠帝国的航船之上。但奈保尔却怀着仆从对主人的那种疑虑，一直避免让自己融入其中。热爱英格兰（这体现于他对英国乡野风景的热爱）将给他的印度裔身份造成什么损害？什么人值得他付出忠诚，难道是他的祖先？历史将他的祖先置于特立尼达的甘蔗田中，但这种环境很可鄙，让他们本身也被迫变得可鄙，因为廉耻与骄傲都已丧失殆尽。所以，唯一有尊严的做法就是既不当主人，也不当仆人，而是选择被一种更高尚的事物奴役：写作。这一选择的惩罚就在于他对英国某一郡的草木怀有让人惊诧的感激。他感激的对象不是印度或西印度群岛，而是一处旧伤口的甜蜜瘙痒。

*

细究这一部既非自传亦非小说的作品，要从它极力回避的方面入手。如果说书中没什么情节，或者说，一切情节都隔着栅栏，遥遥发生在田野另一侧，那是因为生活的面貌本就如此：如书中所述，人们相互背叛，因嫉妒而犯下谋杀的罪过，渐渐衰老，丢掉工作，而我们只关注自己的生活，将他人的悲剧视为打扰，甚至心生厌烦。《抵达之谜》的笔触冷酷而直白，它描写了以自我为中心的态度，描写了一件件有迹可循或突如其来的悲伤。它像人生一样真实——悲观一点来看，没有什么能让我们真正关心。

所以，叙事者观察到的是一种间接的经验，是用余光记下的内容，是与己无关的他人的悲哀。直到本书接近尾声，叙事者的妹妹去世，悲哀阻碍了任何目标感。被注视的一切——溪流、灌木、鹿群都获得了清晰的观看、记录和歌颂。但我们可以相信本书是忠于自身的，它风格的改换并非背叛，反而让本书充满生机。开篇的奇妙观感来自昂首阔步的活力和健康的气质。日历一页页翻过去——奈保尔称日历为自己的《时祷书》[①]，他逐年痊愈。他把自己心中的欢乐精准地表达出来，不掺杂不切实际的幻想，读者也就被他心中渐增的愉悦吸引过去。虽然真实的英格兰没有书中描写得这么美好，但我在阅读时并不觉得迷惑，因为这位最出色的英语作家保存的是这个国度本真的美，他从工业化侵蚀的威胁下拯救了它。

① 《时祷书》(*Book of Hours*)，流行于中世纪的祷告书，包含经文、诗词和赞美诗。

*

书中最精彩的段落出奇地优雅，如果叙事者能一直在他珍爱的乡野风光中保持匿名，这种奇妙的观感就将持续下去。但这本自传里的小说家，也就是“我”，将叙述的时态从抒情诗的现在时转换成了小说的过去时，拿破仑时代遗下的创伤更如幽灵一般浮现在奈保尔花园小径的尽头——所谓的“上等人”对黑人的憎恶，对特立尼达的厌弃，对历史与秩序的理想化想象。作者必须不断巩固他对创作方向的自信，增加戏剧效果、夸大其辞，因此他开始编织谎言。奈保尔 18 岁那年获得了特立尼达和多巴哥的政府奖学金，以作家身份前往英格兰。后来他到了纽约，下面是他回忆在纽约看到的光线：

> 没有这份报纸，我就不会知道天气的反常。但是不需要报纸来让我看到光线的迷人。宾馆内的光线和室外的光线相像。室外光线有种魔力。我觉得那是高楼大厦放出的光，我有些难为情，但还是停下脚步抬头看着那些高楼以感知它们的高度。室内的光流到室外的光中：这里的光合二为一。在特立尼达岛，从早上七八点到下午五点都是高温天气；出门热浪灼肤，令人不适……要是在特立尼达，纽约街头的色彩就成了“死亡”的色彩，是死亡事物的色彩，干枯的草木、土地、沙子、死气沉沉的世界——几乎没有色彩。[①]

什么人才会有这种感受？当然不会是画家。纽约的夏天有何特

---

① 引自《抵达之谜》，蔡安洁译，南海出版公司，2016 年，第 109—110 页。

殊？为什么随便哪座城市的夏日——那种不堪忍受的潮湿黏腻，都比加勒比海地区干燥灼人的热浪更宜人、更有魔力？何况加勒比地区总有轻风和树荫的适意。为什么希腊或沙漠地区的热浪就那么有魔力，而特立尼达岛的热浪就只是热浪而已？我们又看到，这种描述轻巧地转移到了人的身上：

> 这里的人没有什么好打听的，他们太快地暴露了自己。他们曾经能打动我的强烈的种族情绪，让他们成为简单的人。我孩童时期形成的对毁灭的恐惧和这种情绪有一定的关系：害怕被任何一派，我的一派或非我的一派吞下或者消灭。
>
> 说来奇怪，这地方本身，这座小岛和岛上的人不再能吸引我。但是曾经，这座岛不仅唤醒了我对广阔世界的好奇心、对文明和古老的理解，还在我身上施加了不断加速的焦虑感——它给了我作家的世界。[①]

或者，更诚实的说法应该是“把我作家的身份给了世界”。这话一点都不错。尽管奈保尔厌恶被归类为西印度群岛作家，但我们这些岛民仍然以他为荣。他竟然被自己鄙弃的人群如此爱戴，真可谓一种命运之谜。但他认为自己的作家之旅是个孤例，这种看法低估了真实情况，其原因并非统计失当，而是有意忽视。仅仅一代人之前，奈保尔出生的岛屿就为世界贡献了 C. L. R. 詹姆斯（一位黑人作家）和塞缪尔·塞尔文[②]，其他诸岛贡献了数十位卓越的短篇小说家，包括乔

---

① 引自《抵达之谜》，蔡安洁译，南海出版公司，2016 年，第 146 页。译文有改动。

② 塞缪尔·塞尔文（Samuel Selvon，1923—1994），特立尼达和多巴哥小说家，代表作《孤独的伦敦人》《摩西登高》。

治·拉明[①]、威尔逊·哈里斯、罗杰·梅斯[②]、简·里斯、埃德加·米特尔霍泽[③]、约翰·赫恩、希瓦·奈保尔[④]、牙买加·金凯德[⑤]，此外还有诗人埃里克·罗奇[⑥]、塞西尔·赫伯特、乔治·坎贝尔、爱德华·布雷斯韦特[⑦]和数百位卡吕普索音乐家，比如鲍勃·马利[⑧]、“大麻雀”斯林格·弗朗西斯科[⑨]，还有基奇纳勋爵[⑩]。但如果奈保尔的挣扎与奋斗是一代人的共同经历，如果他对写作的热爱非其一人独有，如果他年轻时的感受也被千万名来自大英帝国各个行省的亚裔、非裔、加裔、澳裔青年作家感同身受，如果更多人听说过《越界》、《黑人雅各宾》（C. L. R. 詹姆斯著）、《孤独的伦敦人》、《阳光下的故事》（塞缪尔·塞尔文著）、《在我皮肤的城堡里》（乔治·拉明著）、《孔雀宫殿》（威尔逊·哈里斯著）这些作品的话——那么奈保尔的挣

① 乔治·拉明（George Lamming，1927—），巴巴多斯作家，代表作《在我皮肤的城堡里》《移民》。

② 罗杰·梅斯（Roger Mais，1905—1955），牙买加记者、作家，代表作《黑色闪电》。

③ 埃德加·米特尔霍泽（Edgar Mittelholzer，1909—1965），圭亚那小说家，代表作《舅舅保罗》。

④ 希瓦·奈保尔（Shiva Naipaul，1945—1985），特立尼达和多巴哥小说家，著名作家 V. S. 奈保尔的胞弟，代表作《南方的北方》。

⑤ 牙买加·金凯德（Jamaica Kincaid，1945—），安提瓜女作家，代表作《安妮·约翰》。

⑥ 埃里克·罗奇（Eric M. Roach，1915—1974），西印度群岛诗人，代表作《开花的石头》。

⑦ 爱德华·布雷斯韦特（Edward R. Braithwaite，1912—2016），出生于圭亚那的英国作家，代表作《吾爱吾师》。

⑧ 鲍勃·马利（Bob Marley，1945—1981），牙买加著名音乐家，雷鬼乐鼻祖，代表作《女人，不要哭泣》。

⑨ “大麻雀”（Mighty Sparrow），本名斯林格·弗朗西斯科（Slinger Francisco，1935—），特立尼达和多巴哥音乐家，被誉为“世界卡吕普索歌王”。

⑩ 基奇纳勋爵（Lord Kitchener），本名阿尔德温·罗伯茨（Aldwin Roberts，1922—2000），特立尼达和多巴哥卡吕普索音乐家。

扎与奋斗会显得多么微不足道？奈保尔曾哀叹，他们这代人年轻的时候，书架上的英语文学充斥着企鹅出版社和“人人文库”的作品。但其实这片群岛不是没有自己的图书馆，虽然规模不大，但品质上佳（因为图书馆只能买得起那些文学经典）。不过，奈保尔必须将这种委婉的欺骗永久维持下去，塑造成一个奇迹。否则，谁愿意参加一场全都是鲁滨逊的聚会？谁又有兴趣聆听一大批隐居者七嘴八舌的讨论？

奈保尔的神话备受瞩目——一个毁誉参半的古怪天才，历尽千辛万苦终于走出了甘蔗田和灌木丛，但这一切不过是一场闹剧。奈保尔本人为此推波助澜——原因旁人不得而知，因为其他作家的存在绝不会有损于他的天才。如果他不想再把这个游戏玩下去——虽然他的成就离伟大仅有一步之遥，但心底仍然住着一个暴躁的六年级小学生——他可以自顾自离开，但游戏并不会停止。没有谁能比出类拔萃的隐士更吸引眼球，更能收获赞誉和诚恳的颔首致意。事实上，描摹这些颠沛绝望的图景让作者有利可图，而且这些叙述并不真实。真实的是另一样东西：奈保尔的偏见。

他的偏见不能用直率来开脱。虽然这种偏见自有其历史渊源，由本部族累世相传而来，但假如奈保尔恶意嘲讽的对象不是黑人（压迫者与受害者都能在书里对号入座），而是犹太人，还有多少人会赞赏他的坦诚和直率？还有谁会像现在这样歌颂他的“诚实”，把他誉为第三世界唯一刚正不阿的作家？

*

现在，受害者能够像压迫者一样可以清晰发声了，但问题并不是通过口舌之争就能解决的。偏见造就了那些探险小说荒诞不经的想象，也玷污了康拉德、海明威和格雷厄姆·格林的想象，那些加诸底层群体的戏弄和嘲讽理应受到抨击。乔伊斯、莎士比亚、但丁等伟大作家也有明确的憎恶，但不会沦落为这种自我扭曲。虽然奈保尔的这本书令人治愈，但它没有进步。这才是它的悲哀所在，这才是它对自身的祛魅（disenchantment）。这就是本书丝毫不构成谜团的原因。在奈保尔笔下，历史和帝国这些抽象名词又一次与它们所谓的同义词——文化与艺术一样收获了宁静，远在英格兰的小径上，这些名词幸存下来，并且被赋予了新的含义。

如果被奈保尔抛在脑后，留给别人（奴隶和契约工的后代）去关心的那个世界既没有艺术也没有文化，既没有繁花遍地的花园也没有珍贵的榆树，那是因为奴隶或契约工从未拥有过这一切。因此在写作中斥责这种匮乏并视其为非洲人和印度人本身缺陷使然的行为，既是背叛，更是谎言。奈保尔的态度有失偏颇，行为也不合理，而他这种偏颇和不合理的代价尤其可鄙，因为承担代价的是那些无力表达、无法如他一般书写的人们。奴隶和契约工都是技术概念，而非审美概念。他们只是一个陈腐帝国日常统计中的一项数字。但万事都有代价。由对历史的深信不疑而造就的"谜团"——说到底，是一种"报复"——是这样的：如果奴役行为可以将被奴役者的后代带到艺术与文化的巅峰，带到帝国的心脏，带到田间别墅、庄园宅邸、神庙和街道中去，这些人就会对为奴的经历心怀感激。这也就导向了一个结论：如果遭受的苦痛与折磨产生了艺术，那么历史和帝国就配得上他们的一切牺牲。但这些仆人的现在时态，并不是奈保尔的过去完成时态。那种时态被美化、重写、评判、笼统概括，最终浓缩成下面这段简短的感悟，仍然是言之凿凿的哀悼：

从这些后期的档案中，我能看到自己成长于其中的世界的轮廓。印度移民正是在 19 世纪涌入的。上中学时，我以为这种麻木懒散是一种常态，和岛的地理位置、气候和光照有关，没料到这种乏味是人为的，是有很多原因的，这里曾有其他视野和其他风景。[①]

这些文字除了宣泄情感，难道含有任何真相吗？究竟是怎样的懒散，居然还能持续一百年？人们印象中的19世纪比这段描写更有活力——就算工业领域没有多少活力，至少艺术领域充满生机。而且奴隶和契约工又有多少懒散的余地？但到了20世纪，契约工的后代居然能用过去完成时态哀叹19世纪的懒散了。其实，奈保尔描写的这种懒散只存在于知识界当中，与工作等日常活动无关。

一声长叹之后，他又写出了这段话：

这个帝国解释了我在新世界的出生，我用的语言、我的职业和抱负。它最终解释了我为何出现在山谷中的农舍里、出现在那座庄园中。

这一段文字的口气谦逊得仿佛救世主。但这个帝国也解释了千万名外来移民的诞生，解释了他们所用的语言、他们的职业和抱负，解释了他们为何会出现在布里克斯顿等地的山谷里，出现在庄园的农舍里。

*

奈保尔受够了特立尼达岛的种族歧视，回归了英国。他回到的不是光头党大肆攻击南亚移民[②]的不列颠，也不是种族暴乱时期的布里

① 引自《抵达之谜》，蔡安洁译，南海出版公司，2016年，第149页。译文有改动。
② 原文为Paki-bashing，即20世纪70年代英国光头党对南亚社群的攻击事件。

克斯顿[①]，而是舒适的乡间。在常人看来，这似乎等同于一位苏维埃异见者回到了高尔基城，一名而立之年的犹太人在柏林找到了安歇之处，或者一个班图人庆祝在约翰内斯堡的欢乐时光。没准儿那些南亚人和英国黑人被人憎恶纯属咎由自取呢！——就像奈保尔的旅行作品中提到的很多与前宗主国竞争的第三世界国家，最后反而落得精神崩溃的下场。从最早的《中途航道》（*The Middle Passage*），到《伊瓦·庇隆的归国与特立尼达大屠杀》（*Eva Perón and the Killings in Trinidad*），再到《寻找中心》（*Finding the Center*），奈保尔在这些书中描述的惨痛经历都发生在莽林密布的化外之地，发生在拉丁美洲、印度和中东的半开化城镇，但它们不是20世纪最惨痛的创伤，例如纳粹集中营和苏联劳改营，后者的规模远远超过加勒比地区的很多岛屿——那片被斟酌和优化过的社会科学统治的群岛。

这才是真正的不解之谜：这位外省人、这位殖民地居民，永远无法以故乡行省之外的任何事物来教化自己，即使他把自己深深地幽闭于罗马郊外别墅的树林，或爱德华时代落叶纷飞的英伦小径，也无济于事。这并不可悲，反而是一种荣耀。而模仿到了极致则是另外一种情况：确实融入了所艳羡的对象，但这种融入并非个体性的消解（也即印度教推崇的无我之境），而是源自一种虚荣的低语，“我幸存下来了”。

虽然小说前几章的语言很美，但仍有一种淋巴结节一般疙疙瘩瘩的感觉，很多段落难以卒读。这些冷酷的描写暴露了奈保尔对黑人的厌恶，这种厌恶既是生理性的，也是历史性的，像任何一种偏见一样，它扭曲的是观察者，而非被观察的目标。但举例详述会让批评家沦落到辩护人或恳求者的境地，从而招致奈保尔更深的轻蔑。他这种

---

① 布里克斯顿种族暴乱（Race Riots of Brixton），伦敦南郊的布里克斯顿曾先后于1981年与1985年爆发过两次警民冲突，造成了严重的人员伤亡。

扭曲自我的蔑视被我们视为刚正不阿的表现，但事实上，他只是困惑地皱起眉眼，对试图模仿的灵长类动物嗤之以鼻，嘲笑他们的怪模怪样，嘲笑他们的体毛、嗓音，还有认为对方足够友善而伸出的手。

20 世纪，各部族的语言汇成一片嘈杂的噪音，令这名二流天才惊恐不已。所以他把自己和自己部族的语言囤积起来，说服自己必须躲开受害者的尖叫和护教士的忏悔汇成的声浪，幽闭自己，如牧师一般虔诚献身于成为“一名作家”的志业，同时还得小心地保持作家和牧师这两种使命不会混为一体。于是，作家就成了聆听自己告解的神父。他通过写作的仪式保佑、诅咒或赦免自己，同时又保留了自己的世俗生活，留住他的拥趸和他有利可图的面具。

不过，我仍然祝愿他的笔尖获得一种平安（Shantih），希望上帝为他在疲乏创作之后获得的平静赐福——他描写这个世界的态度仍然比大多数人更诚实。那天，我在一个半山腰的小旅馆里读书，屋后的阳台对着一片宁静的牧场，看得见马鞍状的山脊和吃草的畜群，透过灌木丛生的山坡间还能依稀望见加勒比海的风光。我从《国家地理》的一幅苦行僧照片下面找到了一段合适的祷文，它是这样说的：“苦行僧弃绝财产、终生漫游。对于这种圣洁的人，旅者之神因陀罗说道：‘他的一切罪孽都将在漫游的疲乏中消灭。’”我想用这段话为本文收尾——让我们铭记《抵达之谜》的叙述者，但不要把他视为终于“抵达”的神秘的英国庄园主，而是未来有可能成为的苦行僧。愿这位旅者不再颠沛流离，愿向那片光线靠近的心灵渐渐获得平静，愿他觉得一切土地都是神圣的，包括他的出生地；一切人民都是珍贵的，包括特立尼达和多巴哥的人民。

(1987 年)

神乎其技：约瑟夫·布罗茨基[①]

一

一位俄裔移民诗人这样向我解释："在俄语中，八月是个男人，所以当你写下'八月这个女佣'这句诗……"他发出了一声抱怨。俄语里的月份都有性别，名词词尾有阴阳性的区分，但除非以之拟人，否则月份就只是普通名词而已。当然，为月份拟人是田园生活的传统：五月是阴性的，是一名身着白衣的白皙少女，立在一片开满白色花朵的草原上；六月的身躯随着玫瑰蜷缩的花瓣震颤，伴着情人的心扉一同敞开；十二月是个头发灰白、胡须如冰柱的老人。但这些拟人形象都源自历法而非语法。在俄语中，如果八月是个男人，他在这位流亡诗人的心中是什么样子？革命海报上扛着干草叉的褐发工人？

我一直觉得八月是一名负责打扫和烹饪的女佣，黑檀木般的额头裹着白手帕，在海边的院落里拍打着晾衣绳上的床单，仿佛飓风

---

① 原文刊载于《纽约书评》(*The New York Review of Books*)，1988年11月24日。

季节的暴雨在加勒比海的天际抽打归帆。八月的声音低哑，有枯草的沙沙声、洗好的衣服抖动的声音和海浪的嘶鸣，但如果要把这个英语单词译成俄语，让它融入俄国的风景和幻想中的夏季，那么在我心中，它的形象男女皆可——如果是男人，就是契诃夫剧作里无聊懒散的知识分子，嗓音如八月的落叶令人昏昏欲睡；但也可能是一位女子，是《海鸥》中的妮娜，在一片惊惶的湖水边，像一只白色粉蝶投入了特里果林的臂弯[①]。我无法理解米哈伊尔（Mikhail）因月份的名字而生出的焦灼恼怒，但这的确是伴随翻译而生的一种痛苦。

*

在布罗茨基的诗集《致乌拉尼娅》[②]当中，每词、每句，乃至每个音节都拉长了这种挑战。的确，任何一位有良知的译者都要忍受这种挑战，但读过这本诗集的人会感觉布罗茨基更希望本书被视作一本英文诗集，而非以俄语为蓝本的译诗集。集子里自有难以索解之处，还有一些疙疙瘩瘩的结节，但读者会对这些结节心存感激，庆幸诗句的粗糙绒头没有被俗滥的英文措辞消弭掉。那种平庸化的翻译很致命，往往会让他同胞的作品沾染贺年卡的俗艳光泽——包括帕斯捷尔纳克、茨维塔耶娃[③]，乃至曼德尔施塔姆[④]这样坚毅的诗人。那种翻译

① 妮娜与特里果林均为契诃夫戏剧《海鸥》中的角色。

② 乌拉尼娅（Urania），意为“天空”，希腊神话中缪斯九女神之一，主管天文与占星。

③ 马琳娜·茨维塔耶娃（Marina Tsvetayeva，1892—1941），俄罗斯著名诗人、散文家，代表作《里程碑》《魔灯》。

④ 奥西普·曼德尔施塔姆（Osip Mandelstam，1891—1938），俄罗斯著名诗人、散文家，代表作《石头》《特里斯提亚》《斯大林讽刺诗》。

能把日瓦戈医生变成奥马尔·谢里夫[1]。

> 钟摆停顿的月份。只有一只苍蝇在八月
> 干燥的玻璃瓶喉咙里哼着它那忙碌的赞美诗。
> (*The month of stalled pendulums. Only a fly in August*
> *in a dry carafe's throat is droning its busy hymn.*)

这两行诗引自《罗马哀歌 II》，由布罗茨基本人译成英文[2]。这只苍蝇不是生活"在"八月的昆虫，而是八月本身，它把月份拟人化了，但并没有表明其性别。在英语中，家蝇是雌雄同体的，它的性别不像女佣的性别那样清晰可见，无法被明确说明——也没有必要。译者在同一句中安排了多处唇齿音，有意以谐音在读者心中激发共鸣。昆虫忙碌引发的催眠意味；busy 和 its 的齿音；由 pendulum 变音而来的 hymn，以及句首 month 之前的定冠词 the——译者用外语自信地营造出了一种了无生气的氛围。连"玻璃瓶的喉咙"也含有灰尘弥漫的回声，让读者觉得苍蝇的嗡鸣在干燥的喉腔中搅动，现在他们反而会怀疑，俄语原诗是否也像布罗茨基的英语译文一样蕴含如此丰富的辅音雌声。

这种效果不仅令人激赏，更令人惊叹。

*

对诗人而言，翻译自己的诗歌不仅牵涉语言的转换，也意味着"翻译"这个词最本真的意义——穿越并抵达另一处，改换气质，紧跟

---

① 奥马尔·谢里夫（Omar Sharif，1932—2015），埃及男演员，曾出演《阿拉伯的劳伦斯》《日瓦戈医生》等影片。

② 除非另有说明，原文引用的英文版诗歌均由布罗茨基本人翻译。——原注

原诗的情绪起伏：它在语言边境的每次停顿所递交的凭证都要受到严格检查，而检查者不是友善或有敌意的当局，而是作者本人。如果你认为这个过程只是像篡改护照相片一样，把原文逐行对照翻译出来，再加以打磨润色，那么诗歌翻译就是一种庸常的经验。但如果译者决心将源语文本“呈现在”或“递送到”异国的诗之畛域，那么，诗歌翻译就是一种非凡乃至高妙的事业，因为它将赋予一件作品两种母语。

我们可以不假思索地承认布罗茨基的伟大，他的诗风晦涩又极端严谨，即使这部诗集只是译得很负责，甚至很美，为之付出的辛劳就已足够惊人。但布罗茨基的行为不应称为翻译，应当称为再创作，这让他取得了更卓越的成就。“出色的俄语现代诗人”“曼德尔施塔姆的继承者”这些荣誉对一个尚未谢世的诗人而言已经够有分量了，但以俄语原诗为基础再创作出一首像《牧歌 V：夏》一样内涵深广、韵律悦耳，又如植物学般精确的英文诗，令人感到书页背后仿佛有斯宾塞的魂灵窸窣作响，令人想到济慈和克莱尔以母语写作的辉煌——这种成就已远远超出了匠技的层面。读者不再渴望阅读俄语原诗，不觉得有任何缺憾。这是神乎其技的再创作。

IV

夏日的黄昏正在拍打窗帘的花边！
寒冷的地窖塞满牛奶罐和莴苣，
一则关于斯大林或赫鲁晓夫的最新
消息，被不间断的蝉声塞满：
自制的鲜莓果冻罐头向屋椽眨眼；
天色越黑，苹果园踝间围着的

黄绿色短袜就越白，像慢跑的人
奔出了距离提供的限度之外；
夜色正在变蓝，高大的榆树像
真正的食人魔仍然逡巡在更远方。

——《牧歌 V：夏》（乔治·L. 克兰[①]、布罗茨基 合译）

更令人钦佩的是布罗茨基的毅力，他怀着一颗崇敬之心坚持诗歌的神圣性，以维吉尔和斯宾塞的诗风，以颂诗与牧歌的形式，以及诗节的那种坚实精巧的结构，将他的诗作神圣的轮廓译入多种语言并经受住了检验。乔治·L. 克兰与布罗茨基合作翻译了《牧歌 V：夏》，而任何一名布罗茨基的合译者都明白原文究竟经过了多么繁杂的转换。译他的诗一般要经历三个阶段，合译者必须保持同步：首先是逐行对译，然后是变形，第三阶段则由布罗茨基精心打磨（还要加上几分运气），赋予译文全新的形态，使之升华。

*

那么，另一种语言的天才由何而生？由崇敬而生——任何一位诗人都会对其他语种的伟大诗人抱有善意的嫉妒。这种崇敬可能会通过记忆、复述、翻译，以及为两种语言树立自我发展的榜样而永远留存。布罗茨基是一位流亡诗人，不是小说家或科学家。他像帕斯捷尔纳克一样译过几位英美现代诗人以及约翰·邓恩的作品，但当他决定用英文写一首诗（例如为罗伯特·洛威尔作的那首悼亡

① 乔治·L. 克兰（George L. Kline，1921—2014），美国哲学家，俄语文学翻译家。

诗），你无法从他的诗中明确看出对名家名作的借鉴，甚至包括奥登。

> 秋日的蔚蓝中
> 在你披戴着教堂的
> 新英格兰，豪猪
> 抵在波士顿的墙砖上
> 磨尖了它金色的刺
> 放出一束毫无必要的
> 炫目亮光。

无论何时，只要布罗茨基的口吻像奥登，那么他一定是在致敬而非模仿，他自己也公开承认过这一点。可以说，他用英语创作的目的，本来就是向这种被他视同母语而热爱的语言致敬。这种热爱拓展了他的精神世界，让他摆脱了移民者的畏葸，获得了一种惊人的活力。这是他在流亡中收获的幸福。

对于曼德尔施塔姆、帕斯捷尔纳克、茨维塔耶娃、阿赫玛托娃[①]、马雅可夫斯基这些诗人而言，俄国加诸其身的一切都留在了俄国，留在了故乡的母语之中。但布罗茨基的情况不一样。舞者的肢体语言或科学家的公式都毋需翻译，小说的力量也可以通过情节和人物展现，但如果要将诗人的直觉——一个除了记忆再无其他行李的头脑——嫁接到一个在政治上丧失了实体并被剥夺了公民权的躯干之上，它需要的能量首先必须让诗人自身感到震惊。

---

① 安娜·阿赫玛托娃（Anna Akhmatova，1889—1966），俄罗斯著名诗人，代表作《念珠》《白色的畜群》《公元 1922 年》。

语法是历史的一种表现形式，身为“自译者”的布罗茨基对此体会尤深。他是诗人，不是小说家，所以他关心的并不是句子中存在的动作，也即语法释放出的历史，而是逼近的音节将引发怎样的动作，无论俄语当中的月份是男是女、飞虫是雌是雄。如果批评家说布罗茨基的诗歌“不是英语”，那么他只说对了一半。因为从历史和语法的角度来看，这句话不算错——但我并不是说布罗茨基的诗歌有语法错误，只是说它不太符合某种既定的语法音调。他的诗歌本来就不是“简单平实的美式英语，随便什么阿猫阿狗都能看懂”，有些人抱着沙文主义的观点，简单粗暴地将布罗茨基吹捧为大众思想家或惜字如金的刚愎君主，但如果这群批评家活在过去，没准也会对邓恩、弥尔顿、布朗宁、霍普金斯等人给出雷同的评价。

布罗茨基的英语诗歌中有一种声音为他所独有，通常理解起来比较困难。我更应该称之为“一种最诚实的难度”，因为诗人的诚实五花八门，某些诚实——就是奥登不惜自毁风格也要删掉的那些——甚至可能成为谎言。

*

另一种态度是把这种难度轻巧地斥为“形而上的艰涩”，或将晦涩之处归咎于翻译的缺陷。但邓恩也是一名翻译过自己作品的诗人，他在对意义发起围攻的同时，也向我们展示了围攻的进展。布罗茨基也一样：

> 就这样，被光、热
> 冷、暗之速度所伤害，

没有标志的球体在空间中
旋转不休。

——《七节诗》[1]（保罗·格雷夫斯　译）

或：

躁动是灵魂从无形
或扩张的躯壳中祈求宽恕。
不过，蓝色亚克力上卷云般的
波纹表明上帝存在，当此时刻，
说吧，“赐我抵抗伤痛的力量”，
并熟记它，像一首温柔的抒情诗。

——《六重奏》

二

布罗茨基效仿的诗人包括奥维德、创作了《农事诗》的维吉尔、普罗佩提乌斯[2]，还有他自己在大型颂诗《立陶宛夜曲》（*Lithuanian*

---

① 英译标题为 *Seven Strophes*，是布罗茨基献给儿子安德烈（Andrei）的生母，也是他人生中的缪斯——玛丽娜·芭斯玛诺瓦（Marina Basmanova）的一首诗。Strophe 指希腊古歌的“一节”。

② 塞克斯都·普罗佩提乌斯（Sextus Propertius，约前 50—前 15），古罗马哀歌诗人。

Nocturne）中写到的品达。这些诗人的时代太过久远，作品已显得过时，现代诗人或许觉得它们陈腐到了顽固乃至荒唐的地步。如今我们仍然因现代主义的余波，因庞德、艾略特、威廉姆斯等人掀起的狂澜而昏眩欲呕，古典与陈腐混为一谈，正常或反常的生活与完美但死气沉沉的过往相提并论——身处这样一个时代，布罗茨基却能克服为废墟而哀悼的诱惑；相反，他用一种好斗的蛮性把这种感伤变得粗粝，这种蛮性源于早期俄国的莽原、森林、木屋聚落的村镇。他把过去嚼碎、咽下，声音清晰可闻；他把自己朽坏的牙齿比作帕特农神庙，而神像身上的无花果叶全部剥落，露出胯间的器官。不过这种粗俗当然只是一种艺术创作行为罢了。但即便如此，这种行为也好过一厢情愿地希望过去就此消散；或者像艾略特和庞德那样，以拜伦式的浪漫歌颂往昔，认为它终将回归。布罗茨基的画眉是躲在柏树的"发型"[①]间歌唱的，他诗歌世界的景色也不是矗立在蔚蓝海边的一行倾圮的石柱，或者部落时代远祖般的荒漠，而是暮色中广袤无垠的俄国乡野。

每个诗人的灵魂中都有一场独特的黄昏，对布罗茨基而言，这番景象并不是一片暗红如血的海洋，供他哀悼古典帝国的落日，而是天地交接处的音叉突然奏响了哀歌，三角旗般的树冠渐渐化为剪影，溶入夜色。此刻我们从诗行中听到了针叶林喑哑的沙沙声。

帝国的夜晚，

一处赤贫的行省。针叶林的部队

① 原文为 Hairdo，出自布罗茨基《给罗马朋友们的信》（*Letters to a Roman Friends*）一诗，译者为乔治·L. 克兰。这首诗令人联想到古罗马文学家马提亚尔（Martial）的拉丁文诗作，但 hairdo 一词的现代气息与全诗的古典氛围格格不入，营造了一种特殊的阅读体验。

跋涉过尼曼河[①]——密布的骑枪渐渐黯淡——

攻占三层楼高的古城考纳斯[②]……

——《立陶宛夜曲》

有时，这片密林丛生的风景在覆盖一切的大雪中变白——西里尔字母的灰色树丛渐渐变成纸页的洁白，诗人的嗓音在纸上嘶哑低沉下去，变成了耳语。

那是一首哀歌的诞生。替代牧羊人指令的，
突然亮起的灯。西里尔字母，无知无觉地
在笺上飞奔，像在躲避追捕的人，
它比著名的女预言家[③]更知晓未来：
知晓如何用昏暗笼罩洁白，
只要白色在延续。直至最终。

——《牧歌 IV：冬》

---

① 尼曼河流经白俄罗斯、立陶宛和俄罗斯。立陶宛境内的考纳斯古城即位于尼曼河与涅里斯河交界处。

② 考纳斯（Kaunas），立陶宛第二大城市，历史上曾是立陶宛经济、文化中心。

③ 原文为 sibyl，希腊神话中对女预言家的通称。sibyl 大多为太阳神阿波罗传递神谕。

*

民主国家对艺术实施独裁式的管控。最安全的艺术能够确保共和国的永久存续，并确保它对高度平庸的艺术实施监管或奖赏。布罗茨基一直在美国和苏联这两个自诩完美民主政体的国家中写作，因此他移民的身份只会不断黯淡下去，不仅因为这两个国家他哪个都不歌颂，更因为他似乎自成一国，长居其中低诉着复杂的独白，而且不打算简化它指涉的典故。他不因自己的精神世界后继无人而悲叹，反而很欣赏这种状况。他漫游的土地既不是宗教的圣地，也不是不可知的彼岸，换句话说，他只依靠自我（Ego）。如果他有意用个人身份获益——俄国犹太、美籍俄裔、古典现代主义诗人，他作为诗人的伟大就会有所减损。布罗茨基的自我愤怒地表明自己不愿选择那条坦途，不愿说出那句“我不侍奉”（*Non serviam*）[①]，因为“我不侍奉”只是自我的惺惺作态。相反，它拒绝陷入愤怒，拒不斥责施暴者和政体，因为这样会让它们更得意；它也没有向伸手迎接的自由女神像飞奔过去，也许是害怕被火炬灼伤。而最深刻的讽刺体现于这个自我是匿名的——它无名无姓，所以有了古典的气息。但它并不摆出高贵的姿态，因为它在不住地抱怨和咒骂，让人觉得它的主人是个牢骚满腹的秃顶男人、一位暴躁的客人。

这些天，傍晚的日光仍然遮住公寓的骨牌。
但那些爱我胜过爱自己的人却已

---

① *Non serviam*，拉丁语，意为“我不侍奉”，据说是路西法与上帝抗辩时说的话。

不在人世。猎犬丧失了追捕对象，
暴烈地吞食着残羹——这一点让它们酷似

记忆，酷似一切事物的命运。太阳
落下。遥远的呼声类似“人渣！
别烦我！”——用外语，但意义显而易见。
还有世界最好的咸水湖和它金色的
鸽笼闪着锐利的亮光，足以让瞳孔转开。
当一个人不再被爱的关头，他，
憎恶逆流游泳并且太了解激流的
力量，就把自己藏匿于风景之中。

——《在意大利》

*

读者仿佛看到一位尖刻的拜伦信步穿过《致乌拉尼娅》中的一座座城市，他足够聪明，早就看透了官僚权威的把戏。诗节的韵律和有特点的长诗行一度强化了这种印象——诗行以弱韵结尾，并呼应俄语原诗的三连韵，因为原诗的叙事不像拜伦的《唐·璜》（*Don Juan*）那样匆忙，反而更有克拉夫[①]《航海恋》（*Amours de Voyage*）的悠闲。不过，尖酸的味道逐渐从诗中褪去。呼吸里没有酒气，没有因为要摆脱流亡宿命而求醉之意。翻译俄语诗有风险，因为它经常采用六音步的

---

① 阿瑟·休·克拉夫（Arthur Hugh Clough，1819—1861），英国诗人，代表作长诗《航海恋》。

节奏，而这种节奏在英语诗中通常与滑稽、戏拟或讽刺相关。没有哪位英美现代诗人愿意冒此风险——即认真对待弱韵结尾——在追求崇高、高贵之感的同时，避免让渐弱的音韵给人带来假意谦逊之感，仿佛勉力收敛了骄狂。奥格登·纳什[①]戴眼镜的身影以双韵和长诗行威胁着当代英语诗人，更不用说拜伦滔滔不绝的精准表达。所以，巧智（wit）已更多地表现为出色的韵律。而形而上的巧智，就像艾略特写邓恩的的那篇论文，是每个现代诗人都孜孜以求的境界。但在这首诗当中，大部分诗句都看不到诗的历史，没有语录式的插入语；事实上，插入语已经成了现代诗歌的主题。

我们这个时代的诗歌多有旁白的性质，多数现代诗都可以放进括号作为插入语。布罗茨基的智性活力太充沛，连诗人读者也不易完全消化，因为它的诗里蕴含着诗艺的历史，因为它公开向它所继承的致敬，但它收获的成就也是显而易见的——巧智源于诗人过去赖以提高技艺的那些东西——智力、论辩、对当代科学成就的认知、对过去总能分解为现在时态的想法抱有的怀疑。这就是为什么他要让自己成为一位高产的诗人。你会觉得他总在写诗，而且写得特别长，这是因为诗是防御工事，是对抗现代化的堡垒。这种智慧的头脑需要这样大的创作体量，就像它需要细节一样。它系统地累积着旁白，逐渐更新观察结果，而累积与更新的手段不仅是隐喻本身，也包括隐喻引发的后果，即隐喻创造的冲突。它永远无法像期望中那样美丽——约翰·邓恩的某些诗也是因此才显得丑陋。

这就是布罗茨基为诗歌创作立下的最严苛的榜样。我们借此认识到自己作为知识分子究竟有多么浮躁轻率、一无所成。他让自我

---

① 弗雷德里克·奥格登·纳什（Frederic Ogden Nash，1902—1971），美国诗人，尤擅幽默轻体诗。

约束回归本义，回归到创造的痛苦。而且，即便没有个人声名的支撑，没有因被驱逐而获得戏剧性的国际关注度，他也会做到这一点。

*

流亡激起的戏剧效果会消退，对布罗茨基而言，这段经历一直同时剥削着两个国家：驱逐他的，以及接纳他的。戏剧效果消退后，随之而来的是痛苦，而不是受人瞩目的感受。父母双亡、悲痛分崩离析、暴君面目模糊，那些来回推诿的办事员属于一种全新的邪恶——毫无愧疚、面目模糊，一群雷同的面孔，不背负任何个体责任或原罪。祖国给他们留下了什么？留下了母语，留下了祖国的风物——流亡者起身、进食、书写，透过不再流泪的双眼观看祖国的风物，并以诗行呈现。

对你的思念正在后退，如听了吩咐的侍女。
不！像铁路的月台，用大写字母写着“德文斯克”
　　或“塔特拉斯”。
但是旧面孔浮现，颤抖而庞大，
还有地形，唯昨天进入地图，
从而填补了真空。我们都不太适合
雕像的地位。很可能我们的血脉
缺乏变硬的石灰。“我们的家族，”你曾说过，
“没给这世界贡献将军，或——想想我们的运气——
伟大的哲学家。”不过，还好：涅瓦河面
已溢满平庸，承受不起再多一个倒影。

从那每天被儿子的进步拓宽的角度看
一个徒有那些炖锅的母亲还能剩下什么？

——《悼念》（黄灿然　译）

当人们知道这首诗里的母亲既是诗人的生母，也是他的故乡俄国，这种痛苦就变得更为尖锐。儿子的进步也是俄国的进步。

*

在《立陶宛夜曲》中，布罗茨基给另一位流亡者写信。他声称俄国的土地存在于政权之外的维度，存在于他与流亡友人托马斯·温茨洛瓦[①]共有的悲痛之外。

XI

有些地方，
事物分毫不变。它们是一个人记忆
的替代品。它们是固定剂取得的
尖酸胜利。那里的每一英里
都将条纹格栅对准焦点……

张口结舌的夜空沉默着，它的呼吸吹过诗行的沟壑。

---

① 托马斯·温茨洛瓦（Tomas Venclova，1937—），立陶宛诗人、学者、翻译家，布罗茨基曾将其诗作译成俄文。

V

帝国的夜晚，

一处赤贫的行省。针叶林的部队

跋涉过尼曼河——密布的骑枪渐渐黯淡——

攻占三层楼高的古城考纳斯；夜色进军之际，

一阵懊恼的脸红掠过壁上的灰泥，

鹅卵石像网中的鲷鱼一样闪亮。

这首诗在阴郁中推进，如河流般汩汩低诉，诗的结尾既没有嘹亮的云端号角，也没有滑入泛神论的感伤——它的音调本来极易流于感伤；正相反，这首诗是逐渐昂扬的，伴着真理稳定的低鸣，诱惑着读者将其铭刻于心。

XXI

在立陶宛群山的

高天之下

一个声音似乎在为全人类

祈祷，凄凉单调，它飘向

库尔斯卡亚峰顶的方向。这是圣卡西米尔

和圣尼古拉在无法抵达的蔽身之所喃喃自语。

在那里他们筛查时光，提防着幽暗的

小径。缪斯！我向你恳求，与

他二人一起，

求你从九天之上的

居所，从任何教义的平流层之外，从那稀薄的空气之中，
看顾宁静低凹的平原上闷闷不乐的吟游诗人。
不要让手制的黑暗笼罩他的屋椽。
将你的哨兵派驻到他的后院。
乌拉尼娅，请看顾他的家舍和他的心。

诗集《致乌拉尼娅》中的第一首诗是《1980 年 5 月 24 日》，诗中失去了那种仿佛身处帝国中心而被激起的愤怒。流浪的犹太人在沙漠中孤身游荡，但被驱逐者竟然感到很享受，这就是让“职业”犹太人和反犹者恼火之处。这首诗写在布罗茨基生日那天，是一段带着玩笑的悲叹。这位流亡者不愿参与民族的集体哀悼。

由于缺乏野兽，我闯入铁笼里充数，
把刑期和番号刻在铺位和椽木上，
生活在海边，在绿洲中玩纸牌，
跟那些穿燕尾服、鬼才知道是谁的人一起吃块菌。
从冰川的高处我观看半个世界，地球的
阔度。两次溺水，三次让利刀刮我的本性。
离开生我养我的国家。
那些忘记我的人足以建一个城市。
我曾在骑马的匈奴人叫嚷的干草原上跋涉，
去哪里都穿着现在又流行起来的衣服，
种植黑麦，给猪栏和马厩顶涂焦油，
除了干水什么没喝过。

（黄灿然　译）

“那些忘记我的人足以建一个城市。”用他早期的一句诗来形容——当“城市像鱼子酱一样变暗”的时候，诗人从飞机上观赏俄国，只留给这个国度一瓶伏特加和看不见的未来。在诗的结尾，流亡者在呕吐，他的“……喉咙塞满棕色的黏土”。这种不敬会令任何一个国家或民族恼怒不已。

要驱逐布罗茨基的不只是苏联——奥古斯都治下的罗马也一样会将他驱逐。人们觉得布罗茨基其实宁愿流亡。而最遥远的流亡就是死亡。

*

布罗茨基的诗歌洋溢着一种现世意识。时光摧折了肉体、拆离了血脉，但伛偻无用的躯壳里并未走出破蛹之蝶一般颤抖着的、轻盈剔透的灵魂。与他的精神导师邓恩不同，布罗茨基始终留在他所了解的单一维度上，也就是经验的维度，不管这个维度令他如何为难。它是一种没有未来的现在时态，没有复活、没有预言。但在邓恩开场白的序曲中，商籁体和号角声歌颂着信仰，像一条甬道，经过极尽精美的壁毯：

> 因为我要进入那间圣所，
> ……
> 死亡，你莫骄狂，虽然有人说你
> 强大而可怖……
>
> 众天使，在浑圆地球想象中的四隅，
> 吹响你们的号角……

几个世纪之后，在现代帝国（无论西方还是东方）理性辩证法的压迫下，这种信念目前只存在于文学作品之中，诗歌也变成了壁毯一般的旧物——华丽但并不代表真理。但无论诗歌还是过往，都不是挂于壁上的装饰品，这一点反映在布罗茨基的认识中，也体现在他的躯体上。病痛的阴影笼罩了他的纸页，但诗行绝无慌乱。事实上，他以精巧的三重韵构建的诗节结构坚实而又具体，对笔下诗行的使命，布罗茨基从未有过一丝疑虑。

不过，布罗茨基也写到了天使和六翼天使，但并不心怀渴望。但他笔下的天使，不是里尔克诗中的理想化存在，而是一种实际的存在，类似于穿着白色运动服的滑雪员、帷幕后的窸窸窣窣，或者只是一些雕像。布罗茨基的思想进入了雕像，但并不祈祷能够美化它们。在思想居住的室内，六翼天使和水壶都是常见之物；在室外的风雨里：

仿佛水银含在舌下，它不肯
说话。仿佛水银存在括约肌里，
它纹丝不动。漂满落叶的池边
立了一尊白色雕像，像枯萎的冬天。
这样一场雪后，世界空无一物：几百年的
曲折辗转，被烦扰的石南荒野。
这就是周而复始的意义——
当你的面容开始模仿天气，
当皮格马利翁的面容消逝。你可以随意
弄乱衣褶、裸露肚脐。
未来终于到来！准确地说，是藏在“绝不”（never）
这五个字母中褪色的冰川碎片。

所以才有了一位女神的日常——她少女时的
名字是雪花石膏——让不安分的眼光
流连于膝盖的颜色和温度。
那就是处女内心的样子。

——《加勒提亚重临人世》(原诗为英文)

蝴蝶停在坦克炮管上，它颤抖的双翅似乎显得更加柔弱，但换一个角度来看未必如此。因为蝴蝶的柔弱自有一种适应性，天性让它懂得向自然的伟力低头，从而在风暴中幸存，但坦克却可能因自重而陷入泥淖。这就是现代俄语诗歌的力量所在。这些诗人身上有着“蝴蝶踞于炮管”的矛盾性，它们与苏联国家武装力量对峙时表现出的柔弱，并不是畏缩或不切实际的天真，而是对广袤草原和参差森林的一种自然表达。曼德尔施塔姆的诗是停在铁丝网上的蝴蝶，而阿赫玛托娃的诗是在她探望儿子的狱墙边振翅的蝴蝶；我们甚至可以把茨维塔耶娃的诗看成一只双翅合拢的蝴蝶——她自缢了，以这种悲惨的方式获得了灵魂的解脱。他们的作品让俄罗斯留存着故乡的样貌，而故里情结是任何一个民族诗歌传统中的天然真理。

他们就在那里，蓝莓累累的森林、
人们徒手抓鲟的河流、
或在它乏味的电话簿上你已不再扮演
主角的城镇，东方更远处涌起
褐色的山脉；野牝马在高高的莎草丛中
喧闹嬉戏；颧骨变成无数，并且

越来越黄。东方更远处是无畏级蒸汽战舰或巡洋舰，
而浩瀚逐渐变蓝，像蕾丝内衣。

——《致乌拉尼娅》

战舰很像坦克——坦克也在身后拖着一道尾迹，而有着撒欢的野马和蓝莓丛的那片中心腹地却显得冷漠、无动于衷，对这些战舰视而不见。俄国如此辽阔，容纳不下任何政权的限制，而且蝴蝶毕竟离土地更近。

触摸我——你会触摸到干燥的牛蒡茎，
十三月末（Marchember）那些夜晚固有的潮润，
城市的采石场，干草原的辽阔，
那些已不在人世但永存我心的人们。

——《后记》（雅梅·甘布里尔[1]、布罗茨基 合译）

这是一只落在阿富汗军队坦克炮塔上的蝴蝶，它也是坦克运载之物。在布罗茨基布局宏大的诗篇当中，坦克是重物、是泥淖、是规律的起伏和蹒跚的移动。它们身后留下的宽阔辙痕并不平滑。自重有时让它们熄火，零件吱嘎作响，摩擦着，艰难地穿过分号组成的荆棘丛，我们也随着诗行喘息、休息、推进，但最后总能看到它们清晰地浮现在眼前。它们不过是选择了更困难的地形。

① 雅梅·甘布里尔（Jamey Gambrell），当代俄语文学翻译家、作家。

*

各个语种的诗人最钦佩布罗茨基的一点，就在于诗作的这种重量、宽度和百折不挠的韧性。布罗茨基可作为榜样的作品极多，在他自我征召并开展日常操练之际，他的身后并没有军队追随，只有最伟大的同胞诗人的幽灵从各个时代向他召唤。他的祖国无法彻底遗弃他，就像奥古斯都时代的诗坛也无法真正流放奥维德。他有自己永恒不变的俄国，并从它和它的儿女——阿赫玛托娃、茨维塔耶娃，还有消瘦的曼德尔施塔姆的温情中汲取力量、柔弱性和手足之谊，写出了感人至深的抒情诗。

又一个圣诞告终，
血色浸透了星条。
我的波兰友人全被
关进了监牢，
像一串“零”被锁入
愤怒的方格纸：
就像一种惩戒性的
奴隶制击败了数学。
……
比你我的思想
更深邃的是
武耶克采矿场①

① 武耶克（Vujek）采矿场位于波兰南部，1981 年 12 月 6 日，波兰军警在此镇压工人罢工，酿成惨案，此事成为波兰独裁政府倒台的导火索。

死亡的沉睡；
凌驾于你租金
之上的是那只手，
它的魔法让人弯腰——
仿佛用相机留影。

言语是无力的。
但它比泪水更有力，
当它试图探出，
穿越边境，
抵达我波兰友人
沉痛的心灵。
又一场审判开始。
又一个圣诞告终。

——《戒严令》（原诗为英文）

《致乌拉尼娅》中的诗歌不全由布罗茨基本人翻译。布罗茨基对诗歌创作的要求极高，而且用典浩繁，因此我们对译者付出的大量心血心存感激：哈利·托马斯（Harry Thomas）依照原诗韵律悉心翻译了《戈尔布诺夫和戈尔恰科夫》（*Gorbunov and Gorchakov*），此诗长达四十页，译文精准美妙，臻于化境；此外，雅梅·甘布里尔、简·安·米勒（Jane Ann Miller）、乔治·L. 克兰、艾伦·迈尔斯（Alan Myers）、彼得·弗朗斯（Peter France）等人的译文也同样出色，这些译者捕捉到了诗集的气质，没有掺杂自己的习气。其实《致乌拉尼娅》文风如此统一，已经表明译者实现了完美隐身。虽然诗集中尚无足以媲美理查德·威尔伯[①]译《六年后》（*Six Years Later*）所创造的改写奇迹（该诗收录于布罗茨基的上一本诗集《言辞片段》），但它也没有像当代美国诗人编纂的布罗茨基选集那样过分追求多样性，那种效果未必理想。《致乌拉尼娅》更多地呈现出一种整体性，不仅丰富了它的本土文学，也让异邦文化受益匪浅——在这个国度，布罗茨基作为一名世所公认的伟大诗人、一位才华超卓的知识分子，用诗行感动和鼓舞着我们，并以寻常公民的样貌行走于我们之间。

（1988年）

① 理查德·威尔伯（Richard Wilbur，1921—2017），美国诗人、文学翻译家，曾两次获得普利策诗歌奖。

写平凡的大师：菲利普·拉金[①]

一

在英语诗歌里，普通人的脸，普通人的声音，普通人的生活——也就是我们多数人过的生活，有别于影星与暴君的生活——从不曾被这么精确地定义过，直到菲利普·拉金的出现。拉金塑造了一位缪斯：她的名字叫“平庸”。这是位掌管白昼、习性与重复的女神。她生活在生活里，而不是高高在上，不食人间烟火；她是一名坚定的独身男子朴实而透明的伴侣。

说起拉金，说“独身”似乎比“单身”更准确，因为它会让人联想到僧侣：一方面，说明拉金和中世纪的人一样有耐性，始终在苦苦等待恰当的诗句；一方面，说明他不求闻达，甘愿将自己埋没在赫

① 原文刊载于《纽约书评》（*The New York Review of Books*），1989年6月1日。本文的翻译参考了王敖译《读诗的艺术》，南京大学出版社，2010年，第159—185页。

尔[1]大学图书馆，而这也正是读者对他的印象。因为再也没有什么比这更平凡、更平庸了。晚年的拉金越来越沉默。他似乎也在迎合一般人对他的印象——图书馆长拉金，一个在丝滑的静默中自缢的书呆子。很显然，假如赫尔就是生活的全部，假如工作是蜷伏在他心口的一只冰凉的癞蛤蟆，假如兴奋与激情只是可疑的发作，那么这首诗就太炫目了。它的题目和结尾一样简洁，一样滑稽得出奇，就像一部“基斯通警察”[2]的默片：

日子有什么用？
日子是我们住的地方。
它们来，来唤醒我们
一次又一次。
它们是快乐的所在
……

“它们是快乐的所在。”上帝是保姆，上帝是教员，是牧师，是警官：

除了日子，我们还能住在哪里？

啊，神父和医生都来了
穿着长袍

① 赫尔市（Hull）位于英国东北部。拉金在赫尔大学担任图书馆长，前后长达三十多年。

② “基斯通警察”（Keystone Kops），20世纪初喜剧默片中颟顸无能的警察角色。

跑过田野

来解决问题啦。

——《日子》

还有这些：

模糊如野草的国度，

岩石间游牧的民族，

身材矮小、怒容满面的部落

和卵石般亲密的家人

黑暗的早晨，生命

在厂区慢慢死去。

——《无话可说》

人生首先是无聊，然后是恐惧。

不管我们是否利用它，它都会离去，

留下某个未知物替我们选择的东西，

还有衰老，然后是衰老的唯一结局。

——《多克里父子》

一般人读到这些肯定会打个寒颤，然后点头称是。这是感情的净化，还是灵魂的救赎？你以为真的仅此而已？

*

若真是这样，那么，拉金的诗集为何在英国如此畅销？今年秋天出版后，两个月就卖出了三万五千册。有人说，作家的死是图书畅销的最好保证。拉金或许会觉得这很讽刺，不可思议。但身为受人欢迎的隐士，他或许会说，公开的隐居能让他发一笔小财；书这东西也许只是“一堆废话”，但还是有人一直在读、在借、在偷、在编目、在购买。拉金似乎更希望自己的书能降价出售，不受关注，因为他觉得实在“无话可说”。可事实正好相反，他的拥趸之多并不亚于一场摇滚音乐会的观众。就连《降灵节婚礼》和最后那本薄薄的集子《高窗》，都有数目庞大的读者。

那么，拉金的愿望究竟是落空了还是实现了？如果说他的广大读者多半是过着普通生活的普通人，那不是因为他故意迎合读者，投其所好，这跟其他受欢迎的诗人不太一样，比如吉卜林、弗罗斯特、贝奇曼[①]或者史蒂维·史密斯[②]。表面上看，他的生活并不是人们想要效仿的。这其中并无任何值得艳羡之处。拉金之所以受欢迎，在一定程度上是因为他的一份爱国心。这不是哀叹国力衰弱的忿恨，甚至连嘲讽都算不上。这是一种温柔、甜蜜又感人的东西，它诉说着平凡生活的种种悲哀。在这点上，拉金很像爱德华·托马斯，他心目中的一个榜样。默默无闻的前辈常常会有个人见人爱的弟子。所以说，拉金的流行不仅源自其个人的魅力，同样也归功于托马斯。请看托马斯的这首《山杨》：

---

① 约翰·贝奇曼（John Betjeman，1906—1984），英国桂冠诗人，代表作《钟声的召唤》。

② 史蒂维·史密斯（Stevie Smith，1902—1971），英国女诗人、小说家，代表作《青蛙王子》。

没日没夜，除了冬季，不管什么天气，
小客栈、铁匠铺和杂货店的房顶上，
山杨树都在十字路口一起谈论着
雨，直到那最后的叶子从树梢落下。

再看拉金早期写的这首诗：

薄薄的石瓦上鸽子一起挪动，
背朝着从西边飘来的一阵细雨
掠过每个低垂的头顶、每片收敛的羽毛，
它们最好还是围着暖和的烟囱。

——《鸽子》

在拉金身上，在拉金的诗里（比如《降灵节婚礼》），有种属于乔治王时代的端庄。他知道英国的狭小，所以他的许多离别诗都限定在音节的轨道中。可是，为什么要离别？拉金从不出国，总是待在英国，他默默爱着英国，就像托马斯那样，某种意义上，他已超越了贝奇曼对建筑的怀念：

有一次，在寒冷的新年，
我们换了一条路线北上，
车到站，只见拿着号码牌的人们
在月台上奔向熟悉的大门，
“啊，考文垂！”我喊道。“我的出生地。”

我拼命探出身子，东张西望，
想知道这是否还是“我的”故乡，
但过很久我才发现，我连哪边
是哪边都已分不清楚。而那堆放自行车篮的
角落，不正是我们每年出发的地方……

——《我记得，我记得》

这空荡荡的街，这太过平淡的天，
这在秋日里有些朦胧的空气，
像个倒影，共同构成了此刻——
一个传统上酸败的时刻，
一个平淡无事的时刻。

——《三拍子》

又或者，这堂皇的赞美诗的节律：

那是将要逝去的英格兰，
林荫、草坪、巷陌、
市政厅、雕花的唱诗席。
会有书籍记载，会有画廊
展览，但留给我们的
将只有水泥和轮胎。

——《逝去，逝去》

拉金就像是缩小版的吉卜林，他的帝国只剩下熟悉的日常，比如“漂浮着工业废料的运河”，比如：

凉爽的大商店里，廉价衣物
就那么按尺寸大小陈列着
（针织衫，夏季便装，长筒袜，
有棕色、灰色、绛紫色、藏青色）……

——《凉爽的大商店》

再比如：

……
一座名字很难听的小站，在黎明
庇护着工人；突然转向孤独的
天空、稻草人、干草堆、野兔和野鸡，
还有缓缓流动、越来越宽的河，
堆叠的金云，留有水鸥足迹的闪亮的泥地……

——《这里》

《降灵节婚礼》《高窗》里的诗，我不知读过多少遍，还有《受骗较少的人》，虽然次数要少些。在我那小书架上，我的手指总是快速划过弗罗斯特、艾略特、庞德、叶芝，最后才把拉金“找”出来，因为他的诗集都很薄。要读懂那些伟大的现代诗人，你得先做好智力储备。起床后马上读叶芝，那感觉就像被锣鼓声吵醒。如果是读史蒂文斯，则又像早餐吃了巧克力。而拉金，他的诗多半都是晨昏的腔调，但那也是日常的腔调。他的诗，第一句总是很直接，很亲切，就像在继续一次中断的谈话：

有时，你会听到这样的
墓志铭，在流传多次以后：
他放下了一切，
就这么撒手而去……

——《离别的诗》

为什么让工作这只癞蛤蟆
　蹲在我的生活上？

——《癞蛤蟆》

不，我还没发现过
一个地方能让我宣告：
这地盘真适合我，
我就在这儿待下了……

——《地方，喜欢的地方》

“这是布利尼先生的房间……”

——《布利尼先生》

大概二十年前，
两个姑娘来到我工作的地方——
一个是娇艳的英伦玫瑰，
一个是她戴着眼镜的朋友，可以交谈的对象。

——《野燕麦》

当我看见两个孩子，
猜想他正在操她，而她
正在吃药或者戴子宫帽……

——《高窗》

小便后摸索着回到床边……

——《悲伤的脚步》

这不仅是诗，同时也是交谈。据我所知，没有诗人像拉金这样把读者当作知心的听众。他的诗不是自白，而是与读者的分享，且玩笑的对象总是他自己。他绝不会写这样的句子：

我已经用咖啡匙量度出我的生命。

艾略特这句诗的悲伤过于直白。换作拉金，他会把重点放到咖啡匙上。当他在火车站吃到“一块难吃的馅饼”，那块饼并不象征什么——这顿悟也太俗套了。他会继续吃更多馅饼。“我已经用难吃的馅饼量度出我的生命”，这更贴近他的经验。车站的月台还是老样子，难吃的馅饼还是照样吃。诗人没有区分自己和小饭馆里的其他人。在拉金看来，诗人常常是：

……住在百叶窗城堡里的坏人，
他写完五百个字，
然后就泡澡、喝酒、玩女人，
挥霍掉一天里剩下的时间……

——《有个洞的生活》

但在《这就是诗》里，他却让人大吃一惊，这很像骤然变得异常黑暗的马维尔：

一个人把不幸传给另一个人。
　不幸便像大陆架不断往下沉。
所以，你还是尽早逃出来吧，
　而且千万不要有自己的孩子。

再看他如何看待死亡：

多半的事也许根本不会发生：但这一定会……

——《晨曲》

*

语气是诗的一种元素，但要像测量地震波那样准确了解一个人的声音，你还得注意音高，注意那些指纹般个性化的细微处。在其晚期作品《降灵节婚礼》《高窗》中，拉金把自己的声音调适得极为精准。这样一来，它不仅很符合中产阶级的音色，更妙的是，借助于套话和旁白，借助于烂熟的用词，它还能完美地融入背景，让你感觉像在听图书馆长或者大学老师讲话，感觉这是个“还会写点诗”的人。这柔和的高音会让人联想到西装革履的男子，下班后在一个还不错的酒馆里喝着麦芽酒、吃着三明治；又或者一位宾客，出现在中产阶级上层的晚会上，拿着一大杯不算浓烈的雪利酒，虽然百无聊赖，但还是和人聊着天。至于《基金会自然会承担你的开销》，其中的指涉很像是业内行话，既快速又密集，非但有些美国人读不懂，就连英国读者也未必都能领会，因为它嘲讽了那些靠演讲和上高端电台节目赚钱的人，一种假清高又稍有些自虐的行业：

十一月里晦暗的一天，
　我赶搭上了彗星客机，
很快它就会把我带走，
　送到阳光灿烂的孟买，
我琢磨伯克利的讲稿，
　尽管才过了三个星期，
我隐约望着那个查托，
　透过第三台的荧光幕。

因为无色忧愁的人潮，
　我叫的车居然来晚了，
但直到飞机已经升空，
　我才想起具体的日期——
那天女王和首相大臣，
　皇家卫队和一切人等，
还在白厅[1]郑重其事地
　敬献庄严邪恶的花圈。

这些自作多情的儿戏
　以前常让我呕吐不止；
哎，英国何时才能长大？
　——但我已飞越泰晤士河，
乘着奥斯特越变越小，
　我要去拜访拉尔教授
（他和摩根·福斯特见过），
　我的联系人和好友。

这首诗的幽默在于它用了内行人的口气。这些家伙都会写文章，当然写得极为平庸；他们只跟同行或者自己人说话，所以特别随便，也自视甚高，完全不管圈外人能否听懂。这首诗是在戏仿自己，看着很像吉卜林的作品，或者选自哪本颂诗集。这是一首个人的颂歌，主题是文学。你看，正因为这音高，一切才会如此精准！就连奥斯特/

① 白厅（Whitehall），伦敦街区名，是英国政府机构的主要所在地。

福斯特这么刻意的尾韵[①]（是自嘲，同时也在嘲笑圈外人："嘿，知道奥斯特是谁吗？是北风，不懂了吧。"）都很能凸显人物的性格，并将这轻浮的学人变成祭品。

彗星客机[②]是英国航空的骄傲。他一直在飞机上修改在加州伯克利用过的讲稿（英国人单凭口音就能赚不少美金）。这时他抬头望向窗外，发现（就像透过模糊的镜子）自己的讲稿竟然发表在第三台[③]"查托与温达斯"[④]的节目上——而第三台恰恰是个孤芳自赏到令人作呕的频道。然后，在中间那一节，仪式遭到了嘲讽。诗中的"我"逃离了灰暗而自傲的国殇纪念日游行，正飞往阳光普照的印度。他太自以为是，连孟买的阳光都不肯浪费，因为他将在那里见到拉尔教授[⑤]，"我的联系人和好朋友"，那个和《印度之行》作者有过一面之缘的人。

　　但我已飞越泰晤士河……

他比这一切都更高大，他的公文包里有那份讲稿，他已将斯宾塞甚至艾略特的泰晤士河抛诸脑后。

　　乘着奥斯特越变越小

---

① 在英语原文中，奥斯特（Auster）和福斯特（Forster）均位于句尾。

② 德哈维兰彗星型客机（de Havilland Comet），世界上第一种商用喷气客机。

③ 即英国广播公司（BBC）第三台，1946—1970年英国的主要人文广播频道。

④ "查托与温达斯"（Chatto and Windus）成立于1855年，是一家颇负盛名的纯文学出版社。

⑤ 拉尔教授，即帕纳·拉尔医生（Dr. Panna Lal），E. M. 福斯特小说《印度之行》中的人物。

——喷气客机越变越小，而他的责任感也随之越变越弱，直到对这份职业完全失去了敬意。这是英国学术界虚伪的写照，也是最为辛辣的讽刺。

口头创作也是书写，只不过它在脑中进行。诗歌是言语，但也是书写。文字都有形状。它首先是韵文的创作。节律先于呼吸，外形预示内容。音调决定意义。其他都是后来才有的。不过，在多数自由诗当中，一般认为是言语塑造了形式。

*

在拉金看来，诗歌的发展不在于格律的实验，或者诗节形式的变化，也不在于庞德力倡的所谓“创新”，因为那过于激进，也很美国化，而拉金是很看不起先锋派的。他认为，诗歌要发展，还是得尽量在五音步内实现转换与停顿的改变。庞德说：“打破五音步的限制，这是第一步。”但对拉金而言，弃用五音步，把它的音调斥为过时，违背其本身的律动和呼吸，这不算什么本事。如果真有本事，就该在相容性当中探索反叛的可能，直到技艺的纯熟生发出新意。“拉金体”的成功源于诗人的耐心与细腻，这可不是耍花招就能做到的。有些花招是为了夸大，也有的是为了调整语调。

在整个写作生涯中，拉金始终都在利用五音步诗行既有的节拍。在此基础上，他又用犹疑使之变得晦暗，用随意的咒骂使之变得粗粝，用连字符使之变得紧凑——带连字符的意象向来被认为是极端懒惰的标志——最后，在视听效果的融合下，这意象会变得很强大，强大到其本身变成一首微型诗：

> 某个孤独、雨霁（rain-ceased）的夏夜……
>
> 那被飞蛾啮噬（moth-eaten）的巨幅音乐织锦……

时光里生起袅袅的铁匠铺的烟（smithy-smoke）……
黯淡而叶片闪亮的（shining-leaved）卷心菜……
浸润着阳光的（sun-comprehending）玻璃窗……
撒落了谷粒的（grain-scattered）街边，停满了船只的（barge-crowded）河面。

当随意流动的呼吸接近五音步的边缘时，它会遭遇断崖或边界，即诗行右侧的留白。这时，留白便产生张力，迫使诗中的描写又退回到连字符上。这么做既能避免诗句崩塌，又能避免跨行所导致的描写部分无端多出半行，或变成一个警句式的中顿。然而，这样的后退也会遭到耐心与诚实的抵抗。对节奏的绝对忠诚会压缩诗句，提高它的微观清晰度，使之成为一块透镜，一滴露珠，一个完整的世界。

连字符生成的意象并不是口语，但拉金却有本事把它变成口语，仿佛这样的措辞能轻易融入谈话，融入貌似谨慎实则相当大胆的观察，简单得“不费吹灰之力”。而一旦接受了这点，你就能听到一个低沉的声音，向你娓娓道来。当共享的节奏达到巅峰，这声音更会和意味深长的旁白擦撞出火花，然后，像奥登那样讨好你，让你以为自己也会使用这样的缩略语。多年来，拉金始终坚持用这个节拍，也因此，他对爵士乐颇为赞赏，但却非常排斥查理·帕克①，就像他同样鄙视毕加索的绘画、贝克特的戏剧。最后，像吹单簧管的西德尼·贝谢②那样，拉金终于找到了一个清晰的音调，与此同时，他还选用钢丝刷作为背景音乐。心跳声负责低音部，钢丝刷以嗡嗡声加快节奏。

---

① 查理·帕克（Charlie Parker，1920—1955），美国爵士音乐家，擅长演奏高音萨克斯风。

② 西德尼·贝谢（Sidney Bechet，1897—1959），美国爵士音乐家，擅长演奏单簧管与萨克斯风。

至于即兴演奏，还有单簧管乐的停顿与激越，这些都与音步若即若离，而每次的回归总能给人带来快乐。

二

拉金将拙作收入1973年版的《牛津现代诗选》，这是我迄今极为荣幸的事之一。拉金是我敬畏的诗人，得到他的认同我当然倍感自豪。不过，这事同时又很矛盾，因为印象中拉金的视野是有局限的。在读者心目中，他是个厌世又清高的隐士，“从来不读外国诗”；对他而言，中国很值得一游，假如能当日往返的话；他蔑视所谓的“神话癖”，而很多诗人就爱在希腊、罗马的故纸堆里寻章摘句；他认为，书不过是“一堆废话”。

拉金的牛津诗选很奇怪，比叶芝的有过之而无不及。他几乎把英联邦各国的诗人都排除在外（只剩下我和个别其他人）。在许多评论家看来，这是极为反常的做法：它像一道来自赫尔的教皇诏书，借由出版许可为某些被忽视的小诗人正名，比方说，他以大篇幅推介了乔治·奥威尔和亚历克斯·康福特[①]合写的一首诗。拉金似乎不惜毁掉牛津的名誉，再次将文学界的大佬们取笑了一番；在后者期望他展现魄力时，他偏偏选择了保守行事。不过，这时候，“愤怒青年”[②]和学院派的反叛者还在继续扮鬼脸，就像幸运的吉姆那样。与此同时，戴

---

① 亚历克斯·康福特（Alex Comfort，1920—2000），英国医生、科学家，代表作《性爱的快乐》。

② “愤怒青年”（Angry Young Men），指20世纪50年代崭露头角的英国青年作家群。他们多来自中下层阶级，对传统英国社会极度不满，代表人物有约翰·奥斯本、金斯利·艾米斯。

着面具的保守派终于忍无可忍，他们开始呲牙咧嘴。然而，拉金的好友金斯利·艾米斯[①]却认为，其实我们一直都是这样（约翰·奥斯本[②]也有此说）。我们嘲笑牛津、剑桥那些顽固不化的老家伙，嘲笑他们的装腔作势，嘲笑他们的妄自尊大。我们热爱鬼脸和讥讽背后的英国，我们热爱纯朴、传统的英国。在勤奋的创作中找到优异之处，这是编录《牛津现代诗选》的总方针。所以说，拉金很像我们这个时代的约翰·C. 斯夸尔[③]。如果他在我的作品里只发现了这些价值，我也并不会在意。

☆

拉金惯于扮演隐士的角色，其后果之一便是市侩气的滋长。而在这背后还存在着另一种认知，用他自己的话说，就是“寂寞让你心明眼亮”。不过，拉金始终都没摘下面具：他还是那个戴眼镜的书呆子，厌恶文学的图书馆长，外貌如同蜡像，酷爱爵士乐并为《每日电讯报》撰写相关专栏，热爱英国的乡村，反对爱国主义。他可以一边自嘲（如《基金会自然会承担你的开销》），一边坦然接受女王颁赠的奖章：

那天女王和首相大臣，
　皇家卫队和一切人等，

① 金斯利·艾米斯（Kingsley Amis，1922—1995），英国小说家、诗人，代表作《幸运的吉姆》。

② 约翰·奥斯本（John Osborne，1929—1994），英国剧作家、演员，代表作《愤怒的回顾》。

③ 约翰·C. 斯夸尔（John C. Squire，1884—1958），英国出版家，文学月刊《伦敦信使》的主编。

还在白厅郑重其事地
　敬献庄严邪恶的花圈。

这些自作多情的儿戏
　以前常让我呕吐不止；
哎，英国何时才能长大？
　——但我已飞越泰晤士河……

但是，拉金也写过下面这样的诗。诗中没有流露环保主义者常有的关切，而是充满和斯宾塞一样古老的爱。和贝奇曼的诗相比，“M－1高速公路[①]两边的小餐馆”让他更为惊恐：

我以为这感觉会延续——
一辈子：城市的外面
总会有田野和农庄，
村里人总还能爬到
没被砍倒的树上去；
我知道会出现假警报……

那是将要逝去的英格兰，
林荫、草坪、巷陌、
市政厅、雕花的唱诗席。
会有书籍记载，会有画廊

① M－1高速公路（M－1 Motorway）连通伦敦与利兹，长约310公里，是英国首条城际高速公路。

展览，但留给我们的
将只有水泥和轮胎。

——《逝去，逝去》

“那是将要逝去的英格兰。”说这话的人是谁？是撒切尔执政时期的鲁珀特·布鲁克[①]吗？他喜欢游船、饮茶和格兰切斯特[②]吗？又或者，是等待失业救济金的吉卜林？哪个才是拉金的真面目？既然痛恨女王，为何还接受她颁赠的奖章与花环（实际上，有人认为这就是死亡之握；当年勃朗宁也嘲笑过丁尼生，说他“为了一把银币背弃了我们”）？或许，他只是个多愁善感的歌手，在哀叹田园的最后那道光？我想严肃而明确地说，其实这两个都是他。对拉金而言，光是一种宗教体验。他曾写道，无论你相不相信，光都会熄灭，或者继续亮着。

暮色降临，横穿过
田野，是从未见过的样子，
一盏灯都没有点亮。

——《逝》

在漫长的夜里，
光，清冷、昏黄，

① 鲁珀特·布鲁克（Rupert Brooke，1887—1915），英国诗人，代表作《战士》。
② 格兰切斯特（Granchester），位于英国南剑桥郡剑河畔的村庄，以风景优美著称。

沐浴着各家房舍
那安宁的前额。
一只画眉在歌唱，
被月桂树环绕着……

——《来》

假如我蒙召
来创立一门宗教，
我会利用水，
……
我会在东方举起
一杯水，
不断汇聚
四面八方的光。

——《水》

……刹那间

语言还没来到，就先想起了高窗：
浸润着阳光的玻璃，
还有远处湛蓝的天空，什么也
看不见，什么也没有，无穷无尽。

——《高窗》

这些诗句很温柔，透着祷词般圣洁的光亮，它们在精神上和爱德华·托马斯的诗完全一致。这精神因为准确而显得脆弱，但却大大增加了我们对诗人的好感，对诗背后那个人的好感。

艾略特总躲着我们，似乎除了上帝的手指，谁也不让碰。他用一贯谦卑而矫情的口吻说：诗应当回避个性，只有有个性的人才能体会这一点。诗不是情绪的宣泄，而是情绪的回避。但吊诡的是，如果只看表面，拉金比所有诗人都更非个人化；然而，在同辈诗人当中（连“自白派”也算在内），却很少有他这么亲切而坦诚的。虽然反对浪漫、戴着眼镜、其貌不扬，可是，他在每句诗里都留下了个人的印记，有些是一己的观察，有些则是亲身体验。我们爱拉金，事实就是这么简单。不过，我们必须仔细区分爱和受欢迎。有些次要的诗人，我们爱得很坦诚、很纯粹，主要是因为他们从不装腔作势。而当诗人一旦有了地位，你会发现他们像雕像一样，棱角日渐分明，线条日渐凌厉，一边肩膀上搭着长袍，久而久之，彼此的距离也就产生了。当线条僵硬得像大理石一样，诗人便会将自己的回声当作神谕。

写完《四个四重奏》之后的艾略特是这样，晚年志得意满的史蒂文斯也是这样。还有庞德，他一开始尖叫就会变得很自负。就连威廉斯，戴上桂冠后也不例外。诗是一条涓涓细流，是赫利孔山上的冷泉。重要的不是水量，而是清洌、新鲜的水质。即便出现在巨著当中，它依然会闪亮，就像纯净的甘泉。而拉金就属于这股清流，他让许多“伟大”的现代诗听着就像噪音。他谦卑得如同圣徒；在城市的喧嚣与晦暗中，这已远非隐遁或避世可以形容。像乔伊斯这样的大诗人，尽管有十分高远的志向，却还始终守护着那道山泉，守护着它清澈的涓涓细流和它清新的温度。如果说有哪个大诗人会认同布利尼先生，我想，那就是创造出利奥波德·布鲁姆的作者吧。

我试图证明，爱一个诗人和诗人的受欢迎并不是一回事。自私地说，假如爱德华·托马斯太流行了，我会很不高兴。不过，我很欣慰拉金有这么多读者。他之所以大受欢迎，原因之一在于他摸准了萎缩中的英国的脾气。他承认英国的粗俗与陈腐，承认这是个狭隘的地方，就如同它的那些街巷，挤满了“苍白而憔悴”的人群。这种态度里包含了普遍甚至是善意的自嘲。对，拉金的诗也一样狭隘，但同时，它又挤满了脸色阴沉的人，而他们的先辈却曾治理过一个庞大的帝国。

再者，某种意义上，拉金的受欢迎也许和吉卜林的情况并无不同，只要你把玛格丽特·撒切尔换成维多利亚女王。你看，他再次向海外派兵，然后又不得不将他们召回：

> 明年我们要让士兵都回国
> 因为缺钱。这没什么大不了。
> 他们保卫或者维护过的地方
> 现在得学会保卫和维护自己。
> 这笔钱必须用于国内，要不然，
> 我们还得工作。这没什么大不了。
>
> ——《向一个政府致敬》

——那好，来跟吉卜林的诗比较一下吧：

> 远方的召唤解散了我们的海军，
> 沙丘和岬角上火种在渐渐熄灭。

终于，往日一切的壮丽与强盛
变成尼尼微、提尔[①]那样的陈迹……

——《退场赞美诗》

在吉卜林预言的背后有一种自矜，即拜伦所谓的“希腊的荣耀/罗马的威烈”。在哀叹声中，高教会派[②]的吉卜林继续将荣耀——即便是终将逝去的荣耀——归于一个“曾经”和尼尼微、提尔一样伟大的帝国。纵然帝国已经衰落，那悬挂在博物馆里的壁毯也不会褪色。流行诗会因悲情而激发，像我们读的赞美诗，像“荣光逝矣”这样悲欣交集的句子。身为殖民者，当我们齐唱《退场赞美诗》的时候，我们是在分享帝国逝去的光荣与骄傲。这就像驶向地平线的维京送葬船，抑或丁尼生诗中亚瑟王的船——丁尼生也是个风靡一时的帝国诗人。

反过来，拉金跳脱而机警的理智也同样广受欢迎。许多人为此而着迷；倘若他们生逢盛世，想必也会吟诵吉卜林和丁尼生的诗。如果说拉金的诗有何伟大之处，且不管它多么短暂，那就是：它把彩绘玻璃擦得非常干净，然后，借由透进来的光亮，让我们看到了后帝国时期真实而平凡的英国；他不吹奏黄昏的号角，也不假借末日的审判，就能让读者享受“一场痛快淋漓的豪饮”。

明年我们将会住在一个
因为缺钱而召回士兵的国家。
雕像依然会屹立在被树木

---

① 尼尼微（Nineveh），古亚述国都城。提尔（Tyre），古腓尼基国城市。

② 相比于低教会派（Low Church），高教会派（High Church）更注重维护传统信仰与仪式，反对教会现代化。

遮蔽的广场，几乎一成不变。
孩子们不会发现国家的变化。
现在我们能留给后代的只剩下钱。

——《向一个政府致敬》

*

拉金的诗全是俗套。但正是俗套启发了他，所以他才谨慎地寻求某个隐秘或者有时也能让人豁然开朗的解答。独居一室的布利尼；翻阅相册的追求者；春天，公园里的婴儿车和保姆；一边做梦都想去冒险，一边又舍不得丢下工作；把自行车停在教堂外面，拔掉裤腿上的夹子；火车，窗户，街道。这和拉弗格[①]很相似，同样的都市环境，同样凄惨的家庭，职业旅人在外省旅馆里看到亮晶晶的整套餐具，不由悲从中来。总之，俗套也要有一套俗套的语言。

而拉金惊人的勇气正体现在这里。有些诗人也关注类似的主题，比如麦克尼斯[②]、早期的艾略特、早期的奥登，他们写城市、写孤独，但却不像拉金这么执着，也没能写出变化的重复，而拉金认为后者恰恰是生活的基调。

为了磨练技艺，他找到几个学习的榜样：贝奇曼、小说家巴巴拉·皮姆[③]、史蒂维·史密斯，他们的题材都以平凡、庸俗的生活为

---

① 朱尔·拉弗格（Jules Laforgue，1860—1887），法属圭亚那象征派诗人，代表作《月之独唱》。

② 弗雷德里克·麦克尼斯（Frederick MacNeice，1907—1963），爱尔兰诗人、剧作家，代表作《秋天日记》。

③ 巴巴拉·皮姆（Barbara Pym，1913—1980），英国小说家，被拉金誉为20世纪最被低估的作家，代表作《卓越的女人》。

主。通过与平凡事物的不断砥砺与熟稔，诗歌最终会闪现出火花，而这也正是精神创造的过程。试看《降灵节婚礼》的结尾：

……而改变可能带来的
所有力量会随时抖落
它抓住的东西。我们又慢下来，
制动车闸刹住了车，心底升起
一种坠落感，像齐发的乱箭
射向视野之外，在某处化作了雨。

还有《打牌的人》。在这里，拉金赞颂了某位想象中并不那么重要的大师。然后，听着壁炉里烧红的柴火滚动时发出的美妙谐音，火苗明灭的扑哧声，他顿悟了：

雨、风、火！这秘密而野性的安宁！

而且令人欣喜的是，拉金的诗虽然数量少，但却少而精，每一首都那么完美，那么实用而亲切，感觉就像一串熟悉的钥匙。你随手拿起它，发现它小巧，闪着光，轻易就能塞进记忆的口袋。当然，现在我们又一次被耍了。《拉金诗集》不算很厚，但容量却很大，其中包括几十首此前未刊的作品。我们以为他惜墨如金，但实际上，他洋洋洒洒写过不少。拉金晚年说过，他没有放弃诗歌，而是诗歌放弃了他。多年来，我们一直在耐心等待他的新作，因为每个人都期待它在诗律上臻于完美。与此同时，我们可以重读他的旧作，并在重读中开始记诵。由此可证，拉金或许算不上高产，但创作量也颇为可观。这一点既让人惊讶，又耐人寻味。它说明，拉金曾经和同时代的诗人一样勤奋。可是，如此多产的拉金为何突然像得了厌食症一样？为何他最后的诗集《高窗》只有薄薄一册？

安东尼·斯威特[①]编选的诗集里没有收录任何拉金早年的作品。同时，它也没有为了展示诗人的成长轨迹，硬塞入纯粹只有传记意义的平庸之作。相反，用拉金本人的话说，这些诗都“很有营养”，即便是学徒期的作品也保持了稳定的水平。从下笔千言到惜墨如金，这改变主要是由于拉金对自己越来越严格，尽管诗集中的作品全都达到了出版水平。或许，本来我们会读到更多佳作，但因为作者自己不满意，便没有公开发表。而这也使我们对他更加敬佩。拉金的取舍与个人生涯无关，与追求完美无关。他关心和相信的是呼吸和诗的生命。因此，他大刀阔斧地淘汰了一些还不错的诗，只留下薄薄的集子。他这么做不是为了个人荣誉，而是为了诗歌艺术。拉金是个讲道德的诗人，诚实的诗人，他厌恶高大上，厌恶实验先锋的姿态。这不是思想保守，而是一片赤诚。有鉴于此，他不仅现在受欢迎，将来也会继续得到诗人的敬重——因为他能断然否决“不够好”或者“言之无物”的东西。而这标准若用到同辈诗人的身上，那每个人也许就只剩下几行诗了，虽然对拉金而言，一辈子有这几行诗足矣。

循着时间轴看，文本也是很快乐的。以下是拉金早期作品《黎明》(1943—1944) 的全文：

醒来，听见远处
雄鸡啼叫，
拉开窗帘，
看见云在天上飘——

① 安东尼·斯威特（Anthony Thwaite，1930—），英国诗人，拉金作品的主编。

真奇怪啊，
心里竟然没有爱，而且和这些一样冰冷。

这是二十四年后的改写：

小便后摸索着回到床边，
拉开厚窗帘，顿时被乱云
和皎洁的月光震惊了。

四点钟：洞穴般的天空里刮着风，
下面是楔形阴影里的花园。
这情景还真有些好笑，

月亮冲破云层，云
像炮口的烟一样逐渐散开
（石色的光照得屋顶清晰可辨）

请看，诗人是如何贪婪地描写精微的激情：

高远，荒谬，疏离——
爱的菱形物！艺术的奖章！
哦，记忆的狼群！广阔无垠！不，

有个人在微微颤抖，举头望着天。

——《悲伤的脚步》(1968)

还有这契诃夫式的弹唱：

> 我听钱在歌唱。那就像在外省的
> 城镇里隔着长长的落地窗俯视
> 夕阳下的贫民窟、运河、华丽
> 而疯狂的教堂。这多么令人忧伤。
>
> ——《钱》(1973)

说得没错。只不过，现在他的忧伤已变成我们的快乐。

(1989 年)

泰德·休斯[1]

随着风尚的变迁，泰德·休斯的声誉或许有所下降，因为现在时兴的是具体、实在的诗，悲悲戚戚的社会学，老老实实记录的平凡事。而泰德·休斯的诗却是孤独而遥远的。塔楼与僧石都已变为陈迹；弥漫的薄雾，崎岖的荒野，哈代式的坚忍，在当代诗歌旷日持久的常识与城市之光的返照下，显得那么格格不入。他诗里那种矿石般的劲道，或者被斥为装腔作势，或者完全被漠视。可是，照这么说，那巨石阵不也表现了一种姿态么。

我们审读休斯的诗，都把它当作远古废墟的一次巡游，但休斯作品的力量却在于它留存的古意；它向我们展示了一个被废物汹涌的海洋围困的英格兰。有时，它像被追猎的野兽，走投无路，于是便掉过头来，向我们龇牙、嚎叫，身上还流着血。这些诗纵横捭阖，流露出对生态的绝望。

在休斯以前的英语诗歌里，大自然是一味包治百病的妙药。你走

---

① 原文刊载于《伦敦每日电讯报》(*London Daily Telegraph*)，1989 年 10 月 21 日。

向它，走进去，像步入一座没有屋顶的大教堂。这是个让人沉思的地方，绝不会引起恐惧。这也是感情误置①的绝妙所在。羊群可以在这里静静地吃草，没有血腥的厮杀，也不会留下粪便。这样的大自然往往是肤浅的，就如同一本光鲜的日历，或是童书里假惺惺的说教。在休斯以前，劳伦斯就已打破了这一整套神话。萨宾农庄②的传说全是一派胡言，悲惨的死状，凄厉的叫喊，布莱克的小羊羔③胎死腹中。

休斯的诗是对田园诗传统的反拨。它把风景里的疥疮、鞭痕和伤口指给我们看，告诉我们这里还有长久的苦难。它不借助修辞，也没有华兹华斯的顾影自怜。可是，假如仅止于此，那么，休斯对自然的观察其实也并不高明。他就像校园里的小霸王，硬要把死青蛙放在读者眼前晃荡。而这恰恰是某些读者的想法：他们一看是休斯的诗，拔腿就跑，就像那些害怕死青蛙的小女孩。

一种语言既然没有因为植物图鉴和大自然疏远，那么，现在它就该赶走成群的苍蝇，像粗犷的农夫一样，淡定地望着尸体——休斯作品中那些即兴的长喉音。因为这具尸体不仅属于一头腐烂的羊，它同样也属于英语诗歌。

或许，腐烂仍在内部侵蚀着这具尸体。如果说休斯的愿景是英国诗被乌鸦啄食后露出的白骨，是荒凉山脊上仅剩的碑碣，那么，他这些视野广阔的作品并非要表达末世的愤怒，或者让人觉得惊骇。这些诗浸透了荒凉，以赛亚、耶利米、约伯这些希伯来语大诗人都曾感受过的荒凉——寒月下约克郡的茫茫原野。因为地球在转动。表层的土

---

① 感情误置（pathetic fallacy），指文学中将人类感情一厢情愿地赋予自然事物的写作方法。

② 萨宾农庄（the Sabine farm），古罗马诗人贺拉斯的别业，也是他心目中完美的田园。

③ 指英国诗人威廉·布莱克的短诗《羔羊》（收录于诗集《天真之歌》）。

壤遭到破坏。因为海水浑浊。因为空气有毒。因为溪水已被污染。

但这并不是关乎日常生活的诗。这些真相过于庞大；我们相信，只要专注在琐碎、温馨的小事上，它们就会自动消失。所以很自然地，我们希望休斯也能从眼前消失。我们希望他离开，继续努力，变成一根独立的石柱，独自吟唱的石柱。我们受不了他的腔调。

休斯在诗坛刮起了一阵粗犷的风，一张美杜莎的脸将冒充诗评的高谈阔论震得粉碎。这粗犷，在西尔维娅·普拉斯那里裂解为一种近乎病态的癔症。而一旦崩溃诗学蔚然成风，休斯就必然越来越过时，因为其作品的力量并非来自个人，也因此，它的经久不衰愈发显得冷酷无情。然而，休斯毕竟不是鲁滨逊·杰弗斯①那样的诗人，甚至和劳伦斯也不尽相同，他并不想在石头上镌刻自己的形象。

在休斯的风景诗里，你看不到任何他自己的痕迹。如果诗里面有个“我”，他也并不比周遭的景物更高大。他是个描写恐惧的诗人，不是普拉斯那种失眠的恐惧，也不向阿司匹林乞求灵感，而是更宽泛意义上的恐惧，即希腊人所说的敬畏。这是白石的悲剧，而非白色药丸的悲剧，奥登称之为“祭酒与牺牲”的悲剧。这要是一幕戏，那该多好！可是，面具已经贴在脸上。他们说，婚后的夫妻会越长越像。同样，诗人也会越来越像他写的诗。每一页都是一面镜子，一潭池水。休斯从纸窗后露出他的脸，沧桑、开朗的脸，友善而诚实。满脸的坦诚，仿佛一块石头在讲述自己的故事。

该摒弃你的刻板印象了，那个金戈铁马的老休斯，现代诗坛的巴顿将军，走投无路的独狼，在英国的某个角落不停地咆哮。让我们感受那藏在狂飙诗句后的温柔，因为它平凡而又珍贵，眼角湿润，犹如

---

① 鲁滨逊·杰弗斯（Robinson Jeffers，1887—1962），美国诗人，代表作《罗恩·斯托林》。

爱德华·托马斯诗里那永恒的露珠。它的愤怒表达的是关切，而非血性男儿的放肆与发作。它展现的才气是女性的，即所谓“地球母亲”的天赋。

它有粗犷的外表，皮肤上的毛倒着长，还不许你抚平它、捋顺它。这并不等于说，每头猎豹内心都是一只乖猫；然而，它的确流露出温柔的眼神。这就是望狼[①]。即便是野兽，“眼里也闪着泪光”[②]。人类的眼神反倒不如野兽那般温柔。我们才是真正的掠食者：

因为这是“黑犀牛”，他越逼近就越难看见
每一秒他都在减少又减少
也许，等来到你身边的时候，他已化为乌有，
　只剩下头上的角……

这首诗本身就很有掠夺性。它吃掉了主语。休斯的诗有种美丽而可怕的诚实：它不因道德的愤怒而忽视了我们的暧昧。休斯的每首诗都是一曲哀歌，但调子却绝不哀戚，也从不说“假若我将死去”“每当我害怕生命或许就要止息”[③]之类的话。他的诗暗含着一种更残酷的生态：即便是最敏感的“我”，也会沦为生物可降解的垃圾；即便是诗歌，也和犀牛一样，时刻面临灭绝的危险。他的“画眉”[④]都是凶残的杀戮机器，会利用大自然而非诗人制造的对立。但它们又是迷人的，聚焦在鸟喙上的这些诗清亮而优美，因为自然界根本不存在反

---

① 《望狼》（*Wolf-watching*），1989年出版，是泰德·休斯的第13部诗集。
② 原为拉丁文（*sunt lacrimae rerum*），引自古罗马诗人维吉尔的史诗《埃涅阿斯纪》。
③ 这两句分别出自英国诗人济慈的书信与十四行诗。
④ 《画眉》和下文的《鸽子》均为泰德·休斯的诗歌名篇。

讽这东西。

休斯的诗实实在在地带我们亲近自然，认识它整个的运作。在这方面，没有哪个英国诗人能和他相提并论，包括克莱尔与哈代。这不是因为他的诗残酷，而是因为它既残酷又光明；否则，那就只会是一种忧郁的精确，一本忧郁的博物学家的日记。这是一种狂喜的诗。在沉静如《鸽子》般的狂热中：

> 此刻，就这么
> 盘绕在树枝上
> 热得冒着气泡，颤巍巍地摇晃
> 变成了一和多。

还有：

> 从你撑开的眼角溜走
> 你的第一个念头。
> 透过你沉思的目光，俯瞰杂乱的地面。
> 在云雀的歌声里
> 激射出云雀形状的孔。

就诗行的长度而言，休斯所用的格律既不同于劳伦斯，也与惠特曼迥异。也就是说，它摆脱了形式的束缚，没有枝蔓，也不赶时髦；相反，它师法古人，扎根于中古英语，字词间的停顿很长，经常像中间隔着一道地堑，一座令人望而生畏的深渊。

这种诗律的遗传性要求作者对诗歌必须无限忠诚。它循规蹈矩，以古老的音节耕耘着田地。气候条件恶劣至极；然而，即使土层隆起，即使拖拉机横冲直撞，冲破了我们的田园情思，但在那扰攘的轰鸣之后，仍有一种遥远而古老的诗律，只要你不断回溯、不断挖掘，一直回到朗格兰[①]。

除了力量，还能赞美什么？除了超越自我的坚忍，还能相信什么？难道要相信惠特曼无聊的乐观开朗，相信劳伦斯的道德说教，相信乔治王时代的花花草草？它像是在渴求一阵匿名的旋风，渴求酷寒的卵石化为原始的名词。它渴求恐惧，古希腊悲剧大诗人笔下的恐惧。于是，荒野变回献祭的竞技场。诸神的身上沾满鲜血。最廉价的逃避便是把这称之为神话的创造。

有时，读休斯的诗就像雨雪天出门，感觉并不好。当然是待在家里更舒服，坐下来，品味那些专为室内创作的诗。可是，悲剧大诗人叫我们要有骨气，但敬畏与担当这些古老的品德似乎同样面临着灭绝的威胁。我们不爱听这些话。预言是预言家的事；我们更喜欢当代诗歌的喃喃自语，温馨、惬意，更喜欢优雅的交谈、舒缓的韵律。我们相信，诗如同预言，属于非常渺茫的过去。休斯的诗闪着寒光，很多时候仿佛来自远古，来自英格兰鸿蒙初辟的黎明。

它有超凡入圣的气势，无远弗届的力量，如日出般不知疲倦的慈悲。它是装着旧车胎的卡德蒙，它是早晨冰冷的拖拉机。它把我们摇醒，我们想读懂它，虽然这很费劲。冰冷的书页上风起云涌，凉爽宜人的真实感扑面而来。我们应该珍视它，无论用什么方式，但最自然的还是像英国人对待气候那样，向它表达一份艰难的爱。

它的每个字都像露珠一样虔诚，像羊粪一样真挚。休斯就是这么看待它的，所以祝福他的眼睛吧。

---

① 威廉·朗格兰（William Langland，约 1332—1386），英国中世纪传奇诗人，代表作《农夫皮尔斯》。

拿来电报线，一片荒僻的原野，

把它们合在一起。耳朵里便活了。

荒原上村镇和村镇彼此低语……

不单是眼睛，还要祝福他的耳朵，凝神谛听，随时关注这个世界。

(1989 年)

鳄鱼公子：莱斯·默里[①]

当蛮族逼近首都时，他们吹着牛角号、毛发蓬乱。他们不仅带来了行囊，同时也一并摧毁了帝国的语言。他们带来了营妓，也带来了吟游诗人。然而，这些诗人之所以可憎，倒不是因为他们提升了部落方言的地位（这是诗人的本职），而是因为他们能大段朗诵帝国的文学，且熟稔得如数家珍；他们对文学兴趣浓厚甚至于酷爱，经常令文明人为之汗颜。他们手执长矛，骑着骆驼，越过沙漠的边缘，但同时也带来了粗鄙的语汇，像锅碗瓢盆似的发出刺耳的杂音。因此，守城者便将诗人奉为上宾，在他们毛茸茸的肩头披上学究的绶带。守城者叹服于他们的学识，也陶醉在他们的小舌音里。然而，庙堂并未因此遭难，城郭终究得以保全，因为蛮族同样懂得餐桌礼仪，也着实盼望回归家园。

让修长而粗犷、锥子般密集的字母，让六韵步诗节伴着隆隆的闷响，崛起在偏远的内地，朝向英语的首都，于是，你便能体会莱斯·默里的诗，体会它粗犷的力度、韵致与质重，如同电影《疯狂麦克

---

① 原文刊载于《新共和》（*The New Republic*），1989年2月6日。莱斯·默里（Les Murray，1938—），澳大利亚诗人，代表作《大教堂》《白昼的月光》。

斯》里的一幕。这些诗在纸上震动，如自制引擎般留下车辙。这些诗摇摇晃晃，很不稳定。它们就像怪异却很实用的新发明，普通人尽可围观，但真能操作的却只有默里本人。

你可以就叫他莱斯。我保证他一定不会介意。尽管才刚跟你认识，可能关系仍很生疏，但蛮族还是习惯从第二句话就开始直呼其名。蛮族的这一风俗让首都的人感觉颇不自在。而今天，这也仍然是我们区分美国人和英国人的一个办法。这样的郑重其事，这样有礼貌的示好，策略上与点头、握手并无不同，也许和独立战争有些渊源。澳大利亚人肯定因此对美国人有了更多好感。或许，蛮族真的应付不了第三人称。谁也不知道为什么。或许，这与空间感有关；据说越是地广人稀，用语就越简短，像是水手、牛仔、拓荒者喜欢用单音节词，就是很好的例证。似乎也因此，默里便当仁不让成了替澳洲荒原代言的诗人，一种鳄鱼公子式的人物。然而，真正令人欣喜的是，在这个国家印行的两部默里诗集，《白话共和国》和《白昼的月光》，却表现出相当大的广度与亲和力，与传说中简洁的拓荒者的语言相比，它似乎有些絮叨，尽管两者用了同样的声调，表达了同样的真实。

拒绝将历史看作高贵而中性的东西，把它视为一片可以穿着卡其短裤轻松走过的废墟，耸耸肩接纳历史，避用第三人称，这才是更真实的莱斯·默里。实际上，他的确写过一首有关短裤的诗，名叫《永远穿短裤之梦》，诗有些长，结尾是这样的：

……沉思着走过
翠绿的林间，穿过草深的树丛
走向平静的海面
仔细眺望那美丽的岛
还有更远处的热带。

当然，这不代表你就能拥抱诗人，或者拥抱他的想象，因为默里块头很大，智识更是广博。我想说的是，你能瞬间融入他的诗，就像读吉卜林那样（故去的作家就不劳我多介绍了）。默里的诗有历史的广度，而其学识又是那么渊博。所有蛮族都有历史的传承，但默里却首先展现了广阔的视野。他邀请你进入白话共和国，但绝不是举起啤酒杯，热情地吼一声“澳洲欢迎你”。相反，他邀请你的灵魂感受世界的任何一个地方，从悉尼到罗马的废墟，视野之宽广就如同地平线，如同惠特曼的《草叶集》。

草的语言是白话的共和国，白昼的月光（自相矛盾的现象）因为执着而有力，因为漠视数字时间而欣喜。灵魂、爱、仁慈，在默里眼中并非文字，他也并非以牧师的激情相信其存在。它们是自然的造物，有注定的命运，自在自为。《白昼的月光》是用来荣耀上帝的。古往今来，给万能的上帝写生日贺卡的诗人并不多。狄兰·托马斯出《诗集》时这么做过，再往前很可能是古代的一名僧侣，并且还不是苦行僧，而是云游四方的托钵僧，方济各会的修士。默里的这些诗虔敬深沉，奔放而快活，同时又如话家常般亲切，这在当今英语诗坛是绝无仅有的：

> 我们每年都来这盛产稻米、煤油、
> 与世无争的纬度地区游玩……
>
> ……
> 在雨季遥远的南端
> 一个让人心烦意乱的季节。
> 像一朵纸花，木槿
> 枯黄、凋落，我们每年

都会忘，就像忘记病痛。
沉闷的日子永远不会再来，
这并非因为看见部门的美女
和雨中的人们穿起了毛衣，夜里
凉爽的回廊里一条发酵的面包。

——《潮湿的回忆》

又或者：

……留神听弗洛伊德的黑海滩；他们在寻找一个几英里宽、
形似脓包的圆顶石屋，纯天然，深处的圣保罗教堂。
地震检波器上有许多错误的数字，但它开车载我们走过
一段路。每台机器都充满了爱，都有一个正确的答案。

——《戴坠饰的宇航员的机器画像》

活力与能量是有区别的。活力可以是举重若轻的想象力，而能量则是让物体悬浮在空中的魔法。吉卜林活力充沛，而霍普金斯则拥有磅礴的能量。诗人，即便是叶芝这样的大诗人，一旦试图将活力上升为能量，他的作品里就会出现“噪音”。（叶芝自己就说过：“与人争吵，增长辩才；与己争吵，尔后有诗。”）正是活力让《德意志号沉船记》的很多部分听来那么嘈杂，那么不像他霍普金斯写的宗教十四行。简单地说，活力与能量的区别就是艾米莉·狄金森与沃尔特·惠特曼的区别。狄金森能量巨大，是故可以写得狭隘；相比之下，惠特曼的劝诫太热情、太卖力，反而让人觉得累。这就像野营辅导员拼命

催你，让你去看看古老的印第安湖泊，而你早就累得走不动了。这时候你宁愿坐着，琢磨狄金森笔下的那些虫子和麻雀。反过来说，在这喃喃自语、旁白诉苦的时代，高能的泰德·休斯被误认为是“噪音”诗人，这也是原因之一。噪音是赞美的一种属性。“普天下当向耶和华欢呼。”[①]然而，当代诗歌却羞怯地只顾关注自己，默然地乱踢粪堆，它已扭过脸去，不再敬畏上帝。

*

比尔博姆[②]画过一幅很有名的漫画：惠特曼在前面诱使一只北美秃鹰展翅高飞，身后的维多利亚女王绷着脸，露出怀疑的神色。现在，莱斯·默里在澳大利亚文坛也必须冒这个险。但他知道，想要成为现代澳洲的诗人，歌颂它广袤的疆土与囚徒的历史，必然会产生噪音，一种充满爱国精神的快速振动。然而，他的颂歌却是饱含宗教力量的，具有恒久的宗教性，且不会伤害到我们，因为他做的事如此平凡，如此通俗，却又天经地义，叫旁人绝不敢肆意评论，而诗也因此变得神圣。

领略过沙漠的人都知道水的好处。今天我们拧开龙头，水哗啦啦就来了，可是，正因为司空见惯，其神圣的一面却被削弱了。假如默里的诗喷涌而出，我们该为此庆幸，因为那不是石油在喷射，也不是欢快、激动的絮叨，那是荒漠里以杖击石、导引甘泉的妙事[③]，那是不可遏止的力量：

---

① 原文引自《旧约圣经·诗篇》第100首。

② 麦克斯·比尔博姆（Max Beerbohm，1872—1956），英国作家、漫画家，著有《倾国倾城》。

③ 典出《旧约圣经·民数记》第20章。

梦环绕、充盈着这个世界。它不是附属物。
我们从梦里来；我们与梦和谐共存；最后，
经过令人昏沉的刑讯，我们又回到梦里去。

我们有鳃，能在脑中过梦的生活；鳃必须
保持潮湿，九天九夜，否则梦会强行显现。
要么躲在浅浅的噩梦里，要么予以否定，
　这样，它们或许就不会靠近……

——《梦的方言》

默里原本可以轻松点，选择过隐居的生活，在这次大陆上找一片热情的荒原，远离机器与堕落的文明，在神话中挖掘素材，演好一个白种土著的角色，以此博取人们的掌声。不过，默里的诗也歌颂技术，当然，并不是把它看作奇迹，而是将其视为人性发展的一部分，功能性的次要部分。这些诗赞美机器，但不像惠特曼《致冬天的一个火车头》那样，只是站在远处，欣赏它的线条，赞叹它的力量，把它当作一件陈列的展品。相反，他把机器看作活物，我们进入并使用的活物。俄国革命早期的表现主义诗歌也歌颂机器，这和拉斐尔前派并无不同。用琥珀色滤镜将对象理想化，使之熠熠生辉，显得既柔和又强烈。在这里，活力与能量又一次被混淆了。吉卜林在诗中表现出对机器的热情（譬如《麦克安德鲁的赞美诗》），是有其政治意图的。在这点上，它和奥尼尔的《毛猿》属于同一个层次。在《毛猿》中，身穿油布衣、脸上有神圣污点的工人要高于他负责保护的阶级。而默里则不同，他很愿意做个火车司机，并且乐在其中:

汽车开进了唯一平坦的那条路
从叮叮当当的造船厂旁边经过。
里面，他们正在办土著常办的
鲸鱼宴，搭起架子又铺好木板；
沿着杰克·罗伯逊农庄的周边，
蓝色木麻黄树里冒起引擎的烟，
河面变宽，不断地变宽，河水

拍打着后备箱，沃克斯豪尔车，
精致的黄铜，带凹槽的引擎罩，
鸣笛用的圆球，好用的控制杆，
高高的皮椅上镶嵌着钻石纽扣，
抽屉柜的挡风玻璃在远处忽闪：
英国的樱桃红金属点缀着深黄，
它不用转动车轮也能周游四方。

——《北方河流的联盟风格》

当然，默里的诗并不都这么沉静而克制。如果说有时其节律变成了活塞式的颂歌，那大抵与诗的篇幅与形制有关。而他的另一些诗则是那么恣肆、张扬，争强好胜，极富侵略性。因此，你若要穿越这片辽阔的疆域，就最好学会他的语言，熟悉他的口音：

努沃·杰克老兄啊，我的腿都瘫痪了。
房间里轻飘飘的黑煤灰在打旋
　某个善良的人

像第一次坐升降车下到很深的矿井

自由降落时总会觉得反胃……

——《给获胜者的信》

要说用词，其实也并无不同。斜体部分摘引自一封信件，其余则全是英语，而且不见得有多少澳大利亚的特色。整句诗节奏急促，加上紧凑的半双关和压尾韵，这些就像诗艺的焰火，接连不断地爆发。可以想象，若不是默里自己的声音，谁也掌握不好这分寸。但凡有成就的诗人，都是用自己的声音在创作，到最后，甚至要借助于个人的口音、变调和语气，尽管这样有时会显得太粗蛮。

然而，创造语气和模仿语气还是有分别的，因为模仿只会造成差异甚至冷漠，就像一场我们不愿接受的挑战。一旦推至反抗的顶点，这势必会激怒或吓坏首都语言的捍卫者：他们很愿意将澳大利亚方言纳入英语的体系，但却无意重复同样的曲调。门必定会打开，语言必定会扩张，甚至超越帝国的地理疆界。不过，旧时行省、保护国与自治领的语言必须提防另一种傲慢，一种白话的或崇高的复仇，又或者说得轻一点，要提防某种挑战。只有大诗人才会被戏仿；默里习惯于自嘲，想必这正是其成就的一项标志吧。

默里的语气是白话的，但用词并不是。他还没像惠特曼那样，发明出一套贯穿始终的格律，可以像《旧约》里的诗一样随意改编，而且这格律必须要有所传承，并且有预言性。惠特曼在其绵长的诗句里，为我们展现了一道新的地平线。他宣告一种新形式、新维度已然在一个新的国家诞生；他像开疆拓土的前辈那样，在诗歌领域里勤奋地挖掘。然而，他的诗虽然看似开阔，但其核心却隐含了一种狭隘的说教激情，在其热烈的鼓吹中预设了某种必然性；他向美国的诗人宣告，这是发现因此也是创作的不二法门。

惠特曼的传人一直延续着这种口吻，说教的口吻，展现出不同于能量的无限活力。纵观美国的现代诗学，有太多人在兜售这一理论，吵吵嚷嚷，就像是一座现代化的美国城市：这是唯一的格律，这是美国人的呼吸方式，这是变化丰富的音步。你可以驻足观看大诗人为你全程示范，从庞德、威廉斯一直到金斯堡、邓肯①和奥本②。他们怂恿旁观的年轻人也来尝试，然后便放手，在一旁摇头，感叹有些惠特曼的弟子是多么吵闹。

我之所以说这段题外话，并非要攻击那些无聊且多变的小册子。这些小册子被强塞进某些古老的文化，而在惠特曼眼里，这些文化就像超额支付的账款，正是他号召弟子们尽力消除的。夹在吉卜林和惠特曼中间，困惑是难免的。你既要无视吉卜林挽歌中的帝国日落，又不可执迷于新大陆（类似于美国的澳大利亚）的神谕性日出。你不能宣扬所谓的“澳洲音步”；途径诗学的集市，面对大呼小叫的卖家，你要充耳不闻。换句话说，默里必须等待一束光照亮他的心扉，照亮他的诗卷；这束光穿过爱国主义和罪咎的棱镜，照样纯净透亮，不受污染。而且，这必须是普通的光：太阳光，澳大利亚的日光。

诗集《白话共和国》和《白昼的月光》闪耀着这样一束光，一束平凡的强光，几近于刺眼的强光。默里不是写哀歌的诗人，虽然他一样能信手拈来。相反，他发明了一种新句法，能够消化生铁，吐出花瓣。可以这么说，他和本·琼森一样，骨子里都是罗马人，学问根底扎实，境界远高于集市里的那些贩夫走卒。曾几何时，人们站在远处，对蛮族心生佩服，因为他们身上有些很独特的东西——粗犷的气质、充沛的活力、热烈的激

① 罗伯特·邓肯（Robert Duncan，1919—1988），美国黑山派诗人，代表作《根与枝》。

② 乔治·奥本（George Oppen，1908—1984），美国客体派诗人，代表作《离散序列》。

情——这些都是帝国的公子与宦官所缺乏的。于是，凭借这些特质，蛮族得以代表首都，名为“文学”的首都，无耻地向上帝叫嚣。在这片叫嚣声中，你一定会听到有人喝令默里放低音量。殊不知，默里一再强调，赞美是他公开的职责。这位诗人自己也受到过赞美，可令其崇拜者惊讶的是，他更愿回到家，穿上卡其短裤，写一首这样的诗：

> 瘫坐真是不分阶级。约翰·克里斯托弗·弗雷德里克·默里
> 在邻居家用树枝和油布铺成的最好的床上睡着了，
> 但他没有呕吐：
> 卡卢姆从不瘫坐，他喝醉了，在家的走廊里，
> 重新发明了花彩。倒是比阿特丽斯·迈尔斯
> 像之前说的那样，坐上出租车走了一千两百里路，
> 没有下流的挑逗，没有撞上动物，没有超速行驶，
> 靠的是两条马尾和朗读莎翁十四行诗所得的收入。
> 这是我的国家的一种形象。但愿它越走越远。
>
> ——《瘫坐的质量》

又或者这样的诗：

> 那些山是古代的石雕神像
> 它们才刚开始成为文学。
>
> ——《面向亚洲的沿海涝原》

(1989 年)

走过的路：罗伯特·弗罗斯特[①]

那一天狂风大作，年轻的皇帝即将登基。这是一个国家最隆重、最煊赫的时刻：它已经从合众国壮大为帝国，成为首屈一指的世界强国，眼界不再局限于拓荒者的那一套价值观。而这样的盛典，还有谁比罗伯特·弗罗斯特更合适呢？他专门为此创作了一首诗，可那天风太大，阳光太刺眼，没办法朗读。于是，他念了一首很多人耳熟能详的旧诗，兴许还是背诵的。

在我们属于这土地前她已属于我们。
在我们成为她的人民之前，她属于我们
已有一百多年。[②]

---

① 原文刊载于《罗伯特·弗罗斯特纪念文集》(*Homage to Robert Frost*, Farrar, Strauss and Giroux, 1996)。

② 原文引自《彻底奉献》(*The Gift Outright*)。除特别注明，本文的弗罗斯特诗歌汉译均引自《弗罗斯特集：诗全集、散文和戏剧作品》(上、下)，曹明伦译，辽宁教育出版社 2002 年版。

正是这份对国家命运的笃定激励了唐托[1]，让他决心追随独行侠。没有蓄奴制，没有对印第安土著的殖民，一个剥夺然后拥有的过程，可是，命运要求的强占却并未发生。选这首诗更多是为了自辩，而非前瞻。也许，换成一首纳瓦霍[2]的颂歌会更合适：和惠特曼的壁毯相比，弗罗斯特的“我们”没那么鲜艳，但却质地紧密，地方色彩也较浓郁，像摩西奶奶[3]的画，像柯里尔与艾夫斯[4]的复制图，黑白分明，纯粹的新英格兰风格。

此刻，白发在老诗人的头顶晃动。他像一只濒危的珍禽，和面色红润的参议员一样，已经成为合众国的象征。他一边要压住被吹乱的头发，一边要压住手里的诗稿。所以，最后他没有献上祝词，而是朗诵了一首悲歌。“在我们属于这土地前她已属于我们”，这首诗也许根本没有别的名字。一来，诗人年事已高；二来，他整个的精神与生涯，如同晚年的托马斯·哈代，已经凝为一种冰冷的智慧。

*

罗伯特·弗罗斯特：美国价值观的偶像，木材烟的气味，晶莹的露珠，农舍外的粪肥，风趣、朴实的伯伯。

为什么最受崇拜的爱国主义偶像不是父亲，而是伯伯？因为伯伯比父亲更有智慧。他们诙谐幽默，他们懂得保持距离，他们单身，他

---

① 唐托（Tonto），印第安土著，美国早期西部传说中的人物。他是独行侠（Lone Ranger）的助手，两人到处惩奸除恶，行侠仗义。

② 纳瓦霍（Navajo），美国最大的印第安人部落。

③ 摩西奶奶（Grandma Moses），本名安娜·摩西（Anna M. R. Moses，1860—1961），美国民间艺术家，78岁高龄才开始学画。

④ 柯里尔与艾夫斯（Currier and Ives），美国早期的平版印刷公司，尤以翻印美术作品著称。

们不相信花言巧语。弗罗斯特很爱扮演伯伯的角色：他沉醉于自己沙哑而迷人的嗓音，伪装的冷静与质朴，对所有陌生人（即读者）的怀疑态度。嗓音就像天气，只有受到邀请，你才能靠近。请看 1949 年出版的《弗罗斯特诗全集》，卷首的这几行诗不像邀请，而更像是警告。

> 我要出去清理牧场的泉源，
> 我只是想耙去水中的枯叶，
> （也许我会等到水变清洌）
> 我不会去太久——你也来吧。[①]

仅以这卷首诗而言，就有几处很突兀、很暧昧的地方。为什么说"也许我会"？这并非不得已的凑韵，而是因为一个事实：浑水变清需要很长时间，换句话说，诗人等不及了，他想接着写下一行。（请注意，此处的括号很像某种容器、堤岸或脉管，其作用是防止被搅动的泉水溢出来。）末尾一句，"你也来吧"，这是邀请，还是命令？说话人是认真的吗？这的确是弗罗斯特的口气，不容置疑却又模棱两可，绝妙的反讽家。

弗罗斯特是个专横的诗人，没有民主精神。他不会大声发出邀请，而只会揶揄或者保持缄默。这句诗和它流露的口吻与惠特曼截然不同，后者是民主诗人，他会敞开臂膀，敞开大门，诚邀所有人参与。在弗罗斯特的舞台上，人们沉默寡言，站在各自固定的位置。他们不像惠特曼笔下的铁匠、车匠，照着职业轮番登场，一看就知道是集体的成员。相反，他们被围困、被威胁，所以言行谨慎而克制，一

① 原文引自《牧场》(*The Pasture*)。

如诗本身的格律。

在“美国文库”版的《罗伯特·弗罗斯特：诗文剧作集》里，很多此前未发表过的诗作都不值一提。当然，说是不值一提，那也是和我们熟知的弗罗斯特相比，和他那些最好的作品相比。实际上，这些诗既不会给他增光添彩，也不会有损他的声誉。可是，这类诗的数量还真不少。和所有名人一样，弗罗斯特的每个细节都会被学界收藏。为此，他不得不面对某些尴尬的事情，譬如这首 1890 年的早期作品：

> 马飞快跑到他身边，
> 它高高扬起马鬃，
> 它撞碎了西班牙人的刀。
> 利昂应声扑倒在地。

还有这首：

> 我年轻时曾住在一条山谷里，
> 　在多雾并彻夜有声的沼泽旁。
> 所以我熟悉那些美丽的少女……①

从华兹华斯风格的用词（“Upon each grove and mead”），到对田园传统的推崇与反思，弗罗斯特一直在变，但却万变不离其宗。早期的济慈跟在弥尔顿身后亦步亦趋，而他同样坚守着自然诗人的职责。起初，什么都是模模糊糊的；然后，和约翰·克莱尔的诗一样，薄雾散

① 原文引自《在一个山谷里》（*In a Vale*）。

去，树叶、石头被放大到纤毫毕见，就如同阵雨过后的草丛。我们拼命摇盒子，想在废石中找到宝贝，于是便发现了《家谱》《米德尔斯顿凶杀案》，还有这首稳定度接近中期水平的少作（约 1890 年代）：

我所以在树的包围下
还能轻松自如，那是
因为它们残酷的争斗
远低于我的社会阶级
所以我无法感同身受，
也不会害怕受其影响。

以及早期模仿哈代的作品：

但肯定有被苔藓覆盖的名字
刻在屋外矮树丛下那些墓碑。[①]

*

就技巧乃至语气而言，《少年的心愿》的作者不能算是新英格兰诗人。他更像个英国人，被放逐的乔治王时代的诗人，在诗的弹性、布局和立意等方面均已技艺娴熟。编排的巧妙，感情的到位，处处显示他想成为大师的迹象。艾略特曾不知羞耻地突袭拉弗格[②]。同样，

① 原文引自《荒屋》(*Ghost House*)。

② 拉弗格（Jules Laforgue，1860—1887），法国象征主义诗人，自由诗体的创始人之一。

弗罗斯特也躲在黑暗的树林里，偷偷地跟踪哈代，脚步不紧不慢，始终保持着距离，直到最后走上自己的道路，和哈代、和英国田园派分道扬镳，然后阔步向前。这种走在大路上快乐前行的意气，在 W. H. 戴维斯[①]、惠特曼的作品里，在弗罗斯特《泥泞时节的两个流浪工》里体现得尤为明显。

1912 年，弗罗斯特三十八岁。为了专心写作，他携家带口离开波士顿，前往英国。弗罗斯特将其首部诗集《少年的心愿》投给英国出版商戴维 · 纳特[②]，结果稿子被录用了。当时，他还住在白金汉郡的乡下别墅。后来，在伦敦哈罗德 · 门罗[③]的“诗歌书店”，他认识了诗人 F. S. 弗林特[④]，后者又将他介绍给埃兹拉 · 庞德。庞德对《少年的心愿》评价甚高，因为他虽然极力宣扬世界大同，呼吁熔铸古典、“创造新诗”，但和弗罗斯特一样，同时也是个注重地域色彩的白话诗人。想必，弗罗斯特身上浓郁的美国味，一如艾略特纯正的韵调，在他内心激起了澎湃的爱国热情。他嘲笑虚矫的现代派。相反，弗罗斯特的率真与活力，让他看到了古典焕发新生的希望：弗罗斯特将口语的声调提升到了一个新的高度；他不是简单地套用方言词汇，而是用耳朵认真倾听，用眼睛发现新意。（庞德在海明威身上发现了同样的特质。）叶芝也对庞德说，《少年的心愿》是“很长一段时间内写得最好的美国诗”。果然，这一断言至今都还未被打破。

---

① W. H. 戴维斯（W. H. Davies，1871—1940），英国诗人，曾长期在英美两国流浪。

② 戴维 · 纳特（David Nutt，? —1863），英国出版家，以出版外国书籍为特色。

③ 哈罗德 · 门罗（Harold Munro，1879—1932），英国诗人，“诗歌书店”的创立者。包括弗罗斯特在内的多名诗人都曾应邀入住店内。

④ 弗兰克 · 弗林特（Frank S. Flint，1885—1960），英国意象派诗人，代表作《星网》。

正是在英国，在与弗林特、T. E. 休姆[①]的讨论中，弗罗斯特才终于明确了自己的方向，也就是“在有规则的音节节拍中，充分利用重音的不规则性，制造有意义的声音”。可是，没想到庞德的鼓励——毋宁说是他的圣谕——居然变成了战争的导火索。弗罗斯特称他为“准友人”，还在文章中提道：“他说我得写些自由诗，否则就再也不搭理我，让我自生自灭。嘿，居然威胁起我来了。”他担心庞德对《波士顿以北》给予的好评会将自己描述为庞德“美国文学难民营”的一员。(多年后，两人早已形同陌路，但弗罗斯特仍请愿要求释放庞德，尽管他十分反感把“博林根奖”[②]颁赠给后者。而庞德也不得不承认，弗罗斯特的诗自有其丰富的句式，属于严格规制下的 *vers libre*[③]。)

*

早期的弗罗斯特似乎能娴熟地使用重音。他以出其不意的括号，暂时被遗忘的动词——“就连割倒垄垄干草……惊动一条绿莹莹的蛇”，跃动的音节中顿，像踩着垫脚石一般，轻松规避了惯常的格律模式。

因凡事超过真实便显得不正常，
就连割倒垄垄干草的诚挚的爱

① T. E. 休姆（Thomas E. Hulme，1883—1917），英国诗人、评论家，被誉为“意象派之父”。

② 博林根奖（Bollingen Prize），耶鲁大学设立的诗歌奖，每两年颁发一次。1949年，当时仍在狱中的庞德以《诗章》一书获此殊荣。

③ 法语，意为“自由诗”。

也并非没有割掉些娇嫩的花穗，
并非没有惊动一条绿莹莹的蛇。[①]

然而，戏剧诗的对话却也因此受到节律的制约。而且很奇怪，这种节律往往比叙事部分更生硬。这或许是因为他把这些诗当作整个诗的一个元素，而非戏剧本身。在戏剧中，叙事总是让位于动作，而多种声音的存在也会强化人物间的声调对立。《雇工之死》这类作品属于诗，而非戏剧，其原因在于：人物与作者的声音是同一个，即弗罗斯特本人的声音；语调也是同一个，而且更近于怨叹和惋惜，而非声音的冲突，更像是流露的悲情，而非悲剧本身。诗中的人物都像在背诵弗罗斯特的作品，譬如《一百条衬衫领》的这一节：

“这是跑公事，但我不能说它无趣。
我最喜欢的是农场的位置各不相同，
有时候你钻出树林就突然看见一座，
有时要翻过一座山或转过一个弯道。
我喜欢春天看着人们走出屋子，
用耙清扫庭院，在房前屋后干活。”[②]

*

从维多利亚时期开始，戏剧诗开始出现某种削弱听觉效果的迹象。当时的诗人极力想通过五音步，通过延长空洞的军伍回声，来重

① 原文引自《割草》(*Mowing*)。
② 原文引自《一百条衬衫领》(*A Hundred Collars*)。

振伊丽莎白和詹姆斯一世时期的戏剧艺术。可问题是，这办法并不适合处理家常和普通题材，也没有吸收韦伯斯特与莎士比亚后期那些感情强烈的断裂式句法。同样拘谨的单声调也出现在维多利亚时期的史诗中。伊丽莎白时期的回声已成为高耸建筑的一部分，象征了追求崇高的决心和毅力。它再次将抒情性和戏剧性进行了区分，将诗歌从戏剧中分离出来，并把它重新送回书斋。而弗罗斯特则感到，新英格兰为他提供了一个绝妙的剧场。这剧场尚未有人探索，也不曾有人提及。它远离书斋，设立在自然环境中，既有说不尽的故事，又有形形色色的人物。

我们习惯用戏剧的眼光看待弗罗斯特的作品。剧中的主人公当然就是诗人自己：他嘲笑自己坎坷的人生，嘲笑自己十字路口的踟蹰。同时，这也是因为诗中出现的各种声音。这些是美国人的声音，但相比于他个人的思考，相比于其抒情白话的力量，还是不够细腻、丰富。读他的“假面剧”[①]是一项任务而非享受，起码对他的读者而言。你一直希望这是戏剧，而不是戏剧诗。辞藻变得越来越华丽：

> 没药树发出的。闻到树脂焦味吗？
> 希腊工匠们为阿历克塞皇帝设计
> 制作的装饰品……
> ……
> 你听，镀金彩釉的夜莺
> 正在歌唱。[②]

---

① 指《理性假面剧》（*A Masque of Reason*，1945）、《仁慈假面剧》（*A Masque of Mercy*，1947）。

② 原文引自《理性假面剧》（*A Masque of Reason*）。

有时，句子会很绕口：

你这个容易被吞噬的可怜的人哟！[①]

幽默会很别扭：

约伯：不过我现在很好，只是有些时候
还会隐隐约约地觉得风湿病疼痛。[②]

“粗俗”是庸众带来的礼物。举凡大诗剧家都有这份天赋，不论其所用的辞藻如何高尚。他们需要用“粗俗”从观众那里强行获得单一的反应。“粗俗”源自方言白话，源自口语而非书写文字，它以通俗、平庸的幽默与悲情为基础——说得难听些，就是成心想逗人发笑，而这也正是勃朗宁与莎士比亚的区别。弗罗斯特熟悉方言白话，也有自我戏剧化的天赋，他有能力创建一座受众广泛的剧场。然而，虽然很风趣，也很有亲和力，但他却是个很注重隐私的诗人。

我们读弗罗斯特的诗，想象文字后面的声音，发现只是一个人的白话，可听着却那么像对话。白话容易僵化，变成单声部，这或许是因为戏剧诗（果真存在真正出色的戏剧诗吗？）和散文诗、“假面剧”一样，都有些驴脾气。假面剧的对立性来源于措辞的音高；它不是演给人看的，而是说给人听的。弗罗斯特的戏剧对话是一个人的絮叨。叶芝最初写剧的时候，也和弗罗斯特一样，恪守五音步的要求。不过，后来在《炼狱》中，他终于毅然摆脱了这一束缚，并且大获成功。他借鉴酒

① 原文引自《仁慈假面剧》(*A Masque of Mercy*)。
② 原文引自《理性假面剧》(*A Masque of Reason*)。

肆、街巷的俗语，短促、朴素的用词，直到像詹姆士一世时期的剧作家那样，将抒情和戏剧融为一体。而在弗罗斯特的诗歌剧场中，人物的措辞庄严华贵，这和他们的口音几乎是自相矛盾的。这倒不是什么背叛或失败，而是气质的问题。弗罗斯特深沉、隐秘的气质并不符合戏剧。

*

然而，只要比较一下《少年的心愿》和《波士顿以北》，你就会发现弗罗斯特的听觉在此期间发生了不可思议的突变，尽管这突变并未打破作诗的常规。他用美语写作，却不激烈挑战传统。他蹑手蹑脚，在五音步的边缘写着自由诗、音节诗。套用那句名言，他在打网球，可你却看不见球网。在嬉笑怒骂中，他的音节中顿便已滑过表面，滑过了貌似传统的格律。

> 有一种不喜欢墙的东西……[①]
> (*Something there is that doesn't love a wall*…)

在视觉和听觉上，这句似乎是这样的：

> 有/一种/不喜欢/墙/的东西……
> (*Some* / *thing* / *there is* / *that doesn't* / *love* / *a wall*…)

这绝对是当时英语的读法，乔治王时代的读法。可是美语不一样。就用词而言，戏仿是发音的基础，这里只有一个中顿：

---

① 原文引自《补墙》(*Mending Wall*)。

有一种/不喜欢墙的东西……

(*Something there is / that doesn't love a wall*…)

诗行的后半部分读音含糊，或许还有省音，这对美国诗歌来说是里程碑式的突破，其意义不亚于威廉斯、卡明斯所做的实验。它抽离音节划分的主轴，造成了急剧却又独特的变化，因为这首先是弗罗斯特个人的声音，在韵律上，它首先具有地方性，其次是共通性，最后才是美国性。其实，叶芝的诗也历经过同样的巨变，可是，弗罗斯特的变化更惊人。叶芝为了增强句子的驱动力，为了“所谓修辞的争吵”，为了鼓动政治激情，将五音步压缩为八个音节，而弗罗斯特则是在五音步的限制内实现了颠覆。换句话说，他没有把音节弄得像威廉斯那样讥诮、讽刺，也不像卡明斯那样眼花缭乱，更不像斯蒂文斯那样肃穆而矜持。

*

一旦这自信落实到手上，灌注在声音里，弗罗斯特的眼前便只剩下一条路，那就是追求一个“大”字，不是野心的宏大，而是使命的重大。

金色的树林中有两条岔路，
可惜我不能沿着两条路行走；
我久久地站在……[1]

① 原文引自《未走之路》(*The Road Not Taken*)。

这几句是我凭记忆写下来的，而这也正是对诗歌的最高致敬。只要努力一下，我应该还能默写出弗罗斯特的其他几首诗。就记诵而言（通常不只是几行、几节，而是整篇），弗罗斯特和叶芝，因其作品的格律和布局，堪称本世纪最流行的诗人。

如何打破固定的吟咏习惯，这是美国人面临的一大任务。叶芝可以借鉴悠久的历史，轻松过关，而弗罗斯特则必须孤军奋战。对这孤绝的处境，他的很多诗都有过生动的描述。他不是物欲横流的社会里落寞的诗人；这形象太过浪漫。他是美国人心目中的拓荒者、发明家、补锅匠。(假如五音步并无缺损，那又何必修补？）这些人了解社会的合理需求，包括诗歌的实用性，诗歌的日常职能，商业与艺术的融合，木匠活与诗律的协调，“大路之歌”。惠特曼的流浪生活很潇洒，也许甚至有些不羁，而弗罗斯特则哪里都不去，他在石墙边、果树下割草；他眼中的合众国是蓝烟缭绕的山峦，是贺拉斯憧憬的田园。

静悄悄的树林边只有一种声音，
那是我的长柄镰在对大地低吟。[①]

在格律诗当中，张力会产生记忆，即边界两端间那条紧绷的线。和诗节及其呼吸空间一样，诗的外形也会造成这种张力，也会在诗节间仔细权衡。诗节的结构会让读者产生期待；借助和弦、省音和中顿，语言的音乐能提供悦耳的享受，以此证实期待的满足，并带来额外的惊喜。那是无比美妙的愉悦，像狄金森笔下那束“斜阳”，用近似韵说出和谐却又暧昧的话。可是，弗罗斯特很少用这技巧。他用的

---

① 原文引自《割草》(*Mowing*)。

韵很工整、不突兀；真正让人感到愉悦的是韵里包含的思想、观点或者他所谓的“理性”。他诗里的那种张力别具一格：来自平凡的事物，带着悦耳的讥讽。

如今我上了年纪老师们却年轻。
不堪铸造锻制者势必出现裂痕。
对冷铆热焊之功课我奋勉勤快。
今天我进学校向后生学习未来。[1]

《波士顿以北》中有独白也有叙述，有固定景观里的对话，有《仆人们的仆人》里那种对疯狂隐隐的恐惧，有《雇工之死》里的贫乏，有《蓝浆果》里的黑色幽默，有《家庭墓地》里的早夭，还有最优秀的《恐惧》。可是，机械的对话、顽固的道德、困顿的生活、揪心的悲剧，这些也会让人厌烦。于是，文字里便流露出某种尖酸、刻薄、怨恨的东西，像残余的冬季土壤护根膜，喋喋不休，直到你听得心烦意乱。这是个残酷的道德环境，会产生许多阁楼怪物和女巫猎人。

它偏执的骄矜会吓坏局外人，但也许这正是北方人的性格，传说中的坚毅和冷峻，一如南方人的热情和散漫。（试比较弗罗斯特与福克纳的不同。）在《山间低地》中，春天溪水的温热与明净，像往常一样，清楚地浇淋在石头般冷硬的名词上。或者说，如同暮归的牛群，它们正走向牲口棚，走向敞开的选集大门——《泥泞时节的两个流浪工》[2]《一个老人的冬夜》《灶头鸟》《白桦树》——主人拍打着牛

① 原文引自《五十至言》（*What Fifty Said*）。

② 此处作者记忆有误，《泥泞时节的两个流浪工》出自诗集《山外有山》，而非《山间低地》。

的胯部，让它们在草香四溢的牛棚里好好沉思。

在有些方面，弗罗斯特算是惠特曼的传人：他也爱用放大镜观察身边的寻常物，也爱像“安静、耐心的蜘蛛”那样写作；他身上也有清教徒的气质，平凡、踏实，像一幅荷兰室内画，像一束“斜阳”，而后者也是他的另一位前辈狄金森的喜好。这同一束斜阳要求诗人像荷兰大画家画厨房那样，用想象来赞美并记录下倾斜的景物，而弗罗斯特的结构感与平衡感则恰好与此相符。此外，“斜阳”也象征了诗歌框架内不规则的格律。在这框架内，斜射的光线会让人物主体静下来，忘却自我，陷入沉思。

秋天即将来临，随之而来的还有弗罗斯特的诗。他的诗不像史蒂文斯的滑稽戏那么绚烂，但初秋与晚秋时节，诗行然后是字眼会带着踌躇的颜色纷纷坠落，在诗的根柢上聚成一堆。“荒废的唱诗席”①，“十一月的访客”②，皆是萧瑟的秋心。这一点忧郁若非遭遇想象的抵抗，很容易变成顾影自怜。弗罗斯特在爱德华·托马斯的内心发现了这种忧郁。两人在英国相遇，从此托马斯成了他的榜样，他的灵感来源。他听到了真正寂静的悲哀，一种冥想的力量就在托马斯的非韵文里，不是借助抒情寻求精神的释放，而是用它继续更加无情的拷问。他在托马斯身上领略到另一种优雅，侠义而坚定的风度，质朴而卓绝的勇气。这份天赋只要稍加润饰，就能变成美妙的诗律。

然而，托马斯并非弗罗斯特的学徒，弗罗斯特也不会鼓励他鹦鹉学舌。这个英国人不会变成他的传声筒，因为他们的口音不同，而口音往往决定了格律。弗罗斯特的口音比较接近乔治王时代的田园诗人，而托马斯则学不会弗罗斯特的白话。两者的差异看似细微，但其

---

① 原文引自莎士比亚十四行诗第 73 首。

② 弗罗斯特的诗作，也叫《深秋来客》(*My November Guest*)。

实相当深刻。此外，两人还有各自的姿态与性情：弗罗斯特自信、好斗，一不顺心就容易急躁，而托马斯则很爱抱怨，心里总有挥不去的忧愁；弗罗斯特爱用格言警句，对什么都兴致勃勃，而托马斯则预感国家即将日落西山，于是便像拉金那样生起“英国将逝”的哀叹。热泪刺痛了托马斯的心；他有太多困惑，太多精神和句法上的踌躇。爱德华·托马斯的纯诗能够留存下来，这得归功于弗罗斯特，归功于他的慷慨无私。

弗罗斯特用的韵（“手”/“喉”[①]）都很平常，甚至有些俗气，这让人很惊讶。同样让人惊讶的是，他居然有勇气、有胆量把两枚旧铜钱磨得锃亮。殊不知，如此率性而为是有危险的，就像当年华兹华斯创作《抒情歌谣集》，同样也冒了很大的风险。弗罗斯特在诗艺上的大胆探索，正是基于这如履薄冰的悸动，而目睹他微笑着获得成功，也是我们莫大的乐趣。大诗人运用近似韵或半韵，比如狄金森、威尔弗雷德·欧文[②]，就像悄悄地放焰火，会把人吓得不知所措。而弗罗斯特的功力则在于他的巧。他能轻松处理好词尾，镇定得犹如一阵风、一道波浪；他能不动声色，将韵脚融入大自然，融入诗与气候。

*

美国人偏爱平凡却避世的圣哲，希望他们不要有任何情欲或妄想，能够冷眼看待物质的进步，而且姿态越高越受尊崇，譬如狄金

① 即《灶头鸟》（*The Oven Bird*）的首句：“有一位人人都听过其歌声的歌手，/它爱在仲夏时的树林中亮开歌喉。”

② 威尔弗雷德·欧文（Wilfred Owen，1893—1918），英国诗人，以其战争诗著称，代表作《为国捐躯》《青春挽歌》。

森、杰弗斯、弗罗斯特、霍珀[①]。在我们的印象中，弗罗斯特总是坐在乡村小店里，围着铁炉子，不停地削木头。他像个老于世故的名人，又或者粗俗的政客，小心扮演着美国版的贺拉斯，睥睨天下，恃才傲物。而他的诗句则像是卷曲的刨花，干脆而精到。有时，这智慧也会狭隘到令人恼怒。弗罗斯特和另一位圣哲鲁滨逊·杰弗斯正好相反。他们都是叔伯型的隐士，都爱户外活动，而狄金森却总是深居简出，来往于客厅与教堂之间。弗罗斯特的家临近大西洋，杰弗斯整天面对着太平洋。两人都是“饱经沧桑”的硬汉，一个与海豹、浪花为伍，一个与鹿群、飞鸟作伴。他们如同两座巍峨的石像，可细看之下，那凝固成经典的身姿里竟也有裂纹，那交错的魅影中竟也藏着叛逆。

杰弗斯的长句像起伏不定的波浪，本身就已道尽了一切真相。那节律储满了能量，拍打着、撼动着牢不可破的海岸，有时还裹挟着垃圾。很显然，它是想借助狂浪与讥笑，而非轻微的愠怒，努力和雄鹰占据的高地、宁静壮丽的海岸拉开距离。这几乎就是一种地老天荒，像诗律所称颂的礁岸那样。用词是索福克勒斯的风格，只是没那么郑重与繁复。所有大诗人都爱用白话制造幽默，可是，在这里它却荡然无存。杰弗斯的诗缺乏生猛的特质，甚至不沾一点土气，而这恰恰是但丁、莎士比亚和弗罗斯特的长处。杰弗斯的用词很高大，声调很庄严，他以为这和恢宏的海岸线很相配，可结果却胎死腹中。不过，我们现在都把石像上的裂纹当做悲剧的瑕疵，而非一般的错误。

---

① 爱德华·霍珀（Edward Hopper，1882—1967），美国画家，代表作《夜鹰》《加油站》。

*

再说回弗罗斯特。我们用贺卡上的打油诗就能戏仿他。他的诗就是个圈套：慢慢把跟唱的你出卖给智慧，然后一把抓住你，抓住你的手。当然，弗罗斯特说得没这么狠："诗始于愉悦，终于智慧。"而其间经历的困顿、纠结与痛苦，整个路程的中间部分，他却只字不提。

我想我知道这树林是谁的。
不过主人的家宅远在村里，
他不会看见我在这儿停歇
观赏这片冰雪覆盖的林子。

想必我的小马会暗自纳闷：
怎么未见农舍就停步不前，
在这树林与冰冻的湖之间，
在一年中最最黑暗的夜晚。

小马轻轻抖摇颈上的缰铃，
仿佛是想问主人是否弄错。
林中万籁俱寂，了无回声，
只有柔风轻拂，雪花飘落。

这树林真美，迷蒙而幽深，
但我还有好多诺言要履行，

安歇前还须走漫长的路程，

安歇前还须走漫长的路程。①

现在我们知道，就连这首诗都不能轻信。“我想我知道这树林是谁的。”既然知道，为何还迟疑？到了这行诗的末尾，他果然猜中了。可是，不，这句话的重点并非树林的归属问题，也不是树林主人的真实姓名。真正的重点是恐惧，惧怕给树林命名，惧怕拟人的异教邪说，又或者惧怕占有者（树林主人与诗人）的傲慢。

一般认为，诗的第二行是为押韵而硬凑的一句。其中的“不过”很具有美国的地域特色，因此常被人称道。但其实，这是一句大胆又多余的插话，而且并不出声。“不过主人的家宅远在村里。”为什么在村里？为什么不住在树林里？他在怕什么？怕占有，怕林中世界的黑暗，怕远离光明的世界，熟悉又安全的世界。这首令人毛骨悚然的诗说，他很幸运，而我却要待在这漆黑的夜里，直到雪花模糊了视线，小马冻得直摇缰绳，问我为什么停下脚步。可以说，这里的每一句说教都让人不寒而栗，因此，这其实是一首很黑暗的诗。

*

“美国文库”版的弗罗斯特书信选，材料可谓相当丰富。但是，信件内容总体比较谨慎，有时甚至欲言又止。不过，其中有一封写给莱斯莉·弗罗斯特·弗朗西斯②的信（1934）倒是颇为重要。在信里，弗罗斯特谈到了诗歌技巧的冲突问题，其中就有那句“不挂球网

---

① 原文引自《雪夜在林边停留》（*Stopping by Woods on a Snowy Evening*）。

② 莱斯莉·弗罗斯特·弗朗西斯（Lesley Frost Francis，1899—1983），弗罗斯特的次女。

打网球”的名言。然而，不可避免地，我们也读到了这样的文字：

> 我听说，前段时间他们挑了些黑人吹捧她（格特鲁德·斯泰因[①]），因为黑人不像白人，他们不太需要知道自己在说什么。这件事可以见报，因为本身并无恶意。

在诗人的家信中读到这番话，该作何反应呢？像在路上见了大粪那样绕着走？耸耸肩一笑了之？还是谴责诗人和那个时代，但并不感到深受侮辱，因为美国人说话不就这样？我们不会去家信中挖掘隐私，以此证明这是种族主义。这是个危险的时代，任何团体都有权申诉，有权控诉亡者、控诉历史，有权索赔。所以，弗罗斯特是种族主义者，这发现应该不会太突然，也不会多劲爆。相反，对一名新英格兰的白种诗人来说，这简直太正常了。不过，这些话还是会产生持续的效应。今后，至少一段时间内，读者对弗罗斯特的喜爱会受到影响。而这只能怪该文集选编得太全面、太不隐晦。于是，我们将视线从书本移开，眼神变得茫然，这时便会想到《神曲·炼狱篇》的结语：“那一天，我们再也读不下去了。”

可是，我们必须读下去，特别是美国大作家的作品。我们必须读得更远，跟随白鲸，越过新英格兰密集的村庄与港口，越过鱼叉尖顶的教堂，迎向一个更广阔、更惊心动魄的空间，迎向风起云涌的海洋，超越地域、历史与种族，超越亚美利加，超越病态、狭隘的反犹观念，超越弗罗斯特的地域偏见，迎向一个唯有天才才能够描绘的王国。我们必须跟随莫比·迪克，那头棱角分明的白色巨鲸。当合众国

---

① 格特鲁德·斯泰因（Gertrude Stein，1874—1946），美国现代派女作家，代表作《软纽扣》。

在漩涡中沉沦的时候，它会承载起合众国所有的罪恶。而梅尔维尔-以实玛利，海难的唯一幸存者，将会是一名诗人，尽管梅尔维尔笃信种族的优势。现在，合众国的巴别塔内，其他种族、其他运动也被允许使用曾经统治和定义过它们的语言。那既然如此，一切是否都要照新的秩序加以修正？弗罗斯特反讽、诙谐的语气是否就不再适用？回答是否定的，因为假如新秩序也推行排外政策，也认同复仇美学，那它就会重蹈旧秩序的覆辙。

*

庞德的诗不能给庞德脱罪，同样，弗罗斯特家信中的只言片语也不能成为他永久的罪名。一个人可以抱怨，可以愤恨，但还是得继续向前。诗歌本身就是一座王国，它对谁都不会宽恕。弗罗斯特的诗并无任何罪过。相反，他有太多诗值得我们感谢，太多的好诗，以至于诗人、传记、“洋基人的坚韧”这一象征都可以忽略，因为诗祝福的并不是诗人，而是读者。一首好诗展现的是一种慈悲，它不分种族、不分性别、不分古今。这本书[①]不仅囊括了一个人的一生，它还充满了各种祝福，叫读者禁不住把它拿起来，继续往下读。

我们浏览大诗人的生平，难免会发现一些黑暗的真相，眼前的文字会因此而模糊，之前的印象会因此而动摇。这时我们会迟疑，会揪住一件旧事不放，以此来验证诗的内容。然而，这样解读一首诗和一个人是错误的。我们知道，弗罗斯特曾经整晚在沼泽中穿行，后来还把这经历写成了几首有关自然之恐怖的诗。我们知道，他小时候有很严重的胃痉挛，知道他父亲是个酒鬼，知道《早防，早防》这首诗

① 指“美国文库”版《罗伯特·弗罗斯特：诗文剧作集》(1995)。

（“有多少巨星名流背时倒运，/叫你没法不怀疑气数会尽”）肯定和他对贫穷的恐惧有关。弗罗斯特父亲的葬礼结束后，母亲兜里只剩下八块钱，所以一家人被迫移居东部，从太平洋沿岸搬到大西洋沿岸，搬到马萨诸塞州的劳伦斯，而弗罗斯特也从此归化成一个洋基佬。然而，诗与日志毕竟不是一回事。这些诗是对生活的提炼。诗不遵循线性的时间；不管反抗还是投降，它都是时间的敌人；真正的诗是时间的征服者，而非它的仆人。

备极尊荣的弗罗斯特害怕变成凝固的纪念碑，他用说教式的冷幽默抵抗这一趋势。可是，他仍旧无法躲开人们的追捧；自贬和揶揄已经变成行为甚至忧郁的一部分。“弹一曲忧郁的秋天吧”，读者这么要求他。观众围着讲台后白发苍苍的诗人，像秋叶般呼喊着，也不管声调多么恐怖。博士学位、普利策奖、参议院的集体祝寿（75 岁生日），荣誉如雪片般飞来。他在《白桦树》中写道：

> 我真想离开这人世一小段时间，
> 然后再回到这里重新开始生活。
> 但愿命运别存心误解我的意思，
> 只成全我心愿的一半，把我攫去
> 而不送回。

他越来越像一棵弯曲的白桦，斑驳的树皮，嘶哑的低语。然后，他果真离开了。1963 年，88 岁的弗罗斯特与世长辞。从此，他变成了某种象征，在美国诗人当中唯有惠特曼能与之媲美。脸上的麻点、红润的双颊、满头的白发，这形象早在几十年前就已深入人心。这是美国人心目中理想的长者，无论在公众场合还是私下，无论在城市还是乡村，都是那么慈祥、那么值得信赖。可是，诗人并没有走，他还留下了这部权威又实用的“美国文库”版文集。在这部编校严谨、内容丰富的文集中，主编理查德·波里尔[①]、马克·理查森[②]为我们呈现了一个经典的弗罗斯特（除演讲、随笔、故事以外，还收录了上乘的虚构性文字）。他们清新的编撰方式让铅字有了呼吸的空间，同时也再现了那个很容易被戏仿的声音，轻快、慧黠却又目的明确。

> 然后就是一排可见树干的大树，
> 大树后面只见层层叠翠的树梢，
> 葱茏林海中悬崖峭壁时隐时现。
> 一条干涸的冲沟从山脚树林
> 伸进牧场。[③]

爱妻亡故，儿子自杀，这些伤痛在弗罗斯特的诗中结成了疤，但却没有破坏诗的节律：没有把它变成不受制约的咆哮，因为制约带来伤痛所需的规训；也没有把它碎裂成晦涩而充满忿恨的字句。或许，正是这份从容，这贯穿一生的从容，为他招来了冷酷无情的骂名。而他之所以看似冷酷，并非因为他只在乎诗，只拥有诗，而是因为他能将诗限制在一定框架内，像一扇挡风遮雨的门，又像一盏古老的灯火，帮他抵挡更为恶劣的天气，抵挡那撼动灵魂的黑色狂风。

(1996 年)

---

① 理查德·波里尔（Richard Poirier，1925—2009），美国文学评论家，“美国文库”的主编。

② 马克·理查森（Mark Richardson），西密歇根大学英语系助教。

③ 原文引自《山》（*The Mountain*）。

给夏穆瓦佐的一封信[1]

一

我们认识那条路，环绕着湛蓝的海港，那艘美轮美奂的游艇，那些储油槽，认识你笔下那座凋敝的小渔村，掩映在一棵巨大、凄凉的榕树下，认识那些棚屋，那些弯弯曲曲的小巷、枯萎凋零的树木。这条路带我们进入地狱般悲惨而拥塞的拓居地——得克萨科、康韦、拉巴斯。我们认识住在村里的人，能分辨那些巧妙却伤人的绰号。我们有自己的艾琳，你书中的那个猎鲨人；有自己的提契里克，那个辞藻华丽的 *belle-lettriste*[2]。我们当然认识玛丽-索菲·拉博里厄[3]；她是我

---

① 原文刊载于《纽约书评》(*The New York Review of Books*)，1997 年 8 月 14 日。帕特里克·夏穆瓦佐 (Patrick Chamoiseau，1953—)，出生于马提尼克的法国作家，曾获 1992 年龚古尔文学奖，代表作《梦魔的后代》《得克萨科》。

② 法语，意为“美文家”。

③ 玛丽-索菲·拉博里厄 (Marie-Sophie Laborieux)，夏穆瓦佐小说《得克萨科》的叙述者，主人公埃斯特农之女。年幼时痛失双亲，以卖鱼为生，后移居得克萨科，成为当地社区的领袖。

们的多语种小说之母。我们认识他父亲埃斯特农①、索诺尔、玛丽-克莱芒丝，甚至那个憔悴、纤瘦的基督，那个被乱石打死的市政规划特使。我们能认识这些人，仍然是根据他们的争吵与咒骂。

从干季灼热的小径到雨季的泥潭，从硬纸板、茅草、包装箱到发烫的瓦楞屋顶，这个叫“得克萨科”的地方一直遵循着自己的模式，奴役、反抗、独立的三幕剧。

我也认识你，夏穆瓦佐。你是那顽童中的一个，气呼呼地在沙滩上奔跑，向芒果树扔石头，在马疯木并不可靠的树荫下用石头砸开干杏仁。正因为这份喜悦，《得克萨科》里的文字才会如此鲜活。在村里人家的窗户间，在句子中，走路请格外小心。

他们是你的后代，夏穆瓦佐，这些扭打在一起的黑人小孩，把咸咸的海水泼溅到彼此的眼里，他们湿润的皮肤在炫目的储气罐下闪闪发光。

*

夏穆瓦佐的人物不只是一个个名字，他们也是活生生的人。他们的行为源自复杂的感知而非动作。我们很自然地在此栖居，他们的愤怒像暴雨般在山谷里呼啸，他们对侮辱像野草和百叶窗一样敏感。

评论文章太正式，我怕应付不来，所以才决定写信，浮夸但却满怀感激。用这种形式，我可以任性、简略，可以沉浸在你所谓“朦胧”的同时性当中。如同你的风格，可以多用形容词，少用名词，端看诉说者是什么姿态，而用的则是克里奥尔语的节奏。这是你我从小

---

① 埃斯特农（Esternome），小说《得克萨科》的主人公，出生于黑奴种植园，原为家仆，后因搭救主人有功而获自由。

就已熟悉的。夜晚的乡间，煤油灯和蟋蟀的鸣叫。

乡村是怀旧与田园的所在。陪伴我们成长的东西，有些至今还在。拓居地一如你纯真、芬芳的小说里的样子：中心城镇周围的垃圾越堆越高，通常都漫过了枯竭的河床，有的还延伸到了海岬上。然而，棚户人家的客厅却异常整洁，珍贵的面包果树与李树下，院子也都打扫得一干二净，而园子的四周则围起了旧轮胎、海螺壳做的护栏。你在小说里带着嘤嘤的苦痛描写过这些，笔端饱蘸了爱意，这是我在其他加勒比小说里不曾读到过的。哦，夏穆瓦佐，忠诚的赤子，你为我们偿还了宿债!

我要把你的书塞进每个西印度群岛人的手里，像一件遗失的传家宝，即使那人目不识丁。完成这个仪式后，我会跑遍各个集市，向大遮阳伞下的摊贩宣传；我会经过废弃的喷泉，举手示意路上的车辆全部停驶；我会走进出售褪色账簿和碎粉笔的黑漆漆的零售商店，劝告人们："你得读读这本书。这是你的书！现在，他来找你了！"

它的文字像 *mangue*[①]，像那明净的浅湖，湖边是一片红树林，湖面上蜻蜓飞掠而过。因为连着一条河，湖水始终都很新鲜。像垃圾堆一样，它来者不拒，从生锈的夜壶一直到被水渍污染的《圣经》。

这蚁冢般的地方名叫"得克萨科"。这里有大批苟延残喘的厂矿企业，他们随意找来一堆材料，铺设通往建筑物的路面，最后，又在那里建起牢固的喷泉，铺好了地板。可是，尽管情况这么糟——如同范恩在《苍生》里描绘的情景——夏穆瓦佐并没有像马克思主义者那样审视这片拓居地，把它当做人民遭受种族主义和剥削的政治标本。而且，不同于《愤怒的葡萄》，该书的节奏本质上并不属于纪录性质。夏穆瓦佐曾在一份克里奥尔宣言中提出过倡议，呼吁缔造新的加

① 法语，意为"芒果"。

勒比文学。得克萨科正是这项倡议的巨大体现，只不过，它并未经过任何辩论，也没有像福楼拜那样保持着第三人称的距离。夏穆瓦佐不反驳前辈的观点；前辈就在他的法语里，甚至连他的译文都受了影响。伟大的幽灵在他的声音里，其中有一个来自另一座蚁冢，巴黎，被波德莱尔“克里奥尔化”的巴黎：

涌动的城市，充满梦想的城市，

幽灵在大白天就来拉扯路人！

二

一名公务员，市政规划师，在造访得克萨科的拓居地期间被人用石头砸死了。他既代表了“城市”，附近的岛上权力中心，也代表了再临的基督。那石头仿佛被扔进了湖水，激荡起一圈又一圈惊惶的波澜，引发了一轮又一轮作证与抗辩。于是，暧昧便由此而生。市政规划师是否已经变成资本主义的代理人？他是否在为银亮的储气罐效劳时，背叛了自己人，是否从救世主变成了犹大？在犹大的眼里，“新耶路撒冷”是否并不包括这些已如结痂般牢牢扎根在这块原始的土地上的棚屋？这拓居地和那些储气罐同名。它像攻城的军队一样，把储气罐围得水泄不通。实际上，它的确和储气罐形成了势不两立的对峙。

这些银色的储气罐是基督的新天使与新盔甲，如此，得克萨科才能立足于所谓人间天堂的边缘，获得经济上的好处，获得保护与进步。可是，这些没有眼睛的圆桶天使和那健谈、随性的荒原就像是一对天敌。而且，荒原本身也在转变为城市，曾经否决的规划正在变成它的未来。关于这位派往城市的基督，小说的叙述者是这么说的："他将以市议会的名义来这里改造得克萨科。用句行话来说，就是要把这里推倒重建。"

被石头砸死的基督俯卧在地上。围观的居民以为他肯定死了，所以都在讨论怎么把尸体处理干净，别留下一丝痕迹。不料，这时地上的人竟叹了口气，起死回生了。"这时，卡罗琳娜·丹塔飞奔而去，口中呼号着：'哦！天呐！他又活过来啦……（咸鱼翻身……）'"于是，他被送到玛丽-索菲·拉博里厄，也就是"这地方的祖先和缔造者"的棚屋里。正是这个女人讲述了她和祖先的那些往事，尤其是她父亲，曾经身为奴隶的埃斯特农的经历。年迈的她娓娓道来，而负责记录的则是那田间的画眉，Oiseau de Champs。不用说，她是所有加勒比传说的源头、根本和神谕，一棵作家栖息和聆听的大树。作家把树叶的沙沙声翻译成明快的旋律，属于自己的旋律，于是，笔端便会传出小鸟的啁啾。她的目光锐利却很慈祥：

> *Ainsi, moi-même Marie-Sophie Laborieux, malgré l'eau de mes larmes, j'ai toujours vu le monde dessous la bonne lumière.*

> 因此，我玛丽-索菲·拉博里厄，尽管泪流成河，却总能看到世间的美好。

虽然"泪流成河"这比喻有些夸张、矫情，但译文的基调还是如实反映了原文的面貌。

*

玛丽-索菲·拉博里厄有个笔记本，其中记录的史实已经成为作家创作取材的宝库。书记鸟在本子里保留了启示的浓浓诗意，将非洲女巫和圣·琼-佩斯融为一体。

Au bord des rivières, le sable de volcan est déjà du bon sable. Mais sable du bord de mer est alourdi de sel et travaillé de fer. Alors, je le laissais à l'embellie des pluies jusqu'à la bonne couleur.

河边的火山沙已经是很好的沙子。但海边的沙子盐分高，富含铁质。因此，我以前总是让雨水把沙子淋个够，直到它变成我想要的颜色。

——玛丽-索菲·拉博里厄的笔记（第四辑）

Nos compagnons ces hautes trombes en voyage, clepsydres enmarche sur la terre…et les averses solennelles, d'unne substance merveilleuse, tissées de poudres et d'insectes, qui poursuivaient nos peuples dans les sables comme l'impôt de capitation.

我们的伙伴，这些行进中高大的喷水嘴，驰骋于地表的漏壶，还有用火药与昆虫合成、质地优良的庄重的雨，像人头税一样，在沙滩上追逐着我们的人。

——圣·琼-佩斯《远征》（T. S. 艾略特　译）

在南方，玛丽-索菲，石灰岩供给我砂浆。在海边，我烤贝壳、烤珊瑚虫的附着基，学加勒比人的样子，造就出所有混凝土的妈妈。

——玛丽-索菲·拉博里厄的笔记（第四辑）

“所有混凝土的妈妈”是极具克里奥尔特色的说法。

……所以我盘桓在你梦想的城市；在荒凉的集市上，我用我的灵魂建立了纯粹的贸易，在隐蔽又显著的你们中间，犹如狂风里一团火红的荆棘。

——圣·琼-佩斯《远征》（T. S. 艾略特　译）

在佩斯的长诗《赞歌》与《克鲁索画像》中，存在着同样咒语般的回忆：在瓜德罗普岛上，一个安的列斯的孩子度过了条件优越的童年；在黑人作家看来，这是留给伯凯人①——他们的祖先是白人——的纪念品，“曾几何时……”。在小说《得克萨科》中，“*Noutéka*”这句咒语意即“*Nous tait ka*”——“我们曾经”——它回响起的哀鸣足

① 伯凯人（Béké），多居住于法属安的列斯地区，系早期欧洲（尤其是法国）殖民者的后裔。

以刺透人心。

当然，作为艾梅·塞泽尔创作的分水岭，长诗《回乡札记》里也有“所有混凝土的妈妈”。《得克萨科》酷似《尤利西斯》，是一首很长的散文诗。它以沉思的独白吞噬了叙事虚构的框架，同时，欣然并满怀感激地将塞泽尔的诗当做创作的源头。塞泽尔本人也出现在该书中，成为一名活跃的公众人物；而私底下，他却深居简出，很少与人交往。他在诗中所念的咒语唤醒了岛上的黎明，“清晨即将逝去”，这和夏穆瓦佐的“我们曾经”有异曲同工之妙。“那时候”（佩斯在瓜德罗普），“清晨时分”（塞泽尔在马提尼克），“我们曾经”（夏穆瓦佐），把这三句卷首语串起来，便是一段哀伤的加勒比记忆，恰如蓝山的烟霞一般沉静：“那时候，旭日就要升起，我们便……”

*

《得克萨科》的“*Noutéka*”，“我们曾经”，是真实的历史，属于一个小地方自己的历史。它没有参照“世界的风云变幻”，而只是关乎树林茂密的小山，或者叫 *mornes*，关乎生锈的屋顶，晴朗的海湾，晒白的村寨，远离战争与帝国的兴替。

每座岛都被所谓“历史”的海的悲伤包围着。然而，在得克萨科记录的 *histoires*[①]，其演进的步伐与节奏，却和某种乐观的编年史无关；后者的轨迹总是从奴役到解放，从殖民到独立或争取独立。在得克萨科，这些事其实是同时发生的，它们只有一种时态、一种意义；永无止尽的苦难，习以为常的痛楚。时间的划分极其简单，就像海浪的单调起伏，或者干湿两季的更迭。笼屋的居民只活在一种时态里，

---

① 法语，意为“历史”。

即小说的“此时”。正是这单调的节奏，在小说摒弃线性法则与日历时，增加了它的神秘性：这是 *l'histoire*，不是大写的历史，而是故事、寓言、传闻，完全不受时刻、日期和地点的限制。《得克萨科》里发生的每件事都伴随着来自本土却富于神话意味的回响，只不过，这回响并非来自叙述者-小说家，来自那只书记鸟，而是源于传闻引起的骚动，源于自相矛盾的记忆，源于人物叨念的咒语。书中有一段写到流氓卡利多，说他娶了个

> 寡妇。她丈夫生前是共济会的，现在跟他的兄弟们合葬在拉马丁街，墓室里只放了一棵香蕉树的树干。事情是这么败露的：那棵树，也不知是谁浇的水、施的肥，竟然捅破棺材盖，从墓穴里长出枝条来，弄坏了白瓷砖和大理石墓碑，然后又长出三片大叶子，但却没有一点结果的迹象（这倒也好，否则，不知会结出什么可怕的果实来）。寡妇听了很纳闷，但没亲眼去瞧。每个月的一个晚上，共济会的兄弟们都会离开他们那名叫“蜂巢”的会馆，去把坟墓里的香蕉树砍掉，可是，一到月圆之夜，那树就又长出来了。一时间，这怪事传得沸沸扬扬。寡妇自觉很孤独，因为没人敢接近她，除了那个混血儿卡利多。卡利多最懂城里人那一套，很快就跟寡妇混熟了（我也是听说的）。寡妇腋下有含硫磺的花粉，他就从那儿采蜜。他解开寡妇的灰鞋带，脱下她的绿衬裙，掸去她头上的灰尘，和她逍遥快活起来，在一片香雾中，在赤裸裸的烛光下，干起了苟且之事。啊，很快，流言蜚语就传开了……

*

玛丽-索菲的记忆可追溯至奴隶时期。当时，有个逃亡的黑奴袭击了一名伯凯人，也就是她祖先埃斯特农的主人。埃斯特农挺身而出，救了主人一命，从此便恢复了自由身，不再为奴。之后，他结识了一个好色却很勤劳的木匠，白种人，红头发，名叫特奥多鲁斯·斯威特米特。从此，他便跟着木匠学艺，和一班获得自由的手艺人在岛上走街串巷。因为总受到逃亡黑奴的攻击，后来，埃斯特农搬到了圣皮埃尔[①]。在这里，他什么粗活都干，还常去找一个叫“小辣椒”（也有人叫“甜嘴儿”）的妓女奥塞莉亚。圣皮埃尔近郊有座火山，据说将来会喷发。但在这之前，天灾就已接连不断，可日子还得照样过。

> 伯凯人和法国白人去哪儿都坐马车，他们在餐厅顶楼吃大餐，在剧院或者教堂的台阶上走来走去，结果，乳白的石墙上只剩下破碎的人影。他们聚居在丰兹科拉区，周围是西班牙港口和埃克斯沃托教区，那里各种宗教都很发达……你会发现，他们在贝尔坦广场的酸豆树下欣赏日暮的景色，在阿涅丝喷泉旁聆听美妙的管弦乐。他们往鼻孔里滴碘酒，对着喷水的法螺目瞪口呆。

如同拿破仑时代的海地，黑白混血的穆拉托人与被解放的黑奴之间爆发了一场民间斗争。社会结构呈金字塔型，黑人农民在底

---

① 圣皮埃尔（Saint-Pierre），法属马提尼克岛港口城市。

层，混血的资产阶级居中，顶端则是白种人或伯凯人。纵观历史，这便是加勒比社会的种族结构；其中，有着两副面孔的穆拉托人不是被当作叛徒，就是被视为小丑。夏穆瓦佐也嘲笑过民歌里穆拉托女人的 *dou-dou-isme*（甜美）。海地和较小的法属岛屿上都有这样的女人，裹着古朴的披肩，包着方头巾，戴着镀金耳环。夏穆瓦佐认为，在穆拉托女性神话中，甜美和杀戮是并行不悖的。然而，这神话——有时通过夏穆瓦佐杜撰的“笔记”进行复述——却也包含了痛苦的复杂性。玛丽-索菲在笔记里说，埃斯特农习惯“根据肤色深浅”给每个人贴标签：

> 玛丽-索菲，你别信，这当然跟肤色有关，可举止风度也得考虑。举止好，有风度，他们就把你当做穆拉托人，所以说，有时穆拉托人根本就是黑人。可是，如果举止风度都不行，你哪怕有穆拉托人的肤色（白人也一样，也许更糟），人家还是瞧不起你。这事挺复杂，但关键在这里：最好的风度就是不要有奴隶的肤色。那什么是奴隶的肤色呢？究竟是什么颜色？反正不是我的肤色……法兰西，祖国母亲，万岁！
>
> ——玛丽-索菲·拉博里厄的笔记（第五辑），第七页，1965年，舍尔歇图书馆。

后来，斯威特米特，那个红头发的木匠师傅，染上梅毒死了。奥塞莉亚跟一个白种男人离开了海岛，埃斯特农整天借酒浇愁，等清醒过来，还是继续当他的木匠，而且在建造圣皮埃尔的过程中，他也出了一把力。然后，他再度坠入爱河，跟一个名叫尼农的黑奴女孩；在他眼里，尼农象征着追求自由的热情。可是，1902 年培雷火山[①]爆发，死了三万人，首府圣皮埃尔也因此化为焦土。

小说中描写火山喷发的段落推进得很慢，就像缓缓流淌的岩浆，而且还夹杂着恐惧的叫喊声、沉闷的爆炸声。这之后，人们便纷纷涌入法兰西堡，马提尼克第二大城市，在那里占用公地定居下来。玛丽-索菲的父母，伊多梅涅和埃斯特农，相继离世后，石油公司买下了这块地皮，于是棚屋越建越多，而且还取了个跟公司一样的名字。这过程历经了几个时代，即所谓的“板条箱时代”“石棉时代”“混凝土时代”。1989 年，玛丽-索菲，得克萨科的缔造者，正是死于“混凝土时代”。

三

我和夏穆瓦佐见面那一次，两人说的都是克里奥尔语。而我跟塞泽尔却没这么做，因为怕彼此没法交流，或者被对方嫌弃。我说克里奥尔语很笨拙，而且很谨慎，虽然不乏热情，但却错漏百出。圣卢西亚的克里奥尔语和马提尼克的不太一样，不单是口音，语调甚至用词也有差别。他们管番茄叫 *tomato*，而我们叫 *tomahto*，他们把面包果树叫做 *pain-bois*，而我们叫 *bois-pain*。这或许表明，按马提尼克的标准，圣卢西亚人说的是很蹩脚的方言。而在我们看来，马提尼克的克里奥尔语，像海地人说的一样，语调更偏向法语而非加勒比的本地话。不过，因为夏穆瓦佐在与别人共同起草的宣言中对此多有苛责，否则，这些区别想必也并不重要。

---

① 培雷火山（Morne Pelée），休眠火山，位于马提尼克岛最北端。

1989年，伽利玛出版社发行了《克里奥尔颂》的法文版，1993年又推出英法双语版。这份宣言的作者是让·贝尔纳贝①、帕特里克·夏穆瓦佐、拉斐尔·孔菲恩特②，译者是穆罕默德·B. 塔利布-哈尔。宣言中写道："加勒比文学尚未成型。我们仍处于前文学的状态中。"（真的吗？又是典型的法国式胡诌。我要是轻信了它，那我对《得克萨科》的这份热情必定会减退，可我并没有。）假如《得克萨科》仅仅是一本文字学的宣传册，或者是一项实验，用以证明克里奥尔法语的"朦胧性"，那我只要读一段就会对它失去兴趣。

对法兰西学院③的成员来说，对所剩无几的伯凯人及其在走廊上发怒的非法继承人来说——后者的肤色很浅，恐怕吃橘子都会中风，这份宣言恰恰代表了它所摒弃的一项传统：发表宣言的传统。但同时，它也疏远了塞泽尔。

> 塞泽尔怕被人视为非正统，本能地惧怕，所以经常强迫自己选用最纯粹、最标准的法国习语。然后，他又变本加厉，杜撰出一种很别扭的克里奥尔语。说他杜撰，那是因为他所希求的文学地位尚不存在……对我们而言，要捍卫克里奥尔的独特性，你就绝不能低头哈腰，仰人鼻息。

这份宣言似乎掉进了自己的陷阱，在信念与句法之间。它的辩词是经过斟酌的，含义微妙，且始终有自相矛盾之虞。那么，其所依凭

---

① 让·贝尔纳贝（Jean Bernabé，1942—2017），马提尼克作家、语言学家，克里奥尔运动的领袖人物。

② 拉斐尔·孔菲恩特（Raphaël Confiant，1951—），马提尼克作家，克里奥尔文学的倡导者。

③ 法兰西学院（French Academy），建立于1635年，由40名法国学者与作家组成，旨在保护法语的纯洁性。

的平台又是什么呢？宣言中论辩美学的节律，克里奥尔语也能表现；但尽管如此，它仍是学术性的，甚至是古典的。相反，克里奥尔语的特点则在于它对口语性的注重，而且必须是迂回、咒语式的口语。这是看不见却能够想象的姿态。这份宣言呼吁在讲台上多用口语，而对它想让我们理解的菜市场口语却只字不提。

宣言的修辞充满了自信，这一点实在太具有法国风格了。它一再强调自身的孤立，这和所有鼓吹新画派、新诗派的宣传册并无不同：它们在都会在某种环境中酝酿、爆发；一方面主动向大众招手，另一方面高涨的激情又让大众感觉很困惑。这份宣言是用法语写的，目的在于阐述、说明。这便是它的调性。不然，还能是什么？如果那么执着于是否纯正，干嘛不用克里奥尔语呢？在这份宣言中，我们听到的全是老一套，对纯真的渴望，对美好田园的向往，还有萤火虫的童话、被贬抑的贵族；换句话说，他们是健谈的土著口中的卢梭和高更。这一归纳的确过于简化，但很可能反映出英法两国的对立，两种殖民状态之间的对立，最重要的是，这正是小说《得克萨科》试图驳斥、颠覆乃至最终要战胜的。这小说根本不想辩论什么，但它却是在辩论中诞生的。

这篇宣言的主要目标里有这么一条：“*我们要创造一种文学，希望它扎根于口语的传统，同时又遵循现代写作的所有要求。*”

*

在我看来，翻译《得克萨科》要经历四重磨难。首先是法语原文，其次是克里奥尔语（我指的是用词，不是语气。小说的语气倒是前后连贯的，所以特别神奇），接着再翻译成英文，最后再翻译成以克里奥尔法语为基础的克里奥尔英语。由于时间仓促，译文中必定存在生硬与谬误之处。因为在加勒比地区，没有两种克里奥尔语是完全一样的——海地与圣卢西亚就有差别，所以“朦胧感”也就随之增加了。

比如 *gommier* 这个词，虽然翻译成“胶树”，但其实不仅代表树本身，它也可以指加勒比土著制作的独木舟。在表示胶树时，你能在单词里听见微风吹拂枝杪的声音。“杪”虽是个古字——“杪”和“胶”算是微弱的类韵，但用它的发音来形容加勒比独木舟的轻盈与修长，却是最贴切的。你听，独木舟剪开平静的水面，优哉游哉，荡起了蓝色的回响。可是，这只在克里奥尔语中才听得见，在圣卢西亚我们也管这叫 *patwa*（土话）。*Gommier maudit*，“该死的胶树”，让人很恼火，因为开的白花一直往下掉，纷纷扬扬，怎么都扫不干净。如今，最早诅咒它的人已经死了，可它却还在年复一年地花开花落。

*

英语译文的读者请放心，《得克萨科》的文字完全浸润在写作的快乐中，这是翻译无法取代的。这种克制的欣喜激励过不同的大家——乔伊斯、马尔克斯、海明威、梅尔维尔——同时又将他们联合在一起。或许，这快乐的名字就叫作“诗”。《得克萨科》的行文有些絮叨，因为它的口语性，因为克里奥尔语需要铺张的长句，这样它才能自问自答，并伴以各种手势。这是一种高度自觉的语言，对旋律、对停顿、对花饰；即使在悲剧中，它也会努力让你发笑。

在命运、历史和城市制定的规则中（城市代表都会的法律与智慧），它发现了反讽和愚昧，并始终为此感到困惑。于是，小说中的人物便被赋予了一道亦悲亦喜的光环，更准确地说，是一种无法定义的高度。它没有借鉴另一座群岛[1]睥睨神明的观念，没有模仿美狄亚、克吕泰墨斯特拉，也不听信女巫对反抗失败的预言，因为非洲的神祇都已失落。这里没有感情的净化，没有亚里士多德的戏剧弧度，它所描述的痛苦不属于个人，而属于整个民族，它没有独特性，却有拓居地的共性。这个部族在反抗与幸存中找到了自己的声音。

> 没人想到他会活下来：一旦被蛇咬，那你就等死吧。可是他，你猜怎么着，在某个休息天，他竟然又出现了。他来找一棵星苹果树，树上有二十只画眉在拼命地摇。

这句“你猜怎么着”说得掷地有声，表明说书人“格里奥”[2]，也就是作者本人，估计读者-听众会打断他。这正是宣言所推崇的“口语性”；在我看来，它的音调变化，它的絮叨啰嗦，还有那些“*moin*”和“*tendsça*”（即克里奥尔英语的“听好咯”“听见了吗？”“就说到这儿吧？”），一切都那么精准。这是承载部落记忆的容器发出的回声，而且不只是记忆，还包括创造发明，对普通事物的放大，灾难的稀松平常；这是小说的核心。说书人的插话逗人发笑，但同时也让人在笑声中起疑。因为这容器里装的东西太多、太杂，所以反倒让读者不容易轻信。这就好比我们儿时目睹的那些奇迹，甚至经历的那些痛苦，说书人-小说家的一个微笑，一次默认的点头，暗示你结局会更精彩，高潮还在后头。

---

① 指希腊。在古希腊悲剧中，蔑视神明的狂妄之人多以自我毁灭收场。

② 格里奥（Griot），职业说书人，也是民间诗人和乐师，神话传说和历史故事的记诵者，宗教和民俗仪式上的巫师和歌者。

其实，“你猜怎么着”这句旁白并不新鲜，算是说书人惯用的手法。但丁就经常这么用，比如在尤利西斯描述他如何死于海难时，“为了彼此方便”，两人居然说起了意大利语（而非古雅的拉丁语）。夏穆瓦佐没有在文本中密集地使用克里奥尔语的表达，以此增加小说的乡土气息。它的乡土气息来自文章本身，来自热腾腾的饭食，来自生脆的黄番薯，来自芋头、白薯、咸鳕鱼，来自树皮酿造的啤酒。我不是在读《得克萨科》，我是把它当食物给吃了。

四

对于马提尼克，对于法兰西堡狭窄的街道，甚至路面还算宽阔的乡村，我总觉得它们太紧密、太拥挤。感觉上，这就是宗主国欲望的延伸，尽管程度上有所克制。它们迫不及待地渴望发展，于是，便在现代混凝土与远古丛林间造成了啼笑皆非的对比。你能感觉到，在都市广告和俗艳的屋檐之间正进行着一场旷日持久的对谈（探讨、争论、诡辩）。它吸引了很多人，大家挤成一团，急切但又十分扭捏。而在得克萨科的拓居地，倔强的“反公民”们却在吵吵嚷嚷，一点顾虑都没有。一句话，这是两个敌对的群体。

无论是在西班牙港，还是在沸腾的法兰西堡，你都能感觉到移民的焦躁不安。但其实，这些人并非移民，因为理论上住在马提尼克的法国人不是移民，而是公民。因此，尽管马提尼克人是法国人，法兰西堡是法国的领土，然而，得克萨科的拓居地并不属于法国，同样，《得克萨科》也不是一部法国小说。这小说用的是土语，当地人说的克里奥尔语，用塞泽尔的话说，它与中心城市的集权毫不相关。

可是，小说并没有把其他马提尼克人排除在外。它有厅堂雅室，有香喷喷的大海绵，能够吸收过去，能够包容反抗的呐喊，也能接纳权威的说辞。于是，像正午艳阳下滚烫的路面，他们在宣言中继续写道：

> 现在，我们要给艾梅·塞泽尔洗脱罪名——这听来有些恋母情结的意味——证明他对克里奥尔语并无恶意。

*

我痛恨目前克里奥尔语的书写形式（正字法），虽然明知肯定拗不过，可还是怒不可遏。现在的克里奥尔语读音谫陋，字形粗糙，只限于表达下里巴人的愤怒，完全丧失了自身的细腻发音，也脱离了渊源颇深的法语根基（假如法语还能在前殖民地即法属海外省份[①]扎根的话）。克里奥尔的文字有生造的成分，因为非洲语言里助动词的用法存在着地区差异。很多时候，莫名其妙的字形变化恰恰证明了人为干预的存在。这样的例子不胜枚举，比如把 *de l'eau*（"水"）写成 *D'lo*。我们必须了解，在两种母语难分彼此的情况下，强行杜撰词源的做法只会产生虚假的语言谱系。

克里奥尔语源自法语。不管是否被强迫，非洲人在奴隶时代就开始说法语；对"克里奥尔学院"来说，这是很难接受的现实。现在，它要求有一套属于自己的文字系统，接下来，为进一步摆脱奴役和殖民的屈辱，它还将发明新的字母，新的象形文字，以便彻底铲除法语

① 目前，法国共有五大海外省份：圭亚那、瓜德罗普、马提尼克、留尼旺岛、马约特岛。

的影响。到最后，法兰西学院再怎么看不上，都将不再重要。

据说，克里奥尔（*Kweyol*）的文字——比如，为什么用 *k* 代替非腭化的重音 *c*——肩负着学术与政治的双重使命。可是，我个人并不认可这一点，因为它外形丑陋，发音不够细腻、优雅，完全不像我老家的方言。当然，克里奥尔（*Kweyol*）正字法最痛恨的就是所谓的优雅，他们将这斥之为假法语、自欺欺人的法语。

其实，克里奥尔语并不缺乏优雅。风度是法属诸岛引以为傲的东西，它早已成为人们的习惯，喝进口葡萄酒时如此，喝椰子水、基西拉苹果汁时也一样。可是，任何一门语言，但凡不只是哼哼唧唧，那就必须讲求规则，必须有句法、插入语和优雅之处。认为优雅等同于背叛，其目的在于欺骗群众，这是极为愚蠢而谵妄的想法。

*

这以后，塞泽尔便不再参与其事。他没有背叛马提尼克，向法国投诚，也没有背叛克里奥尔人，向法兰西学院屈服。他之所以这么做，是因为逐渐丧失了辩论的激情，因为很多细节表明这其中掺杂了太多种族因素，尽管克里奥尔人普遍表示抗议。《得克萨科》是克里奥尔语和法语正字法完美结合的胜利，同时，它也是塞泽尔无法想象的。谁比乔伊斯更懂爱尔兰？什么作品比《尤利西斯》更能反映爱尔兰？可是，有哪个真正的反叛者摒弃了优雅的英语？有谁另外发明了一套爱尔兰的英语拼写？没有。因为真正的反叛者早已超越了文字书写的鸡毛蒜皮。《尤利西斯》不但对爱尔兰有贡献，而且丰富了英语文学。《得克萨科》是又一部罕见的杰作，它是马提尼克岛的骄傲，也是（此处略停顿）法语文学的骄傲。

你在乔伊斯身上看不到丝毫殖民的痕迹。同样，夏穆瓦佐的天才也绝不会囿于任何一种观点。当然，这样的恭维听着很像是陷阱，不过，挥舞彩旗也的确是法国文化的一部分。从本质上说，法语最能包容不同的思想观念，而英语乃至克里奥尔语则能兼容各种意象和譬喻。观念的兼容并包有利于思辨的形成，它对弗朗兹·范恩，对黑人身份，对塞泽尔与夏穆瓦佐的思想都起到了作用。而意象的融合则完全是另一回事。

他从披棚拿来了船桨、燃料罐和引擎，把这些全倒在一辆独轮车上，然后沿着高速路干线，向他那条用塑料和胶树做的独木舟走去。他船上的那些货物都能享受区议会针对出口商品发放的补贴。

在路上，他看见了基督……

可是，艾琳一直昏昏沉沉的，约瑟夫心想，准是他刚捕回来的黑鲨不吉利，那眼珠子透着邪恶，信主的人谁也不敢吃……

只有她能听见（在一天中个别时段，当阳光照射海面，水中的盐粒闪烁不定的时候）海螺那令人不安的歌声，珊瑚浮出水面时的打嗝声，海藻低沉的嗡嗡声，就像是水中无人关注的喧哗。

《得克萨科》不是一部被理论遮蔽的作品。其界线相当清晰，也十分自然，宣言只是起到了催化作用，因为小说更多取材于自然、有机的生活，而非论辩或观念。它的段落起起伏伏，像岛上连绵的青山；它喃喃的叙述像清澈见底的溪水。字里行间闻得到木材燃烧的清香，密集的村镇散发出淡淡的焦味。放下书，抬起头，你能看到海岛上湛蓝的天空、硕大的云朵。书中的细节不是来自叙述者，而是来自集体的记忆：聚焦得克萨科拓居地的时代变迁，以此见证马提尼克从奴役走向革命的整个历史。

五

《得克萨科》没有故事情节，它只是把人物的命运紧密交织在一起，就像编一只草篮。小说横跨前后数百年，出场人物不计其数。

结构上，所有段落都以亚历山大格律诗[①]的形式出现。这是法国人发明的一种诗体。这类散文诗的韵律犹如咒语，呼吸拉得比较长，波德莱尔、兰波、克洛岱尔、佩斯、塞泽尔都很爱用，而弗朗西斯·蓬热[②]则将其推至极致。这种曲折的诗行能够容纳克里奥尔语的各种节奏，同时保持姿态不受影响。它没有用 *La marquise est sortie à cinq heures*（侯爵夫人五点钟出门）这样的格律，瓦莱里觉得这种格律简直不可思议。《得克萨科》模仿的不是福楼拜。小说循着记忆逐渐展开，每个段落都像是一首长诗，每个人物都加入了部落的合唱，按照同一个音调，像诵经般讲述着埃斯特农的伤心事——他的死，法兰西堡如何从第二大城变为首善之都，得克萨科如何在城外建起雉堞，如何抵御围攻。

---

① 亚历山大格律诗（alexandrine）的每一行由六个抑扬格音步组成，第三音步后有一中顿，将诗行分为前后两节。该诗体源自法国，盛行于17至19世纪的欧洲。

② 弗朗西斯·蓬热（Francis Ponge，1899—1988），法国诗人、散文家，代表作《雨》《蜗牛》。

那，该由什么鸟来讲述这一切呢？除了画眉，茫茫草原上还有谁更能胜任？这种鸟很少鸣叫，而且声音轻柔。它没有别的羽毛，只有光滑的黑皮肤。夏穆瓦佐，它的嘴像你手中的笔，轻捷，精准，绝无恶意。然后，因为要编“正史”，便有了时态的问题。

究竟是谁规定了评判这些海岛的时态？我们知道，有些人将过去划归了自己——教师、批评家、行政官员、法兰西学院、领事、县长、写讽刺文的文体家；还有那些赞美民族昌盛的人们，那些鸟类学家——他们把“夏穆-瓦佐”[①]（*Cham-Oiseau*，也叫 *champs*），马提尼克大草原上的一种鸟，归类为杂交的珍禽。

*

《得克萨科》的现译本（罗丝-马里亚姆·雷茹伊斯、瓦尔·维诺库罗夫合译）在处理口语方面还不够灵活，致使其中的克里奥尔语部分读来有些生硬，“口语性”也有所削弱。不过，所幸法语部分处理得不错，行文颇为流畅，且时有神来之笔。要知道，魔法是很难移译的，女巫的预言有时听着会很沉闷。可是，这本书却到处洋溢着欢乐。很显然，两位译者都乐在其中，并决心要把《得克萨科》当作礼物奉献给大家。

就这样，一部杰作诞生了，就在海峡彼岸，在我住处能看到的地方。有时，马提尼克岛淡蓝的侧影是那么清晰，你依稀能看见夏穆瓦佐的家——我猜应该是他的家吧。这本书感情细腻，贴近读者，它属于街头兜售T恤衫的小贩，属于浅滩上尖叫的孩子。这本书已经收录

---

① “夏穆-瓦佐”是对作家夏穆瓦佐（Chamoiseau）名字的拆解，意为“田间鸟”。

进我们的植物志，它像海边的刺槐一样为人熟知。这本书里有一座座墓碑，墓碑四周镶嵌着贝壳。这本书里能听见干季的地鸠咕咕叫。这本书里能听见山茱萸丛中的鸟鸣。田间鸟，马提尼克、圣卢西亚很常见的鸟类，它歌声婉转，心胸开阔。

（1997 年）

辑三

马提尼克咖啡馆：一则故事[①]

一

在我们这座岛对面，隔着湛蓝的海峡，有时能看到一团薄雾，那就是马提尼克。文明。法国葡萄酒。伤心恋人的路边咖啡馆。我去过那里，时间很短，目睹过意料中的情景，所以让他在“马提尼克咖啡馆”的遮阳篷下等我，蓝白红三色相间、圆齿状花边的遮阳篷。他脸色灰黄，鼻子很秀气，身姿挺拔却显出了老朽。

马提尼克就像约瑟芬皇后[②]，有个水一般金色的名字。撩人的民间音乐，比律舞曲[③]，马德拉斯头巾，绿色的酒瓶，瓶身上精美的盾形酒标，还有 *causer*，一种打手势交谈的艺术。在这里，喝酒像喝水一样。玫瑰红葡萄酒。不是酒店里黏乎乎的果子酒，那种插着伞签的

---

① 原文刊载于美国《家居与花园》（*House and Garden*）月刊，1985 年。

② 约瑟芬皇后（Empress Joséphine，1763—1814），拿破仑的首任妻子，出生于法属马提尼克岛。

③ 比律舞曲（beguine），一种流行于马提尼克等地区的音乐形式，节奏强劲，旋律舒缓。

混合饮料。港口吹来的风让人始终保持清醒。

这事已经过去很多年了。如今，只依稀记得法国宪兵穿着卡其短裤，戴着叫 *képis* 的硬圆帽；携带左轮手枪的白种法国人。那是我第一次见到殖民地的白人警察。我们这里的警察都是本地人，也就是说，全是黑人，而且不佩枪。也许我们没什么要保护的，而由首都派驻这里的宪兵，晒得发黑，腿又这么粗，他们却要守卫整个法兰西文明。守卫波德莱尔，守卫百加得朗姆酒；守卫兰波，守卫金博利朗姆酒[①]。在安的列斯，马提尼克素以文化深厚而著称，其声名远播，就如同香水和美酒，遍及整个加勒比地区。也因此，我以为这里的宪兵指挥交通时，一定是顶着日头、朗诵着龙萨[②]的诗篇。

咖啡馆兴旺的那些年，他就在这里开庭审案。一身黑西装，像蜘蛛似的坐在角落，编织着银色的网。他谈新文明，谈民间音乐，认为弗朗索瓦·维庸本质上是个克里奥尔人，认为欧洲文明之所以只剩下科学，难以为继，是因为它总把时间视为线性的事物。这时，听众会点头称是，也有个别胆大的会反驳。于是，他的脸便如斧刃般闪现出美丽的光芒，不过，他自己却想变得丑一点、狠一点，像伏尔泰那样。

港口是一片灰蓝色，山峦在他眼里升起铁青的薄雾。游船停泊在港湾里，棕榈树像铁锚一样生了锈。上帝的匆匆一瞥在热带铸成了所谓的历史，那以后，一些都不再改变。他遗憾地苦笑了一下，正是这张脸让他在这穷乡僻壤变得家喻户晓。

他再也不读报纸。他总是躲着阳光。他再也不写文章，因为这也是陷阱：孕育奢望的时间陷阱。而那张脸——张大的鄙夷的鼻孔，细

① 金博利朗姆酒（J. Bally rum），产自马提尼克的一种甘蔗朗姆酒，色泽金黄。

② 皮埃尔·德·龙萨（Pierre de Ronsard，1524—1585），法国抒情诗人，代表作《颂歌集》《致埃莱娜的十四行诗》。

窄的鼻梁，眼睛下面的污点——和阿尔托是那么相似。尽管戴着面具，他还是对种族表现出轻微但却坚决的厌恶。虽然也许有一张城市人的脸，但其中却掩藏了不为人知的混乱：混合着两种血液的血管纠结成一片雨林，褐黄的血液就像浑浊的河水，而他叫拉马丁的时候，还曾经赞美过这些河水。

那些来过这里的人，常把丛林里的溪流称为“河”，那是因为他们太高傲，或者懒得给新事物重新命名。外省的名字也都简短，而且和他们的名字同样浮夸。一座不起眼的绿色山丘被叫作“大山”。一条小溪被称为“河”。只通一条马路的地区偏要叫阿尔萨斯、布列塔尼[①]，可到底还是不成气候。只有假以时日（又是愚蠢的线性时间！），这些名字才开始像那么回事，正如他从前以为自己叫莫里斯。

那时候，他的尖酸可是宴会上的一道大菜，就像朗姆果子酒里少不了酸橙。他总是把刻薄话保存得很好，然后像苦味汁一样仔细浇淋在闲谈当中。他嘲讽的态度既令人畏惧，又让人趋之若鹜。一天晚上，博索莱伊夫人的沙龙里依然名流云集。晚饭后，有位姑娘倚着回廊里白色的柱子，一缕黑色的鬓发斜穿过太阳穴——这是当时流行的装扮。大家都期待他能一直聊下去，一直聊到天亮，直到所有人和天上的星星都累了。可她始终没有犯困，始终睁着眼睛，直到夜色渐渐退去，树叶开始露出清晰的轮廓。他滔滔不绝地说着，连屋外的青蛙和蟋蟀都停止了叫声。

晚风里露出一缕晨曦。

“很荣幸认识您。”她一直重复着同一句话。

可是，那天午后，他坐在咖啡馆的背阴处，棕榈树并不知道这一

---

① 阿尔萨斯（Alsace）、布列塔尼（Bretagne）均为法国历史文化悠久的地区。

切。炎热的某某街对面是枯萎的棕榈毛，他抬眼眺望，可思绪却已飘离了咖啡馆。他不动声色，预测到了每一个举动。那个叫莫里斯的躯体把小费放在桌上，旁边是一堆碟子。他在这里堆起了一座小金字塔，因为在巴黎的咖啡馆，聊天的长短一度是用碟子的高低来衡量的。就这样，他坐着一动不动，而莫里斯却已离开，严格按照预测的时间，像生物钟一样。

可以说，他就像个固定物，一个怎么也猜不透的谜。路人在远处打量他，仿佛瞻仰狮身人面像。他坐着的时候，舌头在口腔里探查，恰似蛇穿行在废墟当中。德尔斐的蝰蛇。可是因为顶得太用力，一颗钙化的牙齿脱落了，原来竟是一块珊瑚。于是，他把那颗牙卷在舌尖上，然后用手指取出，小心地放到碟子里。喏，这就是历史。我们衡量整个时代，用的就是这些小东西，而不是爱。他没戴眼镜，所以眼前的棕榈树显得很模糊，一颗纽扣鼓胀了起来。这些比一本书更能穿透人心，就像在这里，在这张白色的铁桌边，他写着一封长长的信，把自己的心掏出一半给了她，但就在这时，笔尖突然断了。

他眼看自己走在黑人的穷街上，不时发现路边发迹了的资本家的别墅，茂密的花园里栽着果树，还有草坪和园椅。他的身影沿着围墙在移动，他转过头向里看。

他想，他多讨厌当地的那些交际花，十来岁就开始勾引男人，把约瑟芬皇后当成了女神。他认识太多和这座岛一样爱慕虚荣的美女：要人献诗给她们，偶尔露一下白花花的大腿（这里的某座山谷），可再一瞧，原来是一座山裸露的膝盖，挑逗，*oeillades*①，竹扇后的调情，只想着让人崇拜她们；搔首弄姿，可又坚持只让看不让碰。所以那年夏天，她开车送他回出租屋的时候，在静悄悄的街上他并没想要

① 法语，意为“媚眼”。

去碰她。

隔天下午，离开博索莱伊夫人家以后，她驱车带他来到火山附近一片空旷、漫长的无人海滩；海滩上只有一名渔夫，突兀得像个惊叹号。她趴在沙滩上，一边谈论着自己的诗和故事，一边眯眼看着他。她告诉他，她想写得好一点，说的时候眼里还闪着光。可她写的全是废话，无聊透顶的小故事。无论她长得多漂亮，他说，一辈子也就这水平了。

她盘腿坐在沙滩上，又是铲又是拍，愣是在腿跟前堆起了一座沙丘。她皱着眉，像个贪吃甜食的小孩，把他的头脑刮得一干二净。然后，她利索地拍去掌心、大腿和屁股上的沙子，急忙在胸前画了个十字，便潜入水中，连一丝涟漪都不曾泛起。此刻，他的心感觉就像这海湾一样宽广，可是，等她浮出水面，脸上的笑容却变了。那是夏娃的微笑，他心想，又或者是螳螂的，但就是这一笑，让他从情人变成了叔叔。莫里斯叔叔。

他端详着她肩带边的暗痕。她本是个白皙的城里人，可在马提尼克住过两年后，肤色竟变成了肉桂色，跟当地人已无差别。不过，脸倒还是女学生的脸。他想来点悲壮的，让她长出眼袋，让她的酥胸日渐下垂，在沮丧的嘴边添一点秘密的哀愁。然后，她也许会理解他。对他而言，勾引和偷欢只是雕虫小技。淫欲在呐喊，要求悬崖勒马。

她奋力游着，越游越远，仿佛想要离开这座岛。头发像一顶载浮载沉的头盔。他担心这下午会让她感到无聊。倒是他自己很快就就疲劳了，收腹和笑不露齿都需要克制，就算她跑远了，还是得小心地“泄气”。

二

八月的雨最是凶狠，雨蝇成灾，霉菌滋生，他屋里的空气黏乎乎、湿嗒嗒的，如同吸墨纸一般。雨蝇掉在他的食物里。稿纸也全都返潮了。雨蝇在纸上爬来爬去，就像会移动的字母。他让她写，想象她坐在窗边，努力回忆那天下午在海滩传授给她的写作技巧。在那则部落的寓言里，我们长出翅膀，向着光明高飞，而雨蝇正是其中的反面人物。他目睹它们从灯泡上掉下来，折断翅膀，变成了蚂蚁。白蚁。像她的笔迹一样狂乱。那正是飓风肆虐的季节，赶上糟糕的日子，天完全是靛蓝色的。最恶劣的那几天，他非得把屋里的灯开着。咖啡馆回廊上的凉蓬拆下又装上，装上又拆下。就是这么折腾。一切得看有没有出太阳。如果没有太阳，那么，他关于农奴制与新爱琴海的所有观点都会被浸湿，都会变得无力，像一团废纸被抛进污水横流的阴沟。雨不停地下，砖铺的露台和咖啡馆顿时变成一片汪洋。他从来不坐在咖啡馆里面，就待在自己屋里。他又能坐哪儿呢？路上没有行人，更不会有人把他认出来。他们都躲在阳台底下，一脸沮丧。他忘了八月是暴雨的季节。几个月过去了，他以为八月是干燥、铁锈红、金黄色的，只要有她在身边。但雨季就要开始，一切都会在漫长而靛蓝的日蚀中停摆。

暴风雨过后，热带的阴郁一扫而空，忧心忡忡的太阳穿过浓密的乌云，像毛毯上点燃的一根烟。乌云散尽，烈日当空。暑气吸干了柏油路面上的水洼。树都在摇晃，像落水狗的模样。在不自觉的抖动之后，从鸡雏到电线上晶莹的雨滴，一切又恢复了明媚的忧伤。潮湿然后干燥，一个季节就这么过去了。

有一天在咖啡馆，侍者拿给他一个棕色的包裹，上面盖着巴黎的邮戳。一份杂志和一本短篇小说集。他看了看目录。原来是本三流杂志，连投稿人的照片都那么模糊。难道是她？头发怎么越剪越短？想必就是她了。飓风季已经过去，随之而去的还有他心头的隐忧。接着便是十二月，一月，天上重又出现幽蓝而冷硬的光，棕榈叶发出清新的沙沙声，下雨时总是伴随着阳光。

他很高兴，她那辆铁锈红的小型“标致”车再不会从他身边开过，她再不会在路上向他挥手，而他也不必再装作没看见。她很漂亮，这毋庸置疑，然而，此地美女如云，且都是烟灰或炭黑的肤色。她们眼里闪着光，紧绷的脸上含着笑，一不小心就会露出白纸一样的皓齿。打结的头巾横亘在眉毛上，给乌黑的脸庞平添了一份肃穆；而多彩的呢手帕则又增加了肤色的亮泽。这些女人是他祖母那边的亲戚。村妇。她们模样越邋遢，气质就越高贵。贫穷是关键；他在旅游局工作过一段时间，曾经设计过象征贫穷的服装。女人们穿着灰布衣服，满身污垢，但侧脸看过去，昂着头，扎着头巾，像赫卡柏[①]一样高贵。他想到祖母和那些姑姥姥，于是便在裙身上压了皱褶，这样只要风一吹，就能让人想起古代的雕塑。不出意料，老人们否决了他的设计。她们想要梦幻的感觉。所以，最后她们还是选用了最普通的照片：晒黑的金发女郎在滑水，水下的珊瑚，完美无瑕的网球场，身穿民族服装的当地模特儿，一样完美无瑕，挽着个空篮子，拨开九重葛的枝条露齿而笑，笑容如大海一般空茫。他试图贩卖贫穷，把它当做一种理念，一种诗化的真理。他发现，游客们在寻觅贫穷的踪迹，虽然假称在找某种本土而真实的东西。他想以此回馈祖母，同时报复那个不认账的白人祖父，一个骑着土黄马、戴着土黄头盔的土黄色的人。当年，他大概就是在甘蔗田里把她“放倒”的。

如今，年轻一辈的诗人都在赞美黑人，但在他看来，这份执着不

---

① 赫卡柏（Hecuba），希腊神话中特洛伊国王普里阿摩斯（Priam）的妻子。

过是另一种俄狄浦斯式的强奸，抑或是一种幼稚的欲望——想要躲到裙角下，远离世界，远离深入祖国非洲大陆的技术。几天前，就在这个咖啡馆，有人对他说："我知道你为什么停止了创作，为什么多年来一个字都没写。那是因为过去。因为你的肤色，所以无法面对过去。可耻，真可耻。"

"随便你怎么说。"他笑道。

"你坐在这儿，什么也不关心，看着挺神秘。你保持沉默，别人都尊重。可我们不。你不读我们的作品，不给我们加油打气。你没有政治立场。你本可以帮年轻人一把的。现在都没人来找你说话了。你没发觉吗?"

"你是例外。"

"都不来了。"

"我求之不得。"

"*Couillon*①。"他起身要走。他在桌上留下了钱。打那以后，他有一星期没来咖啡馆。空桌上留着他的标牌。可是，座位空着也不行，于是他又回来了。

他又恋爱了。这一次，爱得死去活来。她坐在窗边，穿着宽松的直筒连衣裙，背后一片金光。带着素描本的维热-勒布伦夫人②。胸口是一圈希顿③褶，晶莹透亮。他看不清她的脸，因为她在暗处，他自己也是。"亲爱的，他们不理解你，"她写道，"可我理解。"

他干了一件破天荒的事情。他毁坏了一本书。把插画页撕下来，放进皮夹子。他在图书馆找到了她。要给我写信啊，他喃喃道。

---

① 法语，意为"白痴"。

② 维热-勒布伦夫人（Madame Vigée-Lebrun，1755—1842），法国著名画家，玛丽·安托瓦妮特王后的御用肖像画师。

③ 希顿古装（Chiton），古希腊人贴身穿的一种宽松羊毛束腰长袍。

现在，他走起路来又有了自信，又有了那份公子哥的得意劲儿。他终于明白，时间观会让一个漂浮的人淹死。这让他很受刺激，也很恐慌，让他像开裂的独木舟一样开始漏水。要不然，他尽可以随波逐流，做着白日梦，永远这样下去。可是，正因为有了这分淡然，有了这封墨西哥湾流里漂来的瓶中信，他才变成了哲学家。他回到出租屋，想着这一切，脸上露出了笑意，然后便进入了梦乡。

他睡得像查特顿[①]，像《卡门》里遇害的斗牛士，鼾声轻悠。可是没人关注他，除了我。树林后面，干涸的山沟里，岩石在烈日下暴晒过几回，早就崩裂、破碎；浑浊、肮脏的小河边堆积着五颜六色的垃圾。孩子们在这里踢球，整个下午，砰砰声不绝于耳。

我现在写这封信已是二十五年以后。她拿起素描本，架在透明的膝盖上——维热-勒布伦夫人和她的素描本。我趁他睡着的时候给他写信，因为他醒后肯定会希望幻灭，我肯定会受不了。他自费出版的那本谈论新文明的书太过伤感，我不打算读完。它和我的生活贴得太近。在他熟睡的时候，我要精心构思一段故事，让他从此名垂千古。

首先，故事里得有山。他年轻时爱这些山，后来，山的比例变得很奇怪，名字也浮夸得要命，于是，他就再也瞧不上这些山。其次，山坡上得有几座小屋，两个黑种女人，穿着破烂却很干净，在路边走着，走向河边。再就是那些名字，他会在褪色的蓝面练习本里写上一遍又一遍。这些名字含义丰富，所以根本不用押韵。海边大教堂里的勒南[②]。*Immortelle*[③] 烈焰里的高更。提笔想写散文诗的时候，决意放

---

① 托马斯·查特顿（Thomas Chatterton，1752—1770），天才早慧的英国诗人，因怀才不遇，年仅 17 岁便服毒自杀。

② 约瑟夫·欧内斯特·勒南（Joseph Ernest Renan，1823—1892），法国著名学者，反对教会干预政治，其有关民族主义与民族身份的理论对后世影响甚深。代表作《耶稣传》。

③ 法语，意为“永生花”。

纵自己，和朋友的妻子逐个私通的时候，那澄澈的碧波之下，一块块礁石就像是一块块瘀青。他有一连串仇恨的祷词，可以滔滔不绝地述说：夜幕下港口黏稠的糖蜜。天还没黑，娼妓们突然唱起歌来。自动点唱机播放着乡村和西部音乐。豪华饭店的酒吧间。贝雷帽。络腮胡。城市宪兵。黑人警察。彼此说一声再见。她回巴黎那天，他没去送行。他想找一个不再漂泊的人，一个不用赶飞机的人，因为飞机会撕裂白云，像撕纸一样伤透他的心。记得给我写信，他央求她。不管谁，请给我写封信。

那好吧。

亲爱的莫里斯：我这个岛上没有路边咖啡馆。不过，隔着海峡能看见你们的，能想象你们喝着白葡萄酒，想象你们在聊些什么。英国人不爱这一套。法兰西堡①跟巴黎很像吗？还是完全两个样？你说你见过开阔的大理石广场，在某个蓝紫色的港口附近，来往的全是哲学家，穿着白袍，不是非洲款式的袍子，可又不像摩洛哥人。这些都是真的吗？你认为这整个群岛是另一片爱琴海吗？你始终没想好我们该穿什么衣服。托加长袍。那么多精彩的谈话！那么多宝贵的怨恨！你的缪斯是位黑头发、棕色皮肤的女郎，她只在你脑海里出现。和你一样，她也想充满怨恨，想知道人生并不是白日梦；她曾拥有一切——美貌、才智、长腿眼镜后闪烁的笑靥，但也因此受过惩罚。有时你谨慎地说些粗话，她就会害羞地低下眉眼。莫里斯，你是这被欧洲荼毒的文明的诗人——但因为深爱着这些靛蓝的岛屿，所以你才和这里的草木一样目光炯炯——你希望能永远打动她的心。你的爱慕之意需要她留下，而你的怨恨之心却可能将她赶跑。而她之所以选择了你的怨恨，是因为怨恨能滋养她的天赋。

---

① 法兰西堡（Fort-de-France），港口城市，马提尼克的首府。

如果男人在梦里哭，虽然他的确睡着了，我应该能听见那无声的啜泣。莫里斯，我一直跟你说，这其实没必要。这不是十九世纪。怨恨已经消失，悖论已经消失，火车站的浓烟也已在离别的小说中消失；在你脸上，我或许能看见自己，但你的脸也因为虚构的忏悔而消失。一切都已逝去，*Flâneur*①，公子哥，时代不同了，现在连警察都换成了黑人。你痛恨这一切，可是，相信时间、相信历史的不正是你吗？恕我直言，那个等待的人是你啊。只有你知道你在等什么。与此同时，我们都还有事要做。我们还要往前走。

(1985 年)

① 法语，意为“浪荡子”。

译后记

1992年10月，加勒比海传来喜讯，圣卢西亚举国欢庆，祝贺作家德里克·沃尔科特荣获当年的诺贝尔文学奖。与此同时，汉译沃尔科特的历史也悄然拉开了帷幕。据了解，迄今为止，在近26年里正式出版的沃尔科特相关译著共有四部：《海的圣像学：德瑞克·沃克特诗选》（奚密译，台湾，2001年）、《德瑞克·沃尔科特诗选》（傅浩译，河北教育出版社，2004年）、《白鹭》（程一身译，广西人民出版社，2015年）为他赢得诺奖评委青睐的长篇史诗《奥麦罗斯》（杨铁军译，广西人民出版社，2018年）。此外，还有一定数量的译诗散见于各种期刊与网络。然而，令人遗憾的是，为沃尔科特赢得国际声誉的自传体长诗《另一生》（*Another Life*，1973）却一直未见完整的中译本。

也许是诗人的光环过于炫目，长久以来，沃尔科特在戏剧艺术上的成就反倒被我们忽略了。而事实上，早在1959年，沃尔科特就在特立尼达创立了戏剧工作坊，并长期担任舞台监督。沃尔科特一生共创作剧本近三十部，此外，还排演过众多名家的经典，比如契诃夫、达里奥·福、田纳西·威廉斯、尼尔·西蒙，当然也包括其个人的作品。1971 年，沃尔科特还曾以精彩的剧本获得过戏剧“奥比奖”(Obie Award) 的认可。但目前，除收录于《外国戏剧百年精华（下）》(人民文学出版社，2005 年) 的单篇《猴山上的梦》(祈琼译) 以外，沃尔科特的其他剧作全都暂付阙如，其中包括著名的《海地三部曲》和代表作《奥德赛：一部舞台剧》。

除了诗歌和戏剧，沃尔科特还写过少量的评论文章，这些非虚构性文字大多收录在《黄昏的诉说》(*What the Twilight Says*: *Essays*, 1998) 一书中。文选汇集了作者历年来发表在《纽约书评》等刊物上的重要文章与诺贝尔文学奖演讲稿，按内容大致可分为文学总论与作家专论两部分。这些文章集中反映了沃尔科特对加勒比地区后殖民文学与文化的看法，尤其是《黄昏的诉说》《历史的缪斯》《安的列斯：史诗记忆之碎片》这三篇长文，对我们深入解读和研究沃尔科特具有极为重要的价值。

据译者了解，此前，沃尔科特的文论曾有过单篇的汉译，它们分别是：《安的列斯群岛：史诗往事的断想》(王永年译)、《写平凡的大师：菲利普·拉金》(王敖译)、《魔术工业：约瑟夫·布罗茨基》(程一身译)。不过，以专著形式集中译介沃尔科特的评论文字，这在国内尚属首次。我们希望，《黄昏的诉说》的出版能为读者了解沃尔科特的思想与创作提供一个新的角度。

本书的翻译由两位译者合作完成，其中洛威尔、海明威、詹姆斯、奈保尔、布罗茨基等篇目由马绍博负责，其余均由刘志刚负责。众所周知，沃尔科特的诗意象繁复、气势恢宏，并且融汇了西方古典与现代、“旧世界”与新大陆诸多的历史文化元素。读者会发现，这些特点同样也表现在作者的评论文字上。所以相应地，它给翻译带来了不小的挑战。译者虽然战战兢兢，但自忖才疏学浅，恐怕译文中的错误仍然在所难免，所以还请读者专家不吝赐教。

从“大雅诗丛”的《白鹭》到《黄昏的诉说》，广西人民出版社一路走来，证明了自己的眼光。身为译者，我们感谢广西人民出版社编辑们的信任、鼓励和启发！

译者

2019 年 3 月 28 日

桂图登字：20-2016-332

图书在版编目（CIP）数据

黄昏的诉说 /（圣卢西亚）德里克·沃尔科特著；刘志刚，马绍博译 .—南宁：广西人民出版社，2019.10
（沃尔科特系列）
书名原文：What the Twilight Says
ISBN 978-7-219-10744-7

Ⅰ. ①黄…　Ⅱ. ①德…　②刘…　③马…　Ⅲ. ①散文集—圣卢西亚—现代
Ⅳ. ① I766.65

中国版本图书馆 CIP 数据核字（2018）第 245788 号

黄昏的诉说
HUANGHUN DE SUSHUO
［圣卢西亚］德里克·沃尔科特 / 著　刘志刚　马绍博 / 译

出 版 人　温六零
责任编辑　许晓琰
责任校对　张莉聆
书籍设计　刘　凛
责任排版　梁敏芳

封面油画　《顺风》局部（温斯洛·荷马）

出版发行　广西人民出版社
社　　址　广西南宁市桂春路 6 号
邮　　编　530021
印　　刷　恒美印务（广州）有限公司
开　　本　889mm × 1194mm　1 / 32
印　　张　8.75
字　　数　269 千字
版　　次　2019 年 10 月　第 1 版
印　　次　2019 年 10 月　第 1 次印刷
书　　号　ISBN 978-7-219-10744-7
定　　价　59. 80 元